Katharina Herzog hatte schon immer Spaß daran, sich Geschichten auszudenken und sie aufzuschreiben. Nach einem Abstecher in den Journalismus kehrte sie zur wahren Liebe Belletristik zurück und begann, Romane zu veröffentlichen. Als Katrin Koppold hat sie sich bereits in die Herzen vieler Leserinnen geschrieben. Mit ihren Romanen «Immer wieder im Sommer», «Zwischen dir und mir das Meer» und «Der Wind nimmt uns mit» eroberte sie die Bestsellerlisten. Sie lebt mit ihrer Familie in der Nähe von München.

Katharina
Herzog

Der Wind
nimmt
uns mit

Roman

Rowohlt Taschenbuch Verlag

Veröffentlicht im Rowohlt Taschenbuch Verlag,
Hamburg, August 2020
Copyright © 2019 by Rowohlt Verlag GmbH,
Hamburg bei Reinbek
Redaktion Anne Fröhlich
Karte am Ende des Buches Imke Trostbach
Covergestaltung any.way, Barbara Hanke/Cordula Schmidt,
nach einem Entwurf von AMMA Kommunikationsdesign, Stuttgart
Coverabbildung iStock; Shutterstock
Satz DTL Documenta
Gesamtherstellung CPI books GmbH, Leck, Germany
ISBN 978-3-499-27528-9

Die Rowohlt Verlage haben sich zu einer nachhaltigen Buchproduktion verpflichtet. Gemeinsam mit unseren Partnern und Lieferanten setzen wir uns für eine klimaneutrale Buchproduktion ein, die den Erwerb von Klimazertifikaten zur Kompensation des CO_2-Ausstoßes einschließt.
www.klimaneutralerverlag.de

Für alle,
die auf der Reise sind

Das Leben ist eine Reise.
Nimm nicht zu viel Gepäck mit.

Billy Idol

PROLOG
Karoline
Valle Gran Rey, Oktober 1986

Der Wind peitschte die schlammbraunen Wellen gegen die Kaimauer. Schon seit Tagen fegte ein Sturm über die Insel. Karoline schaute mit sorgenvoller Miene auf die Boote am Hafen. Das wildwogende Wasser schleuderte sie wie Walnussschalen herum.

«Heute legt hier nichts ab!», hatte ein Hafenmitarbeiter zu Lucia und ihr gesagt. Aber Fernando hatte es versprochen.

Immer wieder sah Karoline sich um, ob ihnen jemand gefolgt war.

«Wo bleibt er denn nur?», fragte sie die alte Frau unruhig.

«Er wird sich Mut antrinken.» Lucia lachte heiser. Mit ihrem Kopftuch auf den grauen Haaren, dem flatternden Rock und dem dunklen Wolltuch über den Schultern sah sie wie eine vom Wind zerzauste Krähe aus.

«Hoffentlich wacht die Kleine nicht so bald auf!» Karoline zog das Mulltuch auf ihrem Weidenkorb ein Stück beiseite und betrachtete das kleine Wesen, das darin weich gepolstert auf einem Kopfkissen lag. Maya hieß das Mädchen – wie die schönste der sieben Plejaden. So hatte Hannah sie genannt.

Lucia beugte sich über den Korb und strich mit ihren geschwollenen, von Gicht geplagten Fingern liebevoll über die Wange des Babys. «Ein bisschen wird sie noch schlafen. Ich habe ihr etwas Mohnsaft in die Milch gegeben», erklärte sie ruhig.

Endlich! Eine Vespa brauste heran, und ein dunkelhaariger Mann mit dichtem Piratenbart stieg ab. Trotz des Regens trug er nur ein kurzärmeliges Hemd. Auf seinem beachtlichen Bizeps rangen eine barbusige Meerjungfrau und ein Seeungeheuer miteinander.

«Ist die Dame bereit?» Ein goldener Eckzahn blitzte auf.

Normalerweise hätte Karoline um Männer wie ihn einen großen Bogen gemacht. Aber Fernando tat für Geld alles, hatte Lucia gesagt, und jetzt brauchte sie ihn. Sie drückte ihm verstohlen die verabredeten 30 000 Peseten in die Hand – für die Überfahrt nach Teneriffa und die gefälschte Geburtsurkunde, die er ihr besorgt hatte.

Lucia schaute noch einmal zu dem Baby hinunter. «Nun müssen wir uns verabschieden, *mi querida*», sagte sie. Ihre sonst so herrische Stimme war brüchig geworden. «Hab ein schönes Leben, kleine Kämpferin!» Sie zog das Tuch über dem Korb zurecht. «Pass gut auf sie auf!», sagte sie zu Karoline. In ihren Rosinenaugen schimmerten Tränen.

«Das werde ich.» Der Korb in Karolines Hand fühlte sich an, als wäre er mit Zement gefüllt. Gleich musste sie sich von Lucia verabschieden. Gleich würde sie für das erst wenige Tage alte Menschlein allein verantwortlich sein. Dabei war sie noch nie für etwas allein verantwortlich gewesen. Noch nicht einmal für einen Fisch oder einen Kanarienvogel.

«Los!», kommandierte Fernando grob. «Sonst verdoppelt sich mein Honorar.»

Karoline folgte ihm zu einem der größeren Fischerboote. Als er ihr hineinhalf, spürte sie seine groben Hände schmerzhaft an ihrem Arm.

Ihr Blick suchte noch einmal den von Lucia, wie um sich zu vergewissern, dass sie das Richtige tat. Die Hebamme nickte.

Karoline atmete tief durch und trat mit dem Korb unter dem Arm in die Kajüte. Sie musste sich mit der freien Hand festhalten, sonst wäre sie gestürzt. Der Sturm rüttelte heftig an dem Boot, ließ es auf den Wellen tanzen. Erleichtert setzte Karoline sich auf die grobe Holzbank. Lucia hatte ihr ihren Rosenkranz schenken wollen, aber sie hatte abgelehnt. Jetzt tastete sie unter dem Mulltuch nach dem runden Holzanhänger und umfasste ihn fest. Hannah hatte ihn gedrechselt. Er fühlte sich glatt und warm an. Mit geschlossenen Augen saß Karoline da.

Plötzlich spürte sie eine Berührung an ihrer Hand. Das Baby hatte angefangen, mit seinen Ärmchen zu fuchteln. Dabei stieß es ein leises, klägliches Wimmern aus. Wie ein Kätzchen klang es. Bisher hatte Karoline es vermieden, das kleine Gesicht genauer anzuschauen, weil sie Angst hatte, *ihn* darin wiederzuerkennen. Aber jetzt konnte sie den Blick nicht abwenden. Es war ein ganz normales rundes, winziges Babygesicht, das zu ihr aufschaute. Karoline schluckte, als sie in die großen Augen des Kindes schaute, die so unschuldig und weise zugleich aussahen. Noch war ihm nie etwas Böses widerfahren, noch war es nie verletzt oder enttäuscht worden. Es war wie die leere erste Seite in einem noch ungeschriebenen Buch. Noch stand ihm alles offen.

Eine ganz besonders hohe Welle rollte auf das Boot zu.

«Festhalten!», brüllte Fernando, der breitbeinig am Steuerrad stand.

Gerade noch rechtzeitig umklammerte Karoline mit der einen Hand den Henkel des Korbs, mit der anderen das raue, rissige Holz der Bank, als die Wellen mit voller Wucht auf das Boot trafen. Kurz geriet es in Schräglage. Meerwasser schoss in die Kajüte. Es brachte fischigen Salzgeruch mit und durchtränkte den Saum von Karolines Rock. Wieder wimmerte das Kleine, dieses Mal lauter.

«Schsch!», machte Karoline und wiegte den Korb sanft hin und her, weil sie nicht wusste, wie sie das Baby sonst beruhigen sollte. «Schsch!» Ihr Herz pochte. «Schsch!», machte sie noch einmal.

Der Kopf des Kindes ruckte herum, als wollte es herausfinden, wo dieser Laut herkam. Sein Mund war leicht geöffnet, seine Fäustchen fuchtelten ziellos durch die Luft. Wie schön diese Miniaturhände aussahen, wie perfekt die winzigen Fingernägel geformt waren! Karoline stupste eines der Fäustchen an, und das Kind öffnete die Faust und umschloss mit seinen Fingern energisch ihren Zeigefinger. Dabei krähte es, und fast klang es wie ein Juchzen.

«Du hast bereits jetzt ganz schön viel Kraft, kleine Dame», stellte Karoline fest, und seltsamerweise fühlte sich der Korb auf ihrem Schoß auf einmal viel leichter an als zuvor.

Sie wusste nicht, ob sie jemals wieder Boden unter den Füßen spüren würde, und auch nicht, ob Fernando das Boot nicht an Teneriffa vorbei nach Marokko steuern würde, um sie dort auf dem Sklavenmarkt zu verhökern – zugetraut hätte sie es ihm ohne weiteres. Schon gar nicht konnte sie vorhersehen, wie es in Deutschland weitergehen würde. Aber ganz hinten am Horizont hatte die Wolkendecke einen Riss, und Sonnenstrahlen fielen hindurch und ergossen sich auf das Meer. Das kleine Mädchen blickte vertrauensvoll zu ihr auf, und irgendetwas sagte Karoline, dass alles gutgehen würde.

Sie würde es schaffen. «Wir beide schaffen es», sagte sie fest.

32 Jahre später

Maya

«Ich glaube, du hast einen Verehrer», sagte Kathi. «Der gutaussehende Typ dadrüben starrt schon die ganze Zeit zu dir rüber, als wärst du eine göttliche Erscheinung.»

«Echt?» Maya drehte sich um. Der einzige Mann in ihrem näheren Umkreis, auf den das Prädikat *gutaussehend* zutraf, war ein dunkelhaariger Typ im weißen Hemd und mit Grübchen am Kinn. Seine Schultern waren so breit wie die von Meister Proper. Als er sah, dass Maya auf ihn aufmerksam geworden war, zwinkerte er ihr zu. Sie schenkte ihm ein halbes Lächeln. «Das muss daran liegen, dass ich eine Himmelslaterne in der Hand habe. Bestimmt hält er mich für einen Engel», frotzelte sie. Männer wie dieser im Fitnessstudio gestählte Karriereheini standen ihrer Erfahrung nach für gewöhnlich nicht auf Frauen mit brünetten Haaren und Sommersprossen auf der Nase, die Jeansshorts und Flipflops trugen. Männer wie er standen auf den Typ Spielerfrau. Blondinen mit seidigen Locken, botoxglatter Stirn und Silikonbrüsten, an die sich Unterwäsche von La Perla schmiegte. Und das war auch gut so. Mit Schnöseln wie ihm hatte Maya nämlich noch nie etwas anfangen können.

Kathi schaute auf ihre Armbanduhr. «Gleich ist es zwölf.

Bist du bereit für ein phantastisches Jahr voller Glück, Gesundheit, Erfolg und Liebe?»

«Ersetze das Wort Liebe durch ‹schmutzigen, hemmungslosen Sex›, und ich bin dabei.»

Kathi und sie kannten sich seit der Grundschule, und seitdem waren sie immer unzertrennlich gewesen. Aber in den letzten sechs Jahren hatte sich ihr Leben in vollkommen verschiedene Richtungen entwickelt.

Nachdem Maya ihr Biologiestudium kurz vor den Abschlussprüfungen geschmissen hatte, war sie in die Welt hinausgezogen. Sie hatte einen Reiseblog gestartet und es innerhalb kürzester Zeit geschafft, *Maya will Meer* zu einem der beliebtesten Blogs von Deutschland zu machen. Seitdem war sie nie länger als einen Monat an ein und demselben Ort.

Kathi dagegen hatte ihr Lehramtsstudium brav beendet. Im ersten Jahr des Referendariats hatte sie ihre Jugendliebe Alexander geheiratet, im zweiten waren die beiden aus ihrer Hamburger Innenstadtwohnung in ein Reiheneckhaus nach Norderstedt gezogen, und nachdem Kathi einige Zeit als Lehrerin für Deutsch und katholische Religion gearbeitet hatte, war Luca gekommen. In den Urlaub fuhren Alexander und sie meist nur an den Chiemsee, wo Kathis Eltern eine Ferienwohnung besaßen. Nur ein Mal waren sie auf die Malediven geflogen. Zu ihrer Hochzeitsreise. Aber dort hatte es Alexander nicht gefallen. Zu viele Stechmücken und keine Formel 1.

Kathi träumte schon so lange davon, einmal bei einem Laternenfest dabei zu sein. Seit sie vor ein paar Jahren, als sie beide noch auf der Uni gewesen waren, gemeinsam

Rapunzel – neu verföhnt! gesehen hatten. Trotzdem hatte es Maya fast sechs Monate gekostet, ihre Freundin zu überreden, mit ihr nach Nordtaiwan zu fliegen. In der Zeit hatte sie selbst elf Länder bereist.

Kathi neigte sich zu Mayas Ohr. «Ich muss mich noch mal bei dir bedanken, dass du mich dazu überredet hast, hierherzukommen. Auch wenn es nur für einen Kurztrip war. Ohne dich würde ich jetzt vermutlich gerade am Wickeltisch stehen und Luca die Windel wechseln.»

«Ist er immer noch nicht sauber?»

«Nein! Er ist doch erst elf Monate alt. Sauber werden Kinder frühestens mit zwei Jahren.»

War das so? Maya hatte von diesem Thema überhaupt keine Ahnung. Anders als Kathi, die mindestens drei wollte, war es ihr nie besonders erstrebenswert vorgekommen, Kinder zu haben.

Kathi kontrollierte noch einmal ihre Uhr. «Noch drei Minuten. Hach! Ich bin jetzt richtig aufgeregt.» Ihre Laterne hielt sie so fest umklammert, dass sie schon ganz zerdrückt war. «Ist es nicht unglaublich romantisch hier?»

«Geht so. Wir stehen hier zusammengequetscht mit ungefähr dreihunderttausend anderen Menschen auf den Bahngleisen, und gerade sind wir im letzten Moment einem heranrasenden Zug ausgewichen.»

«Ja, weil unter Insidern bekannt ist, dass hier die beste Startbahn für Wünsche ans Universum ist, das habe ich dir jetzt bestimmt schon zehnmal gesagt ... Ich denke, wir können die Laternen jetzt anzünden.» Kathi hob ihre Laterne hoch über ihren Kopf, und Maya zog einen kleinen Stapel goldenes Papier aus der Tasche. Geistergeld nannte man das hier, das hatte ihnen die Frau erzählt, in deren Laden Kathi und Maya die Laternen gekauft hatten.

Das Geistergeld fing Feuer, und die Wärme blähte die Laterne darüber auf.

«Erinnert sie dich auch an eine überdimensionale Kochmütze?», fragte Maya.

«Dass du immer so prosaisch sein musst!» Kathi schüttelte lächelnd den Kopf. Ihre langen roten Haare leuchteten im Schein der Laterne. «Ich finde, dass sie wie ein wunderschöner glühender Miniaturheißluftballon aussieht, der unsere Wünsche zum Universum tragen wird, damit sie dort alle in Erfüllung gehen.» Kathi hatte sich gewünscht, dass Alexander schnell wieder einen neuen Job finden würde. Ganz klein erkannte Maya nun Kathis gekritzelte Worte am unteren Rand der Laterne.

«Du hast recht.» Sie griff nach der Hand ihrer Freundin und drückte sie. «Genau so sehen sie aus. Und ich bin mir sicher, dass sie ausgesprochen zuverlässige Boten sein werden.»

Ein Knacken und Knistern verkündete, dass gerade ein Lautsprecher eingeschaltet worden war, und eine blecherne Männerstimme fing an, den Countdown herunterzuzählen, «Zehn, neun, acht...» Die Menge setzte ein; ein Chor aus Hunderttausenden von Kehlen. Auf den meisten Gesichtern lag ein erwartungsvolles Lächeln, andere wirkten ein wenig angespannt, so wie Kathi. Ihnen konnte Maya ansehen, dass das, was sie sich wünschten, keine Chanel-Handtasche war oder ein Date mit Leonardo DiCaprio – was die mollige Frau neben ihr gut sichtbar auf das helle Reispapier geschrieben hatte.

Schnell zündete Maya mit Kathis Hilfe auch ihre Laterne an. Sie hatte nichts daraufgeschrieben, denn sie wollte ihr ihren Wunsch flüsternd mitgeben. Sie legte keinen Wert darauf, dass ihn jemand las.

Auf Instagram, Facebook, Twitter und Snapchat würde sie später schreiben:

Mein Wunsch für die Zukunft: Alles soll bleiben, wie es ist! #lanternfestival #pingxi #northtaiwan #travelling #traveller #travelblogger #traveltheworld #fulltimetraveller #sheisnotlost #inspiration #beautifuldestination #happyme #lovemylife

Maya brachte die Laterne in Position und hielt sie mit ausgestreckten Armen vor sich. Gleich war es so weit. Das Jahr des Hundes ging zu Ende, und das Jahr des Schweins begann. Durfte sie dem chinesischen Kalender glauben, sollte es ein ausgesprochen glückbringendes sein.

«Drei, zwei, eins ...»

«Frohes neues Jahr!», jubelte die Stimme aus dem Lautsprecher. Streicherklänge, gespielt vom Band, setzten ein. Maya schloss einen Moment die Augen, dann ließ sie los.

Anfangs benahm sich ihre Laterne wie ein bockiges Kind. Sie kam ins Trudeln, rempelte andere Laternen an und schubste sie aus dem Weg. Die mollige Frau warf Maya deswegen einen vorwurfsvollen Blick zu. Doch schließlich hatte die Laterne ihren Platz gefunden, und gemeinsam mit den anderen schwebte sie in den schwarzen Nachthimmel hinauf, eine leuchtende Straße aus Hoffnungen und Träumen.

Eigentlich wäre Maya viel lieber nach Yángshuò gefahren, wo vor allem jüngere Leute das Neujahrsfest feierten. Dort war es Tradition, die Böller nicht in die Höhe, sondern ins Publikum zu werfen, weswegen alle Besucher dazu angehalten wurden, sich mit feuerfester Kleidung, Motorradhelm und Handschuhen vor den Feuerwerkskörpern zu schützen. Maya fand, das hörte sich nach einer Menge Spaß an. Das Laternenfest in Pingxi hatte sie sich langweilig und vor allem kitschig vorgestellt, wie eine Torte mit viel zu viel Zuckerguss.

Nun war sie froh, auf Kathi gehört zu haben. Völlig versunken betrachtete Maya die immer kleiner werdenden Laternen auf ihrem Weg zu Gott, Allah oder wem auch immer, begleitet von sehnsuchtsvollen Klängen aus den Lautsprechern, und auf einmal – vollkommen unerwartet! – war er da: der Moment, in dem einfach alles passte und den sie auf all ihren Reisen suchte.

«Soll ich eigentlich gar kein Foto von dir machen? Für deinen Blog», riss Kathi sie irgendwann aus ihren Gedanken.

«Was? Ach so. Klar. Das hätte ich fast vergessen.» Für sich selbst hielt Maya ihre schönsten Erlebnisse nicht auf Fotos fest, sondern sie malte Symbole in das perlmuttfarbene Innere von Muscheln, die sie später daran erinnern sollten; dieses Mal würde es eine Himmelslaterne sein. Aber sie war nicht nur zum Spaß hier. *Visit North Taiwan* hatte sie zu diesem Trip eingeladen, deshalb brauchte sie Fotos.

Maya reichte Kathi ihren Fotoapparat. Da ihre Freundin wusste, wie perfektionistisch Maya bei den Fotos war, die sie ins Internet stellte, machte sie fast dreißig Bilder und gab ihr dann die Kamera zurück. Maya klickte sich durch die Vorschau. Das vorletzte Foto war gut, befand sie.

Die Laternen waren jetzt nur noch winzige Leuchtsplitter am Himmel. Die, die den Weg ins Universum nicht gefunden hatten, lagen verkohlt am Boden. Nach und nach löste sich das Fest auf.

«Lass uns zusehen, dass wir einen der ersten Busse kriegen», sagte Kathi. «Ich habe für sieben Uhr morgens das Taxi bestellt.»

Maya seufzte. «Es ist so schade, dass du dich nicht länger von deiner Familie loseisen konntest. Was mache ich denn die nächsten beiden Tage ohne dich?»

Kathi und sie hatten zwar nur fünf Tage in Nordtaiwan miteinander verbracht, aber in dieser Zeit hatten sie so viele schöne Erlebnisse gehabt. Sie hatten den Sonne-Mond-See besucht, der inmitten von Bambuswäldern und Teeplantagen lag und dessen Wasser so intensiv smaragdgrün und türkisblau schimmerte, als wäre es eingefärbt worden. Sie waren durch die Hauptstadt Taipeh gestreift, und durch Jiufen, ein Bergdorf, das mit seinen engen Gassen, den Tempeln und malerischen Teehäusern in asiatischen Filmen schon häufig als Kulisse gedient hatte. Und sie hatten so viel miteinander gelacht und geredet. Sonst sprach Maya auf ihren Reisen manchmal tagelang mit niemandem, abgesehen vom Flughafen- und Hotelpersonal. Sie konnte sich nicht vorstellen, dass sie sich schon in wenigen Stunden von Kathi verabschieden musste. Wenn sie mit ihr zusammen war, bekam sie zumindest ein vages Gefühl davon, wie es war, irgendwo zu Hause zu sein ...

«Du musst dieses Leben nicht führen, weißt du?», sagte Kathi. Sie kannten sich schon so lange, dass ihre Freundin sie auch ohne Worte verstand. Aber dieses Mal irrte sie sich.

«Was meinst du damit? Es ist genau das Leben, das ich mir ausgesucht habe!», gab Maya zurück.

«Ja, ich weiß, dass dich niemand da hineingedrängt hat. Und du bist so irre erfolgreich, du siehst so viele wunderschöne Orte. Wem würde ein solches Leben nicht gefallen? Aber du reist immer schneller. Früher bist du immer zumindest ein paar Wochen an einem Ort geblieben. Jetzt ist es nur noch eine.» Kathi hob eine abgestürzte Himmelslaterne auf und warf sie in einen Papierkorb.

«Ich reise im Moment so schnell, weil ich mir die Herausforderung gestellt habe, 52 *Länder in* 52 *Wochen* zu besuchen», erklärte Maya. Ihr war selbst klar, dass das sehr ambitioniert war. Aber sie fand, dass man sich ehrgeizige Ziele setzen musste. Außerdem war es wichtig, dass sie Lesern und Kooperationspartnern immer wieder etwas Neues bot, wenn sie weiterhin von ihrem Blog leben wollte. Wieso konnte Kathi das nicht einfach akzeptieren? «Komm jetzt! Der Bus steht schon da!» Maya fing an zu laufen.

Obwohl der Bus schon ziemlich voll war, sprangen sie noch hinein. Dabei blieb Maya mit der Fußspitze an einer Treppenstufe hängen. Um nicht auf dem Boden zu landen, krallte sie sich am Erstbesten fest, das ihr unter die Finger kam. Es war ein weißes Hemd, merkte sie, als sie mit dem Gesicht dagegenstieß.

«Hoppla, nicht so stürmisch!», sagte eine Stimme über ihr.

Maya löste ihre Nase von dem glatten Stoff und schaute nach oben. Das war doch der Karriereheini, der sie vorhin so angestarrt hatte! Hatte der gerade echt *Hoppla* gesagt?! Sie hatte immer gedacht, der Gebrauch dieses Worts wäre Menschen unter sechs oder über sechzig vorbehalten. Aber er roch gut.

Maya strich sich die dunklen Haare zurück. «Sorry. Wenn ich gewusst hätte, dass du meinen Versuch, mich dir an den Hals zu werfen, so leicht durchschaust, wäre ich subtiler vorgegangen.»

Zwei kornblumenblaue Augen blitzten zu Maya hinunter. «Schon okay. Ich mag Frauen, die wissen, was sie wollen.»

Schlagfertig war er ja! Und beneidenswert resistent gegen Hitze. Maya konnte keinen einzigen Schweißfleck auf seinem blütenweißen Hemd ausmachen. Sie selbst fühlte sich, als wäre sie durch Sirup gezogen worden.

Maya drehte sich nach Kathi um. Sie stand eingezwängt zwischen einem Schwarzen mit violetten Kopfhörern und einem asiatischen Mädchen mit Hello-Kitty-Rucksack auf dem Rücken und checkte gerade die Nachrichten auf ihrem Handy.

Der Bus setzte sich ruckelnd in Bewegung, und Maya wurde erneut an die gestählte Brust des Schnösels geworfen. Oh Mann! Sie griff nach einer der schmierigen Kunststoffschlaufen, die von der Decke baumelten.

«Ich bin übrigens Tobi», stellte sich der Typ vor. «Hast du Lust, in Taipeh mit mir was trinken zu gehen?»

Mayas Augenbrauen schossen nach oben. Ganz offenbar war auch er jemand, der genau wusste, was er wollte.

Maya

Entweder man liebte Taipeh, oder man hasste es, so hieß es unter Reisebloggern. Doch Maya war noch nie eine Freundin von Schwarz-Weiß-Malerei gewesen. Natürlich war die Stadt keine architektonische Schönheit wie Rom oder Paris. In den meisten Vierteln wechselten sich heruntergekommene Wohnblöcke mit nie fertig gebautem Betongerippe ab, und bereits normale Straßen waren sechsspurig. Aber in den letzten Tagen hatte Maya die Weltoffenheit und Toleranz in Taipeh schätzen gelernt. Es herrschte Presse- und Religionsfreiheit, und alle paar Monate fanden Schwulen- und Lesbenfestivals statt. Außerdem gefiel ihr der Mix aus Tradition und Moderne. Zwischen vollverglasten Wolkenkratzern tauchten immer wieder ganz überraschend alte Tempel auf. Modernem Hightech standen Spiritualität und Aberglaube gegenüber. Auch das Nachtleben war ziemlich cool.

«Komm doch mit!», bat sie Kathi, nachdem der Bus im Zentrum gehalten hatte und seine Insassen ausgestiegen waren.

«Nein. Ich muss jetzt schlafen. Bis das Taxi mich abholen kommt, sind es nur noch sechs Stunden. Aber du machst dir noch einen schönen Abend, ja?»

«Okay.» Eigentlich war Maya inzwischen auch ganz schön müde, und sie hätte lieber mit Kathi noch ein bisschen im Zimmer gesessen und geredet. Aber sie wollte ihrer Freundin unbedingt beweisen, wie sehr sie mit sich und ihrem wilden, ungebundenen Leben im Reinen war. «Ich stehe aber mit dir auf, um mich von dir zu verabschieden.»

«Das musst du nicht. Dieses Mal sehen wir uns schließlich schon bald wieder.»

«Ich werde sowieso wach.»

Kathis Trip nach Nordtaiwan hatte sie derart mutig gemacht, dass sie am Tag zuvor – ohne Alexander zu fragen – zum zweiten Mal ihr Konto geplündert und ein schnuckliges Cottage an der Küste von Wales gebucht hatte. Vorrangig, damit sie im Familienurlaub auch mal etwas anderes sahen als den Chiemsee. Aber auch, weil Maya sich zur gleichen Zeit dort aufhalten würde. Sie wollten zusammen ein Festival besuchen, auf dem ihre gemeinsame Lieblingssängerin Rita Ora auftrat.

In zwei Monaten schon war es so weit. Trotzdem schaute Maya ihrer Freundin ein bisschen wehmütig nach, als sie sich dem Strom der Passanten anschloss und schließlich darin verschwand. Nun war sie also wieder allein.

Tobi führte Maya ins *Babe 18*, einen mehrstöckigen Laden mit viel Plexiglas und Neon. Was den Altersdurchschnitt des Publikums anging, war der Name Programm. Fasziniert betrachtete Maya die taiwanesischen Mädchen mit der auffällig hellen Haut und den riesengroß geschminkten Augen. Fast alle trugen megakurze Faltenröcke, und ihre

Wimpern waren so lang, dass sie beinahe die Jochbögen berührten.

«Wir gehören hier zu den Disco-Greisen», schrie sie Tobi zu, um die hämmernden Elektro-Beats zu übertönen. «Sollen wir nicht lieber woandershin?»

Tobi schüttelte den Kopf. «Während des Neujahrsfests kommst du um diese Uhrzeit nirgendwo anders mehr rein. – Lass uns nach draußen gehen. Dort können wir uns besser unterhalten.» Er legte seine Hand zwischen Mayas Schulterblätter und führte sie auf den Balkon.

«Magst du was trinken?»

«Ja, ein Bier.»

Während er sich auf den Weg in Richtung der Bar machte, stellte sich Maya an die Balustrade und ließ ihren Blick schweifen. Von hier oben hatte man wirklich eine tolle Aussicht auf die Stadt. Sogar das «101», das Wahrzeichen von Taipeh, konnte man von hier aus sehen. Bis vor ein paar Jahren war der Wolkenkratzer das höchste Gebäude der Welt. Kathi wäre jetzt unglaublich beeindruckt gewesen, aber Maya fiel es zunehmend schwer, echte Begeisterung für etwas zu empfinden. Sie hatte einfach schon so viel gesehen. Manchmal kam es ihr vor, als hätte sie jedes Maß verloren. Alles musste immer höher, besser, schneller und voller Superlative sein.

Tobi kam mit den Getränken zurück, und Maya konnte sich ein Grinsen nicht verkneifen. Nicht nur, dass auf der pinkfarbenen Dose eine Hello-Kitty im Faltenrock abgebildet war, das Bier hatte auch noch die Geschmacksrichtung Passionsfrucht. Aber zumindest wusste sie jetzt, wer das optische Vorbild der taiwanesischen Mädchen war.

«Sehe ich echt so süß aus?» Sie zeigte auf die weiße Katzenfigur mit dem riesigen Kopf und den Klimperwimpern.

«Der kann man hier in Taiwan kaum entgehen. Sie ist sogar auf Flugzeugen abgebildet. Und auf Toilettenpapier. Willst du lieber was anderes?»

«Passt schon.» Maya nippte an der Dose. Das Bier schmeckte genauso klebrig, wie es aussah. Da es aber sogar hier draußen auf dem Balkon heiß und stickig war und sie endlich ihre trübsinnigen Gedanken loswerden wollte, kippte sie es trotzdem in einem Zug hinunter. Dann schnappte sie nach Luft. Das Girlie-Zeug hatte es in sich! Was hatten die Taiwaner da reingemixt? Wodka?

«Machst du Urlaub in Taipeh?», fragte Tobi.

«Da hast du dich ja zum Einstieg für einen echten Klassiker entschieden.» Wenn man sich an das Hello-Kitty-Bier erst mal gewöhnt hatte, schmeckte es gar nicht so schlecht.

«War das schon wieder falsch? Du bist ganz schön anspruchsvoll.»

«Gar nicht. Der Einstieg war okay. Vor einiger Zeit hat mal ein Typ zu mir gesagt, dass meine Schönheit ihn geblendet hätte und er deshalb meine Handynummer für seine Versicherung bräuchte. Seitdem bin ich sehr genügsam.»

«Da musst du dir bei mir keine Sorgen machen. Ich frage niemals Frauen nach ihrer Nummer.»

«Ach!» Da Maya bereits jetzt das Gefühl hatte, mit ihrem verschwitzten Hintern auf dem Stuhl kleben zu bleiben, rutschte sie auf dem roten Kunstleder hin und her.

«Ich würde eh nicht anrufen», erklärte er.

Das war praktisch, sie hätte ihm ihre Nummer sowieso

nicht gegeben – wozu? Aber es war auch ziemlich ... direkt!
«Oh, dann habe ich dich wohl völlig falsch eingeschätzt. Ich dachte, du wärst ein großer Romantiker. Mit Kerzen und Rosenblättern und so. Jemand, der sich für die ganz große Liebe aufspart und die Soundtracks sämtlicher Disney-Filme mitsingen kann.»

«Wie kommst du denn auf diese Idee? Weil ich auf dem Laternenfest war?»

Rapunzel hatte er offensichtlich gesehen. «Genau.» Maya nickte.

«Ich war mit Kollegen dort.»

«Du arbeitest also in Taiwan?»

«Unter anderem. Und bevor du mich für einen totalen Chauvinisten hältst ...»

«Würde mir nicht im Traum einfallen ...»

«Die Firma, für die ich arbeite, hat überall auf der Welt Niederlassungen. Ich bin nie länger als ein paar Wochen an einem Ort. Da lohnt es sich einfach nicht, längerfristige Bindungen einzugehen.»

Okay, das war nachvollziehbar, dachte Maya. Und bei ihr nicht anders. «Dann haben wir zumindest eine Sache gemeinsam.» Sie erzählte ihm von ihrem Blog. Während er Gin Tonic trank und Maya nach dem Passionsfrucht-Bier auch noch die Geschmacksrichtungen Zitrone, Banane, Pfirsich und Melone testete, unterhielten sie sich über all die Länder, die sie schon besucht hatten.

«Du bist ganz schön rumgekommen.» Tobi hatte auf seinem Handy Mayas Blog aufgerufen und durch ihre Reiseziele gescrollt. «Ist das dein Lebensmotto?» Er tippte auf den Schriftzug *Maya will Meer*.

– 30 –

«Irgendwie schon.» Sie streckte ihm ihren Arm entgegen und zeigte ihm ihr Tattoo. «Ich möchte mit Erinnerungen sterben, nicht mit Träumen.» Um das nicht zu vergessen, hatte sie sich diese Worte auf die Innenseite ihres Unterarms tätowieren lassen.

«Hübsch!» Tobi zog mit dem Daumen den Schwarm Vögel nach, der über dem Zitat schwebte. «Welchen Traum möchtest du denn gerne zu einer Erinnerung machen?» Er sah ihr tief in die Augen.

Vielleicht lag es an der fünften Dose Hello-Kitty-Bier, vielleicht auch daran, dass sie sich ohne Kathi gerade ziemlich einsam fühlte ... Maya legte den Kopf schief und lächelte ihn an. «Wieso findest du es nicht heraus?»

Maya

Auf dem Nachtmarkt gegenüber war trotz der späten Uhrzeit immer noch etwas los. Maya war leicht übel, denn sie hatte sich von Tobi dazu herausfordern lassen, ein Stück frittierte Fledermaus hinunterzuwürgen. Eventuell lag es aber auch nur an dem Geruch von fermentiertem Tofu, der aus einer der Garküchen zu ihr heraufzog. Das Zeug stank so unglaublich, dass die Taiwaner es nur *stinky tofu* nannten. Was sie aber nicht davon abhielt, es zu ihrem Nationalgericht zu erklären...

Es war schwül in dem kleinen Zimmer, das Tobi gemietet hatte, und das Laken fühlte sich klamm an. Ein Ventilator brachte nur wenig Abkühlung.

Tobi lag neben Maya auf der Seite und hatte das Kinn in die Handfläche gestützt. «Wo wohnst du eigentlich, wenn du nicht durch die Welt reist?»

«Nirgendwo. Ich wohne immer dort, wo ich mich gerade aufhalte.»

«Und wo hast du gewohnt?»

«In Hamburg.»

«Ein typisches Nordlicht bist du aber nicht, oder?» Seine blauen Augen wirkten ganz dunkel in dem gedämpften Licht. «Vom Aussehen her hätte ich dich trotz deiner grauen Augen viel weiter unten eingeordnet. Stammt ein Elternteil von dir aus Südeuropa?»

«Nicht, dass ich wüsste.»

«Erzähl mir was über dich!»

Maya unterdrückte ein Stöhnen. Das Ganze wurde ihr etwas zu persönlich, und sie fragte sich, ob es nicht langsam Zeit wurde zu gehen. «Was willst du denn wissen?»

«Alles.»

«Lohnt sich das denn überhaupt? Wir werden uns schließlich nach der heutigen Nacht niemals wiedersehen.»

«Vielleicht treffen wir uns ja zufällig auf dem Gipfel des Himalaya wieder, oder in einer Reishütte in Laos.» Tobi strich mit seinen Fingerspitzen über ihre feuchte Haut. «Vor allem Letzteres würde mir ausgesprochen gut gefallen.»

Jetzt musste Maya schmunzeln. Das klang alles ziemlich einstudiert, und bestimmt hatte er diese «Erzähl-mir-was-Nummer» schon mehr als ein Mal abgezogen. Aber er wusste genau, was Frauen hören wollten.

«Okay, ein paar Fakten zu mir.» Vielleicht gab er dann Ruhe. «Nummer eins: Ich wäre gerne Meeresforscherin geworden, aber es hat nicht geklappt.»

«Wieso nicht?»

«Wenn ich dir das erzähle, würde das leider den zeitlichen Rahmen unseres One-Night-Stands sprengen. Du musst also auf ein zufälliges Wiedersehen in der Reishütte hoffen.»

«Schade! Aber ich werde zusehen, dass ich mich in der nächsten Zeit öfter in einer aufhalte. Nummer zwei?»

«Meine Lieblingstiere sind Paletten-Doktorfische.»

«Du hast also eine Schwäche für Dori?»

«Du kennst *Findet Nemo*?»

«Klar. Ich habe gehört, dass es bei Frauen gut ankommt, wenn man sich eine kindliche Seite bewahrt. Stimmt das?»

«Auf jeden Fall. Spätestens jetzt bin ich dir verfallen.»

Sie lächelten sich an. Um Tobis Augen bildeten sich viele kleine Lachfältchen, und Maya konnte nicht verhindern, dass es in ihrem Bauch anfing, wie Brausepulver zu bitzeln. Er war schon irgendwie süß. Sie räusperte sich. «Außerdem mag ich meine Sommersprossen, ich kann alle Miss-Marple-Filme mit Margaret Rutherford mitsprechen, und ich halte nichts davon, mich mit Besitz zu belasten. Aber von überall, wo ich war, nehme ich eine Muschel mit. Und in sie zeichne ich ein kleines Symbol hinein, das mich an das allerschönste Erlebnis erinnert, das ich auf dieser Reise hatte.»

«Hast du in Taiwan schon eine gefunden?»

«Ja.» Maya rutschte ein Stück nach vorne und griff in ihren Rucksack. Sie nahm eine hellgelbe Körbchenmuschel aus einem Jutebeutel und gab sie ihm.

Tobi strich mit seinem Zeigefinger über die gleichmäßigen Riffel der Schale. «Soll ich das Bett, in dem wir liegen, für dich hineinzeichnen, oder willst du es später tun?» Sein rechter Mundwinkel zuckte.

Was für ein Macho ... «Noch ein bisschen eindrucksvoller als unsere gemeinsame Nacht fand ich die hunderttausend aufsteigenden Himmelslaternen. Aber ich verspreche dir, der Sex mit dir kommt gleich danach.»

Tobi lachte auf. «Du bist wirklich ehrlich.»

«Das wäre der letzte Fakt über mich gewesen. Jetzt bist du dran!»

«Okay. Ich muss aber kurz nachdenken.» Er legte seine Stirn in Falten. «Also, Nummer eins: Ich kann einfach nicht früh aufstehen. Vor acht schaffe ich das nur mit Unmengen von Kaffee. Nummer zwei: Ich hasse Zwiebeln, aber ich mag Flammkuchen. – Schon etwas eigenartig, oder?»

Maya zuckte die Achseln. «Ich esse Tomaten nur püriert.»

«Gut, dann bin ich beruhigt. Nummer drei: Ich habe einen jüngeren Bruder, der Ulfried heißt.»

«Der Arme! Was haben sich deine Eltern dabei gedacht?»

«Wir sind nach unseren Großvätern benannt worden.»

«Und du hast den Tobias erwischt? Unfair!»

Tobi nickte. «Ich an seiner Stelle würde kein Wort mehr mit mir sprechen. Deswegen auch Fakt Nummer vier: Ich bin zwar nicht unbedingt gläubig, aber ich danke Gott trotzdem jeden Tag dafür, als Erster geboren worden zu sein.»

Maya grinste. «Das kann ich verstehen. Jetzt bin ich aber wirklich gespannt, welche finsteren Geheimnisse du sonst noch auspackst.»

«Das darfst du: Nummer fünf…» Er machte eine bedeutungsvolle Pause.

«Ja!?»

«… als ich klein war, hatte ich jahrelang eine fast zwei Meter hohe Pappfigur von David Hasselhoff in meinem Zimmer stehen.»

«Als Knight Rider oder als Rettungsschwimmer?»

«Als Rettungsschwimmer. In roter Badehose…»

«Oh.»

«Jap. Willst du noch mehr hören?»

«Lieber nicht. Wenn es wenigstens Pamela Anderson gewesen wäre ... Falls du noch nicht dort warst, kann ich dir als Fan übrigens sehr empfehlen, mal nach Malibu zu reisen. Der Strand dort sieht exakt so aus, wie man es aus dem Fernsehen kennt. Die Baywatch-Tower, die gelben Jeeps ... Und die Rettungsschwimmerinnen tragen rote Badesachen. Als ich dort war, hatte ich sogar das Glück, Delfine zu sehen.»

«Du bist wohl schon überall gewesen.»

«Ich arbeite daran.»

Auf einmal wurde Tobis Gesichtsausdruck nachdenklich, und er wickelte eine Strähne von Mayas Haar um seinen Zeigefinger. «Denkst du, dass du dein ganzes Leben reisen wirst?»

«Klar. Was soll ich sonst machen? Das ist schließlich mein Beruf. Außerdem bin ich eine totale Nomadin.»

«Hast du denn gar keine Angst, dass dir mal die Reiseziele ausgehen?»

«Absolut nicht.» Maya drehte sich vom Bauch auf den Rücken. «Es gibt so viel zu sehen. Ich war zum Beispiel noch nie in Australien und Neuseeland. Und du? Kannst du dir vorstellen, irgendwann mal sesshaft zu werden?»

Tobi nickte. «Ich mach den Job noch ein paar Jahre, und wenn ich genug Geld verdient habe, dann gehe ich nach Deutschland zurück und kaufe ein Haus oder eine Wohnung.»

«Wo du mit deiner Frau, zwei Kindern und einem Golden Retriever wohnen wirst», zog sie ihn auf. «Und den Jahresurlaub verbringt ihr auf Malle.»

«Auch dort gibt es schöne Ecken.»

«Ich weiß. Ich mag den Norden.»

Er lachte. «Natürlich warst du schon da. Gibt es eigentlich irgendeinen Ort auf der Welt, wo es dich gar nicht hinzieht?»

Maya schluckte, und die flapsige Stimmung, in der sie sich gerade noch befunden hatte, legte sich schlagartig. «Ja», sagte sie, nachdem sie einige Sekunden gezögert hatte. «La Gomera.»

«Ernsthaft?» Tobi hob erstaunt die Augenbrauen. «Tschernobyl hätte mich nicht gewundert. Oder der Gazastreifen. Was hast du denn gegen diese Insel?»

Maya nahm das Laken und zog es über ihren nackten Körper. «Dort wohnt jemand, den ich am liebsten nie wiedersehen würde.»

Karoline

Karoline hielt sich das Fernglas vor die Augen. Von ihrer Dachterrasse aus hatte sie einen überraschend guten Blick auf die Villa, die Alejandro vor ein paar Wochen gekauft hatte. Gerade kam er, barfuß und in enganliegender Badehose, hinter einem üppig blühenden Oleanderbusch hervor und betrat seine Veranda. Er war gut in Schuss für sein Alter. Sein Kreuz war vielleicht nicht mehr so breit wie früher, aber ein leichtes V konnte sie immer noch erkennen. Sein Bauch war flach, die Beine lang und muskulös. Offenbar nutzte er seinen Pool nicht nur, um sich darin abzukühlen. Karoline stellte das Fernglas etwas schärfer. Seine Haare, die er früher kurz getragen hatte, reichten ihm nun bis auf die Schultern, und er hatte sie zu einem straffen Pferdeschwanz zusammengebunden. Im Gegensatz zu seinem Bart, der inzwischen fast völlig ergraut war, waren sie immer noch schwarz. Er sah genauso aus wie auf den Fotos in den Magazinen, nur müder. Gestern Abend hatte er bis tief in die Nacht mit seinen Künstlerfreunden auf der Terrasse gesessen und gefeiert. Die Musik war bis zu ihrem Häuschen heraufgeschallt. Obwohl es erst Mittag war, hielt Alejandro auch heute ein Glas mit einer torfbraunen Flüssigkeit in der einen Hand (Karoline tippte auf

Whisky), in der anderen Hand trug er ein Getränk, das wie Aperol Spritz aussah.

Er brachte das Glas einem blonden Mädchen, das im Schatten einer Palme auf einer Sonnenliege lag. Karoline wusste, dass sie Denise hieß und Tantra-Massagen anbot. In El Guro lebten kaum hundert Menschen. Hier kannte jeder jeden, und wer hier lebte, hatte wenig Privatsphäre.

Als Denise in Alejandros Sichtfeld kam, setzte sie sich auf und zupfte das trägerlose Oberteil ihres farbenfrohen Bikinis zurecht. Sie warf ihre langen Haare zurück und schenkte ihm ein strahlendes Lächeln. Er zog sich einen Stuhl heran, und sie prosteten sich zu. Obwohl Karoline mindestens dreißig Meter entfernt war und überhaupt nichts hören konnte, dröhnte das Klirren ihrer Gläser förmlich in ihren Ohren. Ein paar Tage zuvor hatte Claudia bei ihm auf der Terrasse gesessen, die in Vueltas wohnte und beim Optiker arbeitete. Und davor Melanie, die Walbeobachtungstouren anbot. Beide waren kaum älter als Denise. Karoline atmete gegen den Druck in ihrem Brustkorb an.

Wieso war er zurückgekehrt?

«Hier bist du! Ich dachte, du sitzt im Büro und machst deine Abrechnung.» Bine, ihre Freundin und Mitbewohnerin, war auf die Dachterrasse getreten, ohne dass Karoline es bemerkt hatte. Warum konnte sie keine Sandalen tragen, sondern musste sommers wie winters barfuß herumschleichen?

Karoline ließ das Fernglas sinken. «Nein, ich ... ich habe mal eine Pause gebraucht.»

«Eine Pause ... aha.» Bine nahm es ihr aus der Hand und

schaute hindurch. «Ach, du beobachtest unseren Neuankömmling! Er ist aber auch ein wirklich gutaussehender
Mann.»

«Nein!» Karoline nahm ihr das Fernglas wieder ab. «Ich
… ich habe Vögel beobachtet.»

«Natürlich! Die haben dich ja schon immer interessiert.»
Bines auffällig helle blaue Augen funkelten spöttisch. Sie
hatten genau die gleiche Farbe wie das lange dünne Kleid,
das sie trug. «Ich dachte schon, Xabis Villa würde ewig leer
stehen. Sie war ja auch ganz schön teuer.»

Xabi. Bei der Erwähnung dieses Namens wurde Karoline ganz flau im Magen. Bevor sie nach La Gomera zurückgekehrt war, hatte sie sich nach ihm erkundigt, und sie war
erleichtert gewesen zu erfahren, dass er wenige Jahre zuvor an Leberkrebs gestorben war. Das schnelle Leben hatte
letztendlich seinen Tribut gefordert.

«Aber er scheint sie sich leisten zu können», fuhr Bine
fort. «Er hat schon einmal eine Zeitlang hier gelebt, sagt
man unten im Tal.»

«Was erzählt man sich denn noch alles über ihn?» Karoline fuhr sich mit der Zunge über die trockenen Lippen.

«Dass er ein Künstler ist. Und gar kein so unbekannter.
Er macht Plastiken und Skulpturen aus Ton. Aber gerade
hat er ein Burnout.»

«Das er erfolgreich zu bekämpfen weiß.»

Bine stutzte. Dann kicherte sie. «Statte ihm doch mal
einen Besuch ab. So auf gute Nachbarschaft. Sicher bekommst du auch einen Aperol von ihm.»

Karoline verzog das Gesicht. «Dazu bin ich mindestens
dreißig Jahre zu alt. – Ich gehe jetzt wieder rein. Ich muss

noch die Buchführung vom letzten Monat machen.» Sie schob den Perlenvorhang beiseite und ging in ihr Büro.

Drinnen setzte Karoline sich an ihren Schreibtisch. Im Gegensatz zu dem von Bine, die es liebte, sich mit Krimskrams aller Art zu umgeben, war er perfekt aufgeräumt. Lediglich drei Dinge standen darauf: Ihr Laptop, ein dreistöckiges Ablagefach und ein Bilderrahmen. Sie nahm das gerahmte Foto von ihrer Tochter in die Hand. Obwohl Maya nicht ihr leibliches Kind war, wäre es ihr nie eingefallen, anders an sie zu denken als an *ihre Tochter*. Das Foto war kurz vor ihrem Abitur aufgenommen worden. Damals hatte Maya ihre dunkelbraunen Locken noch bis zur Hüfte und nicht nur bis zur Schulter getragen, und sie hatte auch noch keine Tätowierung gehabt. Dass auf ihrem Unterarm nun ein Spruch stand, *Stirb mit Erinnerungen, nicht mit Träumen*, wusste sie nur aus dem Internet.

Karoline strich sich die blonden schulterlangen Haare hinter die Ohren und rief Mayas Blog auf ihrem Laptop auf. Das tat sie in letzter Zeit oft. Als Letztes war Maya in Cinque Terre gewesen, davor auf den Azoren. Ein Jahr lang wollte sie jede Woche in einem anderen Land verbringen. 52 Länder waren das! Das musste man sich einmal vorstellen! Karoline hätte spontan gar nicht so viele Länder aufzählen können. Sie selbst fühlte sich schon gestresst, wenn sie die Insel nur verließ, um Ausflüge nach El Hierro, La Palma oder Teneriffa zu unternehmen. Und das war in den letzten Jahren nur wenige Male vorgekommen.

Warum tat Maya sich das an? Karoline klickte auf eines der Fotos, um es zu vergrößern. Obwohl Maya darauf in die Kamera strahlte, wirkte sie abgekämpft. Und sie war dünn geworden. Bestimmt schlief und aß sie nicht genug.

Ob diese ständige Sorge um dieses Mädchen irgendwann einmal aufhören würde? Karoline klappte den Laptop wieder zu und stützte ihr Kinn auf die verschränkten Hände.

Gestern war eine junge Einheimische bei ihr in der Praxis gewesen. Seit sie mit ihrem ersten Kind schwanger sei, habe sich ihr Partner vollkommen verändert, hatte sie geklagt. Sie hätte das Gefühl, dass er sie gar nicht mehr wahrnähme, sondern nur noch ihren Bauch. Darin steckte der heißersehnte Junge, dessen kräftige Tritte bei seinem Vater bereits jetzt die Hoffnung weckten, den nächsten spanischen Nationalspieler gezeugt zu haben.

Karoline hätte der werdenden Mutter so gerne gesagt, dass ihr Partner schon bald nicht mehr ihr einziges Problem sein würde. Noch konnte die junge Frau sich nicht vorstellen, wie viele Nächte sie am Bett ihres kranken Kindes sitzen und angespannt jedem seiner Atemzüge lauschen würde. Dass sie ängstlich seine ersten Schritte verfolgen würde, die ersten Versuche auf dem Fahrrad ... Die Frau hatte noch keine Vorstellung davon, wie viele aufgeschlagene Knie sie in den nächsten Jahren würde verarzten müssen, wie viele Tränen sie trocknen würde – und vergießen. Müde rieb Karoline sich die Schläfen. Sie wusste noch nicht, wie viele Fehler sie machen würde ...

Einen Moment lang erlaubte sie sich, die Augen zu schließen, und sie stellte sich vor, dass sie auf dem Deck der *Maria* stand, ihr Gesicht in den Wind hielt und zum ersten Mal La Gomera im Dunst des frühen Morgens vor sich auftauchen sah.

Karoline

Valle Gran Rey, August 1985

«Findest du nicht auch, dass La Gomera aussieht wie der Rücken einer Schildkröte?», fragte Karoline.

«Nein.» Mit kerzengeradem Rücken stand Mama an der Reling der *Maria*. Aus Angst, sich die weiße Bluse und den sorgfältig gebügelten Rock schmutzig zu machen, hielt sie ein wenig Abstand. Lediglich die Hände hatte sie auf dem Geländer abgestützt, um in ihren hohen Sandaletten nicht aus dem Gleichgewicht zu geraten.

«Ach, komm schon, Hermine, sei nicht so phantasielos und mach mit!» Papa legte den Arm um die Schultern seiner Frau, die ihn um mindestens zwei Zentimeter überragte. «Mich erinnert die Insel an ein Gesicht. Schau!» Er zeigte nach vorn. «Dort sind die Augenhöhlen, dann kommt die Nase, der Mund, das Kinn. Jetzt bist du dran!»

Mama verdrehte die Augen und rückte ein Stück zur Seite. «Die Insel sieht aus wie dein Hut, Schatz. Bist du nun zufrieden? – Was ist das eigentlich für ein hässliches Ding!»

«Ein Tropenhelm. Ich habe ihn gerade aus dem Koffer geholt. Sehe ich damit nicht wie ein Forscher aus?» Er lächelte stolz.

— 43 —

Karoline nickte. «Mir gefällt er. Und wenn dir eine Kokosnuss auf den Kopf fällt, bist du gerüstet.»

«Das wäre ich, wenn sie dort wachsen würden. Aber auf La Gomera gibt es Mangos und Bananen. Wir können sie direkt von den Bäumen pflücken, sagt Juan.»

Bei der Erwähnung dieses Namens presste Mama die Lippen zusammen. Der spanische Kollege ihres Mannes war der Grund dafür, dass sie hier waren, und sie war immer noch verärgert, weil sie den Sommerurlaub nicht wie sonst auf Sylt verbrachten. «Wieso müssen wir so weit fahren, wenn es zu Hause in Deutschland genauso schön ist?», hatte sie ihren Mann erzürnt gefragt, und normalerweise war ihr Wunsch ihm Befehl. Aber als Juan ihn und die ganze Familie nach La Gomera eingeladen hatte, war er trotz der Proteste seiner Frau hart geblieben.

Voller Zuneigung betrachtete Karoline ihren rundlichen Vater. Seit er mit Juan zusammenarbeitete, träumte er davon, sich die üppige Flora, für die die Insel so berühmt war, selbst anzuschauen. Und mit etwas Glück einen Afrikanischen Königsfalter oder einen Goldenen Danaina zu sehen und zu fotografieren, um sie später seinen Studenten zu zeigen. Er war Professor der Zoologie, und Schmetterlinge waren sein Fachgebiet. Wenn ihr zukünftiger Beruf sie einmal – nach ihrem Psychologiestudium – nur halb so sehr ausfüllen würde wie ihn der seine, dann wäre sie glücklich.

Beim Näherkommen nahm die Insel Konturen an. Aus den grünen Tupfen wurden Palmen, aus den weißen kleine Häuser, die wie angeklebt an steil aufragenden Felswänden hingen. Ein breites graubraunes Band aus Sand erstreckte sich zwischen ihnen und dem Meer.

Die *Maria* legte an, und sie gingen über die wacklige Zugangsbrücke an Land. Als Mama auf ihren hohen Absätzen ins Schlingern kam, hielt Papa ihr die Hand hin. Doch Mama ignorierte sie und stelzte mit verkniffenem Gesicht weiter.

Karoline verdrehte die Augen. Schon an ihren guten Tagen fiel ihre Mutter nicht gerade durch Fröhlichkeit auf, und an schlechten war sie kaum zu ertragen. Sollte sich ihre Laune nicht bessern, konnte Karoline nur hoffen, dass sie eine Migräne vortäuschen und für den Rest des Urlaubs im abgedunkelten Zimmer bleiben würde. So würde sie wenigstens allen anderen die Ferien nicht verderben.

Eine schläfrige Trägheit lag über dem Hafen von La Gomera. Bunte Fischerboote dümpelten auf und ab, und in der angrenzenden Badebucht planschten Kinder im flachen Wasser, während ihre Eltern im dunklen Sand lagen und sich sonnten. Kräftige braun gebrannte Männer luden Holzkisten auf Sackkarren und brachten sie ohne Eile zu einem der anliegenden Schiffe. Anders als im betriebsamen Hamburger Hafen schien sich hier das Leben in Zeitlupe abzuspielen.

Nur ein mit Schweinen beladener Kleinlaster sorgte für etwas Bewegung in diesem Bild. Er fuhr in wilden Schlangenlinien zwischen den Menschen hindurch, die von der *Maria* strömten. Ohne Rücksicht auf die quiekenden Tiere zu nehmen, bremste er ein Stück vor ihnen scharf ab. Der behaarte Arm des Fahrers baumelte lässig aus dem Fenster. Als der Mann Mamas Blick bemerkte, zwinkerte er ihr zu und zeigte seine braun gefleckten Zähne.

«Wie kommen wir eigentlich zum Haus deines Kollegen? Holt er uns ab?», fragte Mama, die angeekelt den Blick abgewandt hatte.

«Nein. Ich habe einen Eselskarren bestellt. Da ist er schon!» Papa wies auf das Gefährt. Ein alter Mann mit nacktem Oberkörper saß auf dem Kutschbock. Sein faltiger Bauch hing über den Bund seiner durchgescheuerten Hose. Mama entgleisten die Gesichtszüge.

«Ach! Das ist ja eine schöne Idee!», sagte Karoline und machte Anstalten, zu dem Esel zu laufen, der melancholisch vor sich hin starrte und mit seinem langen dünnen Schwanz die Fliegen vertrieb.

Ihr Vater hielt sie zurück. «Bleib hier, Liebchen! Ich wollte deine Mutter nur ein wenig hochnehmen», schmunzelte er. «Wir werden abgeholt. Von Juans Sohn. Er wartet bereits auf uns.» Er zeigte auf einen dunkelhaarigen Burschen in Karolines Alter, der vor einem mattblauen, schon etwas angerosteten Mercedes stand und ein Schild in die Höhe hielt. *Familie Neder* stand in ausgesprochen kunstvoll geschriebenen Buchstaben darauf.

Mamas Brustkorb hob und senkte sich schwer. Gemessen an ihren Ansprüchen war der alte Mercedes kaum besser als der Eselskarren.

«Herzlich willkommen!», sagte der junge Mann auf Deutsch, aber mit starkem Akzent. «Darf ich Ihr Gepäck einladen?»

«Natürlich. Ich bin Karl.» Karolines Vater streckte die Hand aus.

Der Mann wischte seine am Stoff seiner Shorts ab, bevor er Papas Hand ergriff. «Alejandro.»

Nach einem winzigen Zögern reichte er auch dem Rest der Familie die Hand. Sie fühlte sich sehr rau an, stellte Karoline fest, als sie an der Reihe war. Die Fingernägel hatten dunkle Ränder, als hätte er bis gerade eben noch in Sand oder Erde gewühlt. Alejandros Augen waren von einem tiefen Braun. Doch es war nicht ihre Espressofarbe, die Karolines Herz dazu brachte, aus dem Takt zu geraten, sondern die Art, wie er sie anschaute. Seine Lippen umspielte dabei ein leichtes Lächeln, und er schien sich jedes noch so winzige Detail ihres Gesichts genau einzuprägen.

Maya

Wie tief musste man sinken, um in ein Dixi-Klo zu kotzen? Maya stand der Schweiß auf der Stirn, als sie mit wackligen Knien aufstand. Am liebsten hätte sie sich von Kopf bis Fuß mit Desinfektionsmittel abgeduscht. Erschöpft schob sie den Riegel zur Seite. Vor der Tür hatte sich bereits eine lange Schlange gebildet. Maya versuchte, nicht in die genervten Gesichter zu schauen. In der letzten Viertelstunde war sie in den verschiedensten Sprachen dazu aufgefordert worden, endlich rauszukommen, und es war ein Wunder, dass das Dixi-Klo nicht umgekippt war, so heftig hatten einige Festivalbesucher dagegengehämmert. Ein paar Meter entfernt blieb sie einen Moment stehen und atmete gierig ein und aus. Ihr war immer noch schlecht. Seit Wochen schon ging es ihr so dreckig. Seit sie mit Tobi auf dem Nachtmarkt in Taiwan das Stück Fledermaus gegessen hatte. Auch eine Möglichkeit, sich ihn nachdrücklich in Erinnerung zu rufen ...

Nicht, dass Maya schon Unmengen an One-Night-Stands gehabt hatte – gut, ein paar waren es in den letzten Jahren schon gewesen! –, aber so häufig wie an Tobi hatte sie noch nie an einen von ihnen gedacht. Wahrscheinlich, weil er trotz seines geschniegelten Aussehens lange nicht so schnöselig und oberflächlich war, wie sie es erwartet hatte. Vielleicht aber auch, weil er sie dazu gebracht hatte, über Karoline zu sprechen.

Unwillkürlich griff sie nach dem kreisförmigen Holzanhänger, den sie an einem Lederband um den Hals trug. Seit sie alle Zelte abgebrochen und aus Hamburg weggegangen war, hatte sie ihn niemals abgenommen.

Auf einmal sah Maya wieder den Arzt aus dem Krankenhaus vor sich, wie er sie bat, in sein Zimmer zu kommen und an seinem Schreibtisch Platz zu nehmen. «Sie können für Frau Neder kein Blut spenden», hatte er gesagt.

«Und wieso nicht?», hatte sie sich erkundigt. «Sie haben mich doch darum gebeten. Für den Fall, dass bei der OP meiner Mutter Komplikationen eintreten.»

Er zögerte. «Ihre Blutgruppen sind nicht kompatibel. Sie haben Blutgruppe o positiv, Frau Neder AB negativ.»

Maya hätte nicht mehrere Semester Biologie studiert haben müssen, um zu wissen, was das bedeutete. Dazu hätte schon ihr Schulwissen gereicht. «Unsere Blutgruppen passen nicht zusammen?», wiederholte sie tonlos. «Das heißt...» In ihrem Kopf begann es zu brausen.

Der Arzt nickte, schaffte es kaum, ihr in die Augen zu schauen. «Sie können nicht blutsverwandt sein.»

Maya konnte sich nicht mehr daran erinnern, wie sie nach diesem Gespräch nach Hause gekommen war. An was sie sich aber noch gut erinnern konnte, das war das Entsetzen in Karolines Augen, ihre Hand, die nach dem Türrahmen griff, damit sie den Halt nicht verlor, und an ihre gestammelte Erklärung. Dass sie sie in den frühen Morgenstunden auf den Stufen einer Kirche in Barcelona gefunden habe. In einem Weidenkorb, in dem auch der Holzanhänger lag. Dass sie sie mit nach Hause genommen habe, ohne sie irgendwo zu melden. Weil sie nicht wollte, dass sie in ein Heim käme, und sie selbst sich so sehr ein Kind gewünscht hatte. Es klang alles so absurd.

Kathi stand immer noch an der Festivalbühne, wo Maya sie zurückgelassen hatte. Zum Beat einer walisischen Rockband hüpfte sie wie ein Jo-Jo auf und ab. Es dauerte ein wenig, bis Maya sich zu ihr durchgekämpft hatte.

«Wie siehst du denn aus?», fragte Kathi, als sie sie endlich bemerkte. «Und wo warst du so lange?»

Maya erzählte ihr, was passiert war, und Kathi zeigte sich angemessen mitfühlend.

«Du Arme! Bestimmt hast du dir den Magen an dem frittierten Gemüse gestern verdorben. Ich fand auch, dass es seltsam geschmeckt hat.»

«Weil es Fisch war und kein Gemüse, du Nuss. Und es war nicht der Fisch. Ich habe die Fledermaus in Taipeh nicht vertragen!»

«Aber das ist doch schon Wochen her, dass du die gegessen hast.»

Maya zuckte mit den Schultern. «Ja, und? So etwas Ekliges wirkt halt nach.» Gut, dass sie sich wenigstens geweigert hatte, das Schlangenblut zu trinken. Sie fing an zu würgen.

«Oh je! Es geht wieder los. Ich bringe dich zum nächsten Dixi-Klo. Und dieses Mal stehe ich höchstpersönlich Wache.» Kathi packte sie am Arm.

«Nein, kein Dixi-Klo.» Maya schlug die Hand vor den Mund. Zu spät!

Es hatte keinen Zweck, musste sie sich kurz darauf eingestehen, als sie mit wackligen Beinen und bestimmt hochrotem Kopf von Kathi durch die Menschenmenge geschoben wurde. Es war Zeit, dass sie sich einer Möglichkeit stellte, die sie schon seit Wochen verdrängte: Vermutlich waren es nicht die Nachwirkungen der Fledermaus, die bei ihr seit Taipeh die Kotzeritis verursachten. Und es war wohl doch kein unverhofftes Geschenk des Schicksals, dass ihre vorher so kleinen Brüste die Größe von Honigmelonen angenommen hatten. Ihre Regel war wahrscheinlich auch nicht nur deshalb schon zweimal ausgeblieben, weil sie in letzter Zeit so viel Stress hatte.

«Kathi!»

«Ja?»

«Kannst du mich zu einer Apotheke fahren?»

Maya

«Scheiße!» Maya starrte unverwandt auf den zweiten roten Strich, der sich auf dem Display des thermometerförmigen Gegenstands ein paar Millimeter neben dem ersten gebildet hatte. Sie war noch nicht einmal fertig mit Pinkeln gewesen, da war er schon aufgetaucht.

«Hast du die Beschreibung auch gründlich durchgelesen? Vielleicht bedeuten die beiden Striche ja, dass du nicht schwanger bist. Lass mich mal sehen!» Kathi nahm Maya den Beipackzettel aus der Hand.

«Sie bedeuten schwanger. Das solltest du als Mutter eigentlich wissen.» Maya ließ sich auf den Rand der Badewanne sinken.

Kathi setzte sich neben sie und legte einen Arm um ihre Schultern. «Wer ist denn eigentlich der Glückliche? Das hast du mir noch gar nicht gesagt.»

«Tobi. Er ist der Einzige, mit dem ich in der letzten Zeit geschlafen habe.»

«Habt ihr denn nicht verhütet?»

«Doch. Klar. Wir haben sogar zwei Gummis übereinander gezogen.»

«Zwei?»

«Das war ein Witz, Kathi! Ein Gummi! Aber der hat

vorher vermutlich schon ein bisschen zu lange unbenutzt in meinem Geldbeutel gesteckt. Ach, Mann!» Sie schlug mit der Faust auf den weißen Badewannenrand. «Das kann doch nicht wahr sein!» Maya verbarg das Gesicht in ihren Händen. Wieso hatte sie den Test nicht schon vor vier Wochen gemacht? Sie würgte, und Kathi sprang auf, um schnell den Klodeckel hochzuziehen.

«Keine Sorge. Dieses Mal habe ich alles im Griff.» Maya atmete tief durch. Dann sah sie Kathi fest an. «Ich kann es nicht bekommen. Wie soll das gehen? Ich kann es doch nicht immer mitnehmen, wenn ich reise. Was ist denn das für ein Leben für ein Kind?»

«Immerhin ist es ein Leben.»

«Du hast leicht reden. Du bist glücklich verheiratet und verbeamtet.»

«Du hast dich also schon entschieden?»

Maya nickte.

«Dann willst du meinen Rat also gar nicht?»

«Nein. Mir reicht deine Absolution. Ich will, dass du mir bestätigst, dass es in meiner Situation das einzig Richtige ist, es nicht zu bekommen.»

«Du könntest doch einfach mal eine Zeitlang an einem Ort bleiben, wenn du glaubst, dass das ständige Reisen ein Kind zu sehr stressen würde.»

«Und wovon soll ich dann leben? Von Hartz IV? Ich habe keine Ausbildung. Das Biologiestudium habe ich nie zu Ende gemacht. Oder soll ich den Blog weiterlaufen lassen, angebliche Reisen erfinden und Texte darüber schreiben, die Fotos aus irgendwelchen Bildarchiven nehmen und hoffen, dass es niemandem auffällt?»

«Du könntest es bekommen und zur Adoption freigeben.»

«Damit es sich zeit seines Lebens fragt, wieso seine richtigen Eltern es nicht gewollt haben? So wie ich! Nein!»

«Das verstehe ich natürlich.» Kathi streichelte Mayas Arm. «Und ich weiß auch, dass du in einer ganz blöden Situation bist. Aber solltest du dir nicht anstatt meiner Absolution die von Tobi holen? Er ist schließlich der Vater. Sollte er über das Schicksal seines Kindes nicht mitbestimmen dürfen?»

«Der Typ hat mir gleich in einem seiner ersten Sätze anvertraut, dass er Frauen niemals nach ihrer Nummer fragt, weil er sich sowieso nie bei ihnen meldet.»

«Oh!»

«Genau. So jemand will doch kein Kind haben. Außerdem wüsste ich gar nicht, wie ich Kontakt zu ihm aufnehmen sollte. Ich kenne nicht einmal seinen Nachnamen.»

«Ihr wart also nur miteinander im Bett?»

«Ein bisschen haben wir uns auch unterhalten. Ich weiß zum Beispiel, dass er in einer Firma arbeitet, die in Taipeh und überall auf der Welt Niederlassungen hat.»

«Das ist doch ein Anhaltspunkt.»

«Quatsch. Weißt du, wie viele solche Firmen es gibt?»

«Du hast ihn also gegoogelt.»

Maya zuckte mit den Schultern. Es war ja nicht so, dass ihr die Nacht mit Tobi nicht gefallen hätte ...

«Willst du eigentlich zum Festival zurück?», fragte sie ihre Freundin.

«Ich kann mir nicht vorstellen, dass dir danach ist, oder?», antwortete Kathi.

Maya schüttelte den Kopf.

«Dann bleibe ich bei dir. Alexander geht sowieso davon aus, dass ich heute den ganzen Tag mit dir auf dem Festival bin. Er ist mit Luca in einen Kleintierpark gegangen und rechnet frühestens um Mitternacht mit mir. Wenn du heute Nacht nicht allein sein willst, kann ich natürlich auch bei dir schlafen.»

«Das musst du nicht.» Maya lehnte ihren Kopf gegen Kathis Schulter. «Ich habe so ein schlechtes Gewissen, dass du meinetwegen den Auftritt von Rita Ora verpasst hast.»

«Ach, Rita Ora …» Kathi machte eine abfällige Geste. «Ist sie meine beste Freundin, oder bist du es?»

Während Kathi mit Alexander telefonierte, der per Ferndiagnose von ihr wissen wollte, ob er mit Luca zum Arzt fahren musste, weil der einen Ziegenköttel gegessen hatte, lief Maya zum Strand hinunter. Da es nieselte, hielt sich dort kaum jemand auf. Ihre Beine kamen ihr schwerer vor als sonst. Und sie war müde. So müde! Erst etwas mehr als ein Drittel ihrer 52-Länder-in-52-Wochen-Challenge hatte sie geschafft, und sie fühlte sich schon jetzt total ausgelaugt. Wenn sie in ein paar Tagen am Lake District wäre, würde sie am liebsten sieben Tage lang im Zimmer bleiben, im Bett liegen, lesen, Serien schauen und schlafen, anstatt über die Hügel zu wandern.

Maya balancierte über die glitschigen Steine und schaute aufs Meer hinaus. Schon zu Hause, in Hamburg, war sie immer ans Wasser gegangen, wenn etwas sie bedrückte. Dann hatte sie ihre Schuhe ausgezogen, war durch den Schlick der Elbe gestapft und hatte Stöcke hineingeworfen.

Der ruhige, gleichmäßige Strom, unbeeindruckt von allen Widrigkeiten des Lebens, hatte ihr gezeigt, dass es schon irgendwie weitergehen würde.

Gerade jetzt aber war sie sich nicht sicher.

Sie war schwanger! Maya schob eine Hand unter den Tunnelzug ihrer Jogginghose. Ein klein wenig runder erschien ihr der Bauch schon jetzt. Ab welcher Woche konnte man eigentlich eine Bewegung spüren? Maya kniff die Augen zusammen, um nicht anzufangen zu weinen. Wie konnte ich nur in diese Scheißsituation kommen?, dachte sie und ließ sich in den feuchten Sand sinken.

Etwas Schwarzes, Glänzendes tauchte plötzlich vor ihr aus dem Wasser auf. Im ersten Moment dachte sie, dass es ein Seehund sei, doch dann erkannte sie, dass es sich um einen Taucher handelte.

Mit einem Anflug von Neid beobachtete sie, wie er aus den blaugrauen Fluten stieg und sich die Flossen von den Füßen zog. Es war noch gar nicht lange her, da hätte sie selbst dieser Taucher sein können...

Von klein auf war Maya eine richtige Wasserratte gewesen. Bereits mit fünf Jahren hatte Karoline sie im Schwimmverein angemeldet und musste sie fast jedes Wochenende zu Wettkämpfen fahren. Zum zehnten Geburtstag hatte Maya sich ein Aquarium gewünscht, und als sich ihr während des Sommerurlaubs an der Costa del Sol die Gelegenheit bot, einen Tauchkurs zu machen, hatte sie sie sofort ergriffen.

Vom ersten Moment an, als Maya im Neoprenanzug und mit Flossen, Maske und Sauerstoffflasche über den sandigen Boden geglitten war, hatte die Begeisterung sie gepackt. Sie mochte es, wenn sie nichts hörte außer dem Geräusch des eigenen Atems, sie liebte das Gefühl zu schweben (nichts war dem Fliegen näher!), die vielen Farben, und es faszinierte sie, in einer fremden, exotischen Welt zu sein, zu der nur ganz wenige Zugang hatten. Maya war überall getaucht. Sogar in den schlammigsten und trübsten Baggerseen. Karoline hatte dann nur mit einem Schaudern gesagt, sie wolle überhaupt nicht wissen, was sich dort alles unter der Wasseroberfläche herumtrieb.

Nun tauchte Maya nicht mehr. Nachdem sie erfahren hatte, dass Karoline sie fast ihr ganzes Leben lang angelogen hatte, musste sie die Stille, die sie früher so sehr geliebt hatte, mit sehr viel Lärm betäuben. Wenn es leise war, meldeten sich zu viele Dämonen zu Wort. Bei ihrem letzten Tauchgang – vor zwei Jahren am Roten Meer – hatte sie deswegen in achtzehn Metern Tiefe einen regelrechten klaustrophobischen Anfall bekommen, und ihre Beklemmung war so stark geworden, dass sie sich mühsam zusammenreißen musste, um nicht sofort wieder nach oben zu schießen.

«Ach, hier bist du! Ich habe dich schon überall gesucht!», sagte Kathi. Maya hatte gar nicht gehört, dass ihre Freundin zu ihr gekommen war.

«Na, hast du nun mit Alexander erörtert, ob der Genuss eines Ziegenköttels einen Besuch beim Arzt erfordert?», fragte Maya spöttisch.

Ihre Freundin fasste ihre langen roten Haare zu einem Zopf zusammen. «Nach Besuchen in verschiedenen Internetforen sind wir zu der Ansicht gekommen, dass Luca vermutlich in jedem Sandkasten mehr Krankheitserreger zu sich nimmt als durch den winzigen Köttel, und wir warten jetzt einfach mal ab. Während der ganzen Recherchen bin ich aber auf eine super Idee gekommen, wie wir deinen Tobi finden können.»

«Ja?» Maya stand auf. Ihr Körper war steif vor Kälte.

«Ja! Du musst einfach einen Aufruf starten. Wozu hast du schließlich deine ganzen Follower? Vielleicht meldet sich darauf jemand, der ihn kennt.»

«Das ist doch jetzt nicht dein Ernst, oder?» Maya schnaubte. «Welchen Grund soll ich denn angeben, wieso ich ihn unbedingt finden will? Die Wahrheit ist vermutlich eher schlecht.»

«Da gibt es doch Tausende von Möglichkeiten! Schreib, dass du aus Versehen seine goldene Uhr eingesteckt hast und dass du sie ihm unbedingt wiedergeben willst. Oder besser: Schreib, dass du total verliebt in ihn bist und dass du ihn einfach nicht vergessen kannst. So etwas Gefühlsbetontes kommt immer gut an.» Kathi grinste. «Deine Seitenaufrufe werden in astronomische Höhen schnellen.»

«Ja, aber nur, weil ich dann wie der letzte Trottel dastehe und alle Welt auf meine nächste Peinlichkeit wartet. Außerdem sind die Angaben, die ich machen kann, äußerst dürftig: knapp zwei Meter groß, dunkle, kurz geschnittene Haare, blaue Augen, breite Schultern. Das trifft vermutlich auf fünf Prozent der Weltbevölkerung zu, und ich habe leider nicht so viel Talent, dass ich eine Phantomzeichnung von ihm anfertigen kann. Du?»

«Nein, aber das brauche ich auch gar nicht. Ich habe

nämlich was Besseres.» Kathi zückte ihr Handy und reichte es Maya.

«Du hast uns beide im Bus zusammen fotografiert?»

«Ja, ich fand es wirklich herzig, wie ihr beide voreinandergestanden und euch tief in die Augen geschaut habt. Und ich dachte, dass du dich freust, wenn ich diesen Moment für dich festhalte.» Sie kicherte. «Also, worauf wartest du. Leg los!»

Maya

Hallo ihr Lieben!
Ich habe ein riesiges Problem und hoffe, ihr könnt mir helfen. Vor ein paar Wochen habe ich einen wundervollen Mann kennengelernt. Er heißt Tobi. Unsere Begegnung kann ich nur als magisch bezeichnen, aber leider war sie viel zu kurz. Und Handynummern haben wir auch nicht ausgetauscht. Er geht mir einfach nicht aus dem Kopf ...

Maya zog Kathi den Laptop weg.

«Hey! Ich war noch gar nicht fertig», beschwerte sich ihre Freundin. «Ich wollte noch schreiben, dass sein Bruder Ulfried heißt und dass er früher eine Pappfigur von David Hasselhoff in seinem Zimmer stehen hatte.»

«Das wäre unfair! So fies darf man niemanden in der Öffentlichkeit bloßstellen. Außerdem würde ich so etwas Schnulziges sowieso nie posten.» Maya markierte den Text und löschte ihn.

Kathi seufzte. «Gut, nächster Versuch! Sonst werden wir das Cottage heute nicht mehr verlassen. Dabei kommt gerade die Sonne raus, und ich würde gerne mit dir in dieses süße Café fahren, in dem wir gestern schon alle zusammen waren, und eines dieser köstlichen Törtchen essen. Bevor ich zu Alexander und Luca zurückfahre und mir vor lauter Ziegenköttel-Gerede der Appetit vergeht ...» Sie zog den Laptop wieder zu sich heran. «Ich versuche es noch einmal etwas nüchterner.»

Gesucht wird!
Tobi. Nachname unbekannt. Tobi wurde zuletzt auf dem Laternenfest in Pingxi / Nordtaiwan gesehen. Wenn ihr ihn kennt oder etwas über seinen Aufenthaltsort wisst, meldet euch bitte bei mir.
Maya

Maya starrte so lange auf den Bildschirm, bis die Buchstaben vor ihren Augen verschwammen. Dann sagte sie: «Das ist okay.» Sie klickte auf *Veröffentlichen.*

«Spinnst du!?», protestierte Kathi. «Das war ein Scherz! So etwas in der Art hat meine Mutter geschrieben, als Thomas verschwunden war!»

«Dein Stiefvater?»

«Nein, der hieß doch Torsten. Ich meine den Kater, den wir hatten, als ich noch im Kindergarten war.»

«Ist er wiederaufgetaucht?»

«Im Gegensatz zu meinem Stiefvater schon, er hatte nur mit der rolligen Nachbarskatze angebandelt. Aber du lenkst ab! Lösch das sofort!» Kathi versuchte, Maya die Maus aus der Hand zu nehmen, aber es gelang ihr nicht.

Das Honey Café in Swansea war eines dieser typisch britischen Cafés: klein, niedrige Decken, wacklige Stühle und viel Patina. Aber das Gebäck, das sie anboten, hätte es mit jeder französischen Patisserie aufnehmen können. Alexander wurde angesichts der Etagere voller winziger Törtchen ganz ekstatisch. Maya allerdings brachte nicht einmal die Himbeercremeschnitte herunter, die ihr vor zwei Tagen noch so gut geschmeckt hatte. Stattdessen nahm sie ihren Laptop heraus und öffnete die Seite ihres Blogs.

«Und?», fragte Kathi. «Hat sich schon jemand gemeldet?»

«Einige.» Maya scrollte durch die Kommentare. Obwohl sie den Beitrag erst vor anderthalb Stunden veröffentlicht hatte, waren es bereits jetzt über fünfzig.

Dorothée, eine Bloggerkollegin, schrieb: *Wenn du ihn gefunden hast, dann sag ihm, dass ich gerade Single bin ;)*

Ayla, mit der sie im letzten Jahr durch die Vogesen gewandert war, hatte kommentiert: *Den würde ich auch suchen, wenn er mir abhandengekommen wäre.* Gefolgt von drei Tränen lachenden Emojis.

Und eine andere Followerin meinte: *Nie gesehen. Sry*

Maya verdrehte die Augen.

«Ist bis jetzt nichts Brauchbares dabei?», fragte Kathi.

Sie schüttelte den Kopf.

Kathi drehte den Laptop so, dass auch sie einen Blick auf das Display werfen konnte. «Aber hier behauptet jemand, dass er Tobi gestern gesehen hat. Auf der Chinesischen Mauer.»

«Und was soll ich mit dieser Information anfangen? Nach China fliegen und die Mauer ablaufen?»

Auch auf den anderen Kanälen war die Resonanz auf Mayas Beitrag groß. Allerdings waren es auch dort überwiegend Gratulationen zu ihrem guten Geschmack, schlüpfrige Vermutungen über den Grund ihrer Suche oder Entschuldigungen, dass man ihr nicht weiterhelfen könne. Hin und wieder hatte auch jemand Tobi gesehen. Auf Facebook vermeldete zum Beispiel jemand, er sei in Papua-Neuguinea gesichtet worden, auf Instagram war es das Erzgebirge.

«Das wäre zumindest nicht so weit weg und durchaus überschaubar», sagte Kathi.

Maya wusste nicht, ob sie lachen oder weinen sollte. «Ich brauche Leute, die ihn wirklich kennen. Einen ehemaligen Schulkameraden zum Beispiel. Oder seinen Hausarzt.»

«Aber der ist an die ärztliche Schweigepflicht gebunden», gab Kathi zu bedenken.

Maya stöhnte auf.

Zwei Tage später wusste sie zwei Dinge:

Erstens: Sie war wirklich schwanger. In der zehnten Woche. Ein Frauenarzt in Swansea hatte es ihr bestätigt.

Und zweitens: Es musste weltweit jede Menge Doppelgänger von Tobi geben. Oder viele Menschen, die einen ausgeprägten Geltungsdrang besaßen.

Es war unglaublich, wo Tobi überall ausfindig gemacht worden war. In einem Kajak in den Everglades, auf einem Hausboot auf der Spree, in Idar-Oberstein in der Fußgängerzone ... Und alle Spuren verliefen im Sand.

Als sie mit Kathi, Alexander und Klein-Luca am frühen Morgen im Nieselregen auf den Zug wartete, der sie an den Lake District bringen würde, und sie sah, dass eine Nachricht von lasse@hafenholz.de mit dem Betreff *Tobi gesich-*

tet in ihrem Postfach erschien, schlug ihr Herz schon lange keine Loopings mehr.

«Mach sie auf!», drängte Alexander. Er war ein wirklich geduldiger Mensch, aber man merkte ihm an, dass er das ständige Gerede über Tobi leid war und es kaum erwarten konnte, dass sie endlich im Zug saß. Kathi, Luca und er würden noch eine Woche bleiben.

«Ich kann nicht», sagte Maya. «Bestimmt hat dieser Lasse Tobi in einem Iglu am Nordpol entdeckt.»

«Selbst wenn...» Kathi nahm ihr das Handy weg und öffnete die Mail. «Liebe Maya, suchst du Tobi immer noch?», las sie vor. «Gerade war er in meiner Schreinerei...»

«Wirklich?» Maya nahm Kathi das Handy wieder aus der Hand. Tatsächlich! Kathi hatte sich keinen Scherz mit ihr erlaubt. Da stand es. Da hatte jemand *gerade* geschrieben, und *gerade* hatte sie diese E-Mail bekommen. Sie scrollte nach unten, um zu sehen, ob sie eine Signatur hatte. Ja! Hatte sie. Auch eine Telefonnummer stand dort. «Dieser Lasse wohnt in Valle Gran Rey. Weiß jemand von euch, wo das ist?»

«Nein, aber es hört sich spanisch an.» Alexander drückte Luca ein Stoffbuch in die Hände. Der Kleine wurde langsam quengelig.

Vermutlich war es sowieso wieder nur ein Scherzkeks, aber aus irgendeinem Grund – vielleicht, weil dieser Lasse sich die Mühe gemacht hatte, ihr eine E-Mail zu schreiben, und nicht einfach nur einen Kommentar unter ihren Beitrag geklatscht hatte – glaubte Maya, dass es sich lohnte, einmal nachzuhaken. Mit zittrigen Fingern wählte sie die Nummer.

«Reichardt», meldete sich eine Stimme, so tief und sonor, dass sie hervorragend zu einem Pastor oder Nachrichtensprecher gepasst hätte.

«Hallo, hier ist Maya. Du hattest mir eine E-Mail geschrieben. Der Mann, der in deiner Schreinerei war, ist der zufällig noch irgendwo in der Nähe?»

«Nein. Tut mir leid.»

«Ach Mist! Weißt du zufällig, wo er wohnt?»

«Nein, aber ...»

«Aber was?»

«Sorry, ich bin nur etwas überrascht. Ich habe gar nicht damit gerechnet, dass es so dringend ist, dass du sofort anrufst.»

«Ich bin eine Frau der Tat.»

Einen Moment herrschte Stille am anderen Ende der Leitung. «Okay. Also ... ich weiß nicht, wo dein Tobi wohnt. Aber ...», wieder machte dieser Lasse eine Pause, «er hat mich gefragt, ob ich weiß, wo er eine Trommel kaufen kann. Weil er heute Abend bei einem Trommel-Workshop mitmachen will.»

«Bei einem Trommel-Workshop! Dann ist der Typ bestimmt nicht der, den ich meine.» Die Vorstellung, dass Tobi in seinem weißen Hemd in einer Bar saß, eine Trommel zwischen den Knien hatte und ihr heißblütige lateinamerikanische Rhythmen entlockte, war absurd.

«Doch. Er ist es. Er sieht genauso aus wie auf dem Foto, außerdem habe ich ihn nach seinem Namen gefragt.»

Ihr Puls wurde schneller. «Weißt du, wann und wo genau dieser Workshop stattfindet?»

Lasse sagte es ihr, und Maya schnappte nach Luft. «Okay.

Ich melde mich gleich wieder. Gib mir nur ein paar Minuten.»

«Was hat er gesagt?», drängelte Kathi. «Wo ist Tobi?»

Maya lehnte sich erschöpft gegen die Informationstafel mit den Fahrplänen. «Auf La Gomera.»

«Nicht dein Ernst!»

«Doch. Ist das nicht ein blöder Zufall?»

Kathi schwieg ein paar Sekunden, dann sagte sie: «Oder Schicksal!» Sie tätschelte ihr mitfühlend die Schulter. «Ich an deiner Stelle würde in den nächsten Flieger steigen und mit Tobi persönlich reden. Außerdem ist das doch eine prima Gelegenheit, dich mit deiner Mutter auszusprechen.»

«Sie ist nicht meine Mutter.»

«Dann eben mit Karoline. Du weißt doch, dass ich in Taipeh diesen Glückskeks hatte. Auf dem Zettel stand: *Gehe mit den Menschen wie mit Holz um. Wegen eines wurmstichigen Stückchens würdest du nie den ganzen Stamm wegwerfen.* Also, redest du mit ihr?»

«Nein. Denn der Stamm ist hin. Die Würmer haben sich längst ausgebreitet. Aber keine Sorge», setzte Maya nach, bevor Kathi protestieren konnte. «Ich werde fahren. Wegen Tobi. Und zusehen, dass ich Karoline nicht über den Weg laufe.»

Karoline
Valle Gran Rey, August 1985

Noch nie hatte Karoline eine solche Landschaft gesehen. Kleine, auf terrassiertem Grund angelegte Gärten wechselten sich mit wilder grüner Natur ab. Durch die vielen Dattelpalmen wirkte alles so exotisch, dass sich selbst eine Herde Elefanten wunderbar in dieses Bild gefügt hätte.

Auf einer schmalen Straße, die sich in engen Serpentinen den Berg hinaufwand, überholte ein rotes Cabrio den Mercedes. Sein Fahrer hupte im Vorbeifahren und hob die Hand. Im Spiegel sah Karoline, wie sich Alejandros Kiefermuskeln anspannten.

Juan wohnte am äußersten Zipfel des Valle Gran Rey in einem langgestreckten Anwesen, dessen weiß getünchte Fassade mit Bougainvillea bewachsen war. Der Sportwagen stand davor, und sein Fahrer verstaute gerade seine Sonnenbrille im Handschuhfach.

«Karl!», ertönte es vom geöffneten Eingangsportal her. Ein kleiner dunkelhaariger Mann kam eilig und mit weit ausgebreiteten Armen heraus. «Ich freue mich so, dass du meine Einladung angenommen hast!» Er umarmte Papa und drückte ihm rechts und links einen Kuss auf die Wange. Bevor er Mama genauso innig herzen konnte, streckte sie ihm schnell die Hand entgegen. Karoline musste grinsen.

Auch sie begrüßte Juan herzlich. Dann aber fiel sein Blick erst auf Alejandro und danach auf den Cabriofahrer. Jetzt verfinsterte sich sein Gesicht.

«Wo warst du? Wieso hast du unsere Gäste nicht abgeholt, Xabi?», fuhr er den jungen Mann an.

Xabi schälte sich aus dem Wagen. «Ich hatte noch einen Termin in Hermigua», sagte er.

Juan schnaubte. «Wir reden später darüber», knurrte er. Dann wandte er sich Papa und Mama zu und begann sich wortreich dafür zu entschuldigen, dass sie in dem alten Wagen seines Angestellten und nicht in seiner klimatisierten Limousine von seinem Sohn hierhergebracht worden waren.

«Ach! Ich dachte, Alejandro wäre dein Sohn», sagte Papa.

«Nein, obwohl ich mit ihm weiß Gott besser dran gewesen wäre.» Juan verdrehte die Augen. «Alejandro ist unser Gärtner. – Aber nun kommt mit! Bei der Hitze möchtet ihr doch bestimmt eine Erfrischung. Meine Frau hat Orangenlimonade gemacht.» Er machte eine einladende Handbewegung in Richtung Haus, und alle setzten sich in Bewegung.

Karoline bildete das Schlusslicht.

«Hey, Alejandro!», hörte sie Xabi rufen. «Sei so gut und fahr den Wagen in die Garage, wenn du die Koffer ins Haus gebracht hast.» Sie hörte ein Scheppern, wie von Metall auf Stein.

Karoline drehte sich um. Xabi hatte Alejandro den Schlüssel zugeworfen. Aber der hatte ihn auf den Boden

– 68 –

fallen lassen und sagte, ohne mit der Wimper zu zucken: «Ups, entschuldige, im Fangen war ich leider noch nie gut.»

«Heb ihn auf!», kommandierte Xabi.

«Das geht leider nicht. Mein Kreuz.» Alejandro rieb sich demonstrativ den unteren Rücken. «Auf der Fahrt hierher muss ich es verknackst haben. Wenn du willst, dass ich deinen Wagen wegfahre, wirst du mir den Schlüssel wohl in die Hand geben müssen.»

Als Xabi keinerlei Anstalten dazu machte, zuckte Alejandro mit den Schultern und zog zwei der vier Koffer ins Haus. Doch Karoline sah, dass sein Gesicht rot vor Zorn war.

Xabi hob seufzend den Schlüssel auf. «Es ist so schwer, heutzutage gutes Personal zu finden», sagte er. Mit katzenhafter Eleganz schlenderte er zu Karoline hinüber. Sein Hemd lag eng an seinem durchtrainierten Körper, genau wie seine dunkle Hose. «Wenn ich gewusst hätte, dass mich am Hafen eine so hübsche Señorita erwartet, wäre ich übrigens selbst gefahren …»

In den kühlen Abendstunden ging Karoline in den Garten. Von der Terrasse aus, wo sie mit Xabi, Juan und seiner Frau Deborah Limonade getrunken und Tapas gegessen hatten, hatte er gar nicht so groß gewirkt. Nun sah sie, dass er sich weit in Richtung der terrakottafarbenen Felswände erstreckte. Sie schaute sich um, ob Xabi irgendwo auf sie lauerte. Während des Essens hatte er sie mit Komplimenten nur so überschüttet und sie bei jeder Gelegenheit am Arm oder an der Schulter berührt. Wären seine und ihre Eltern nicht dabei gewesen, hätte sie ihm auf die Finger geschlagen. Selbst ohne die Psychologiesemester, die sie bereits absolviert hatte, hätte sie gewusst, wie sie Männer wie ihn einzuschätzen hatte.

Alejandro war ganz anders. Jetzt sah sie, dass er im Schatten eines Erdbeerbaums vor einem Brunnen kniete. Um ihn herum lagen Steinplättchen in verschiedenen Erdtönen. Beim Näherkommen erkannte Karoline, dass er damit beschäftigt war, sie zu einem Mosaik zusammenzusetzen. Sie betrachtete den Löwenkopf, bei dem nur noch die Schnauze fehlte. «Das ist ja ein richtiges Kunstwerk!», rief sie begeistert.

Alejandro setzte sich auf. «Danke!» Er lächelte und wischte sich den Schweiß von der Stirn. Auch sein nackter Oberkörper glänzte feucht.

«Als Juan sagte, dass du hier Gärtner bist, dachte ich, du wärst nur für die Pflanzen zuständig.»

«Das bin ich auch. Aber vor ein paar Tagen hat die Señora die Keramikplättchen im Schuppen gefunden und dachte, es sähe hübsch aus.» Wieder musterte er sie mit diesem intensiven Blick.

«Das tut es auch.» Karoline pflückte nervös eine der kleinen roten Früchte vom Baum. Wieso starrte er sie nur immer so an?

«Ich glaube nicht, dass du die essen kannst», sagte er.

«Die Erdbeeren?» Sie drehte die runde, warzige Beere zwischen ihren Fingern. «Warum denn nicht?»

«Erdbeeren?», fragte er verblüfft.

«Ja, man nennt sie so. Und sie sehen nicht nur so aus. Man kann sie tatsächlich auch essen. Sie schmecken nur ziemlich mehlig.» Ihre Mundwinkel zuckten. «Solltest du das als Gärtner nicht eigentlich wissen?»

«Woher weißt du es denn?» Er griff nach der Wasserflasche neben sich und trank ein paar Schluck.

«Mein Vater ist ein Kollege von Juan. Als Kind hat er mich ständig in irgendwelche Botanischen Gärten geschleppt, und ein bisschen was ist hängengeblieben. Er wollte, dass ich Biologie studiere, so wie er», plapperte Karoline weiter.

«Und was hast du stattdessen studiert?»

«Psychologie.»

Alejandro schmunzelte. «Du kannst also tief in die Seelen der Menschen blicken.»

Karoline wünschte sich so sehr, ihr würde darauf eine geistreiche Entgegnung einfallen, aber stattdessen sagte sie nur: «Nein, ich studiere noch, und ich komme erst ins vierte Semester.» Sie betrachtete noch einmal eingehend das Mosaik, nur um ihn nicht ansehen zu müssen. «Das ist wirklich schön!», sagte sie. «Du bist sehr geschickt mit deinen Händen.» Himmel! Was redete sie denn nur für einen Blödsinn! Sie presste die Lippen zusammen, bevor ihnen noch weitere Albernheiten entschlüpfen konnten.

Doch Alejandros Lächeln vertiefte sich. «Komm mich morgen Abend doch mal besuchen. Dann zeige ich dir, was ich noch alles damit anstellen kann.»

Maya

Hoffentlich schaffte sie es rechtzeitig! Lasse Reichardt hatte gesagt, dass der Trommelkurs kurz vor Sonnenuntergang beginnen würde, und als die Fähre am Hafen von Valle Gran Rey anlegte, war die Sonne schon beunruhigend nah an der Horizontlinie.

Dieses Mal war es Maya nicht so schwergefallen, sich von Kathi zu verabschieden, wie vor einigen Wochen in Taipeh. Sie brauchte eine Pause von den Glückskeksweisheiten, mit denen ihre Freundin sie seit dem Telefonat mit Lasse versorgt hatte. *Auch eine Reise von tausend Meilen fängt mit dem ersten Schritt an. Manchmal muss man über Dornen gehen, um Rosen zu erreichen. Auch aus Steinen, die dir in den Weg gelegt werden, kannst du etwas Schönes bauen.* Und das waren noch drei der harmloseren.

Maya betrat die Hafenmole und wich einem uralten Mann aus, der sich auf seiner Vespa in einem Affenzahn zwischen den aussteigenden Menschen hindurchschlängelte. Sie schaute sich nach Lasse Reichardt um. Von seiner Homepage wusste sie, wie er aussah. Aber inmitten des Menschengewimmels konnte sie ihn nicht ausmachen. Maya sah eine Gruppe Urlauber in Socken, Sandalen und Treckingwesten, Familien mit Kindern und ein altes Ehepaar, das an ihr vorbei Hand in Hand in Richtung Dorf wackelte. Aber da war niemand mit hellbraunen Haaren und Dreitagebart. Hoffentlich hatte Lasse sie nicht vergessen. Dafür, alle Strände von Valle Gran Rey nach dem trommelnden Tobi abzusuchen, reichte die Zeit nämlich nicht mehr. Die Sonne hatte inzwischen die Farbe einer Orange angenommen, und es konnte nur noch Minuten dauern, bis sie ins Meer tauchte.

Ein paar Minuten blieb Maya stehen und ließ ihren Blick über die Häuserkulisse vor ihr schweifen. Dort irgendwo am Hang musste El Guro liegen, das Künstlerdorf, in dem Karoline wohnte. Ihr wollte sie auf gar keinen Fall begegnen. Hoffentlich konnte sie gleich morgen wieder abreisen.

Ein schon etwas in die Jahre gekommener Pick-up brauste heran und bremste vor ihr ab. Auf seiner Ladefläche stand ein sandfarbener Hund mit kurzem glattem Fell.

Der Fahrer schaute aus dem Fenster. «Maya?»

Sie nickte.

«Steig ein. Deinen Rucksack kannst du zu Sam auf die Ladefläche schmeißen.»

Keine Entschuldigung dafür, dass sie hatte warten müssen. Keine Hilfe beim Gepäck. Besonders begeistert, sie zu sehen, wirkte dieser Lasse ja nicht gerade.

Sam, der Hund, wedelte zaghaft mit dem Schwanz, als Maya sich der Ladefläche näherte. Sie streckte ihm die Hand entgegen, doch er wich zurück. Erst jetzt sah sie, dass ihm ein Auge fehlte. Auch eins seiner Ohren war verstümmelt. Ein Riss zog sich von der Spitze aus nach unten.

«Hey!», sagte Lasse immerhin, nachdem sie eingestiegen war. Sein weißes Shirt war schmutzig, und er trug olivfarbene Arbeiterhosen.

«Hey. Danke, dass du mich abholst. Fahren wir gleich zum Strand?»

«Wohin sonst?»

Ins Hotel, damit sie ihr Gepäck abstellen konnte? Nicht, dass Maya eins gebucht hatte, aber die Möglichkeit hätte zumindest bestanden. Dieser Kerl war ja ein richtiger Sonnenschein.

«Wie bist du auf meinen Aufruf gestoßen? Durch meinen Blog? Oder Facebook oder Instagram?»

Lasse schüttelte den Kopf. «Ein Bekannter hat ihn mir gezeigt. War eine ziemliche Überraschung, als der Typ nur einen Tag später bei mir in der Schreinerei vorbeischneite.»

Cool! Er konnte in vollständigen Sätzen sprechen. «Das ist echt ein Zufall!» Im Gegensatz zu Kathi weigerte Maya sich, das Ganze als Schicksal zu bezeichnen.

Das Gespräch versandete schon wieder. Sie warf Lasse einen Seitenblick zu. Auf seiner Homepage hatte er die Haare bis zum Kinn getragen. Jetzt waren sie ein ganzes Stück kürzer, aber in der Vorderpartie immer noch so lang, dass sie ihm in die Augen fielen. Seine Arme waren bis zum Handgelenk tätowiert, und auch aus dem Ausschnitt seines Shirts schaute die Spitze eines Tribals. Da saß sie ja bei einem ganz harten Jungen im Auto! Was er wohl für ein Problem mit ihr hatte? Seine Kiefermuskeln traten deutlich hervor, es sah aus, als ob er die Zähne zusammenbiss. Auch seine Hände wirkten verkrampft. Die eine umfasste fest das Lenkrad, die andere den Schaltknüppel. Wieso hatte er ihr angeboten, sie abholen zu kommen, wenn ihre Anwesenheit ihn jetzt so unübersehbar nervte?

Weil Maya die Stille zwischen ihnen allmählich als beklemmend empfand, machte sie es dem Hund nach, streckte ihren Kopf durch das geöffnete Fenster und ließ sich die Haare vom Wind zerzausen. Schon bald drangen Trommelrhythmen an ihr Ohr. Erst leise, dann immer lauter und drängender. Der Workshop hatte also schon begonnen! Maya rutschte unruhig auf dem Sitz hin und her. Gleich würde sie Tobi wiedersehen! In ihrem Bauch begann es zu kribbeln. Vor Nervosität, ihn mit den Folgen ihrer gemeinsamen Nacht konfrontieren zu müssen. Aber auch, weil die wirklich nicht schlecht gewesen war ...

Lasse parkte den Wagen vor einem heruntergekommenen Haus, auf dessen gestreifter Markise *Casa Maria* stand. Am Strand herrschte ein ziemliches Spektakel. Beklommen schaute Maya sich um. Überall am Strand und auf der Mauer saßen Menschen, und es hätte sie nicht gewundert, wenn auch Karoline hier gewesen wäre. Die Leute ließen Weinflaschen kreisen und selbstgebaute Zigaretten, die verdächtig süß rochen. Dazwischen wuselten Kinder und Hunde umher. Ein Mann in weiter Leinenhose und mit freiem Oberkörper jonglierte mit Keulen. Seine Dreadlocks waren zu einem stattlichen Knäuel aufgetürmt. Eine Frau in fransigem Ledermini machte gerade Dehnübungen. Sie schien schon etwas älter zu sein, hatte eine zierliche Figur und schulterlange, mittelblonde Haare. Einen Augenblick lang befürchtete Maya schon, dass es Karoline war. Doch als die Frau sich umdrehte, stellte Maya fest, dass sie völlig anders aussah. Ihre Züge waren viel markanter als Karolines weiches, sanftes Gesicht. Das wäre ja auch zu verrückt gewesen! Niemals würde Karoline einen Ledermini tragen.

Ein paar Meter von der Frau entfernt standen langhaarige Hippies im Kreis und trommelten. Ein hagerer Typ mit Stirnband und John-Lennon-Brille tanzte selbstvergessen um sie herum. Waren das die Teilnehmer des Trommelkurses? Sie wirkten nicht so, als ob sie Anfänger wären, und Tobi war auch nicht dabei.

«Bist du sicher, dass der Workshop hier stattfindet? Ich kann Tobi nirgendwo entdecken. Vielleicht gibt es ja noch einen anderen Strand, an dem getrommelt wird?»

«Ich frag Fred nach ihm», sagte Lasse. «Er leitet die Kurse.»

Er pfiff nach Sam, der gerade etwas zu intensiv Freundschaft mit einem anderen Hund geschlossen hatte. Die Besitzerin des kleinen Pudels, die einen weißen Hosenanzug trug, war sichtlich froh, als der sandfarbene Hund seinem Herrchen folgte.

Lasse ging auf den John-Lennon-Verschnitt zu. «Hey! Gibst du heute Abend gar keinen Kurs?»

«Kurs?» Freds Augen wirkten hinter den dicken Gläsern der Nickelbrille riesig. Vielleicht hatte er aber auch schon einige Joints intus.

«Na, einen Trommelkurs!»

«Ach so! Nee, der findet heute Abend nicht statt. Zu wenig Interessenten.» Fred wollte davontanzen.

Lasse hielt ihn fest. «Stopp! Hiergeblieben! Heute früh war aber jemand in meiner Schreinerei, der mitmachen wollte.» Er wandte sich an Maya. «Hast du dein Handy da?

Damit wir ihm das Foto zeigen können. Meins liegt im Auto.»

Maya nickte und zog ihr Handy aus der Tasche ihres ausgefransten Jeansminis. Doch als sie auf ihren Blog gehen wollte, lud die Seite nicht. Sie stieß einen Fluch aus. «Ich habe keinen Empfang.»

Fred kicherte. «Wie auch? Der Sendemast ist mal wieder zerstört worden.»

«Wann wird er denn wieder repariert?» Maya hatte im Flieger den Artikel über Wales fertig geschrieben und wollte ihn an diesem Abend noch hochladen.

«*Mañana*», kicherte Fred.

«Was heißt das?»

«Morgen. Oder übermorgen. Oder überübermorgen. Wer weiß das schon.» Er strich sein fisseliges Haar zurück und beugte sich zu ihr herunter. «Sei froh! Das Internet ist sowieso ein Teufelszeug», wisperte er ihr ins Ohr. «Ohne sind wir besser dran!»

Das sah Maya ganz anders. Aber jetzt hatte sie Wichtigeres zu klären. Kathi hatte ihr das Foto von Tobi per Whats-App geschickt. Es war also auch in ihrem Album gespeichert. Sie rief es auf und zeigte es Fred.

«Das ist der Mann, der an deinem Workshop teilnehmen wollte. Hast du ihn schon mal gesehen?»

Fred kratzte sich am Kopf.

«Bestimmt hast du ihn schon mal gesehen», schaltete sich Lasse ein. «Er wollte schließlich den Kurs bei dir machen.»

«Ja. Jaja.» Fred nickte, als müsste er sich selbst überzeugen. «Jetzt fällt es mir wieder ein. Der war bei mir. Hat aber abgesagt. Er wollte sich lieber erst mal ein bisschen die Insel anschauen. Wandern und so. Danach wollte er sich wieder bei mir melden.»

«Hat er gesagt, wann?», fragte Maya.

Fred kratzte sich wieder am Kopf. War das ein Tick, oder hatte er Läuse?

«Mann!», fuhr Lasse ihn an. «Ist bei dir denn überhaupt noch irgendeine Gehirnzelle übrig, die du dir nicht kaputt gekifft hast? Er muss doch irgendwas zu dir gesagt haben?»

Fred dachte noch einen Augenblick angestrengt nach. Dann erhellte sich seine Miene. «Ja, hat er. In spätestens einer Woche ist er wieder da.»

«In einer Woche erst!», japste Maya. So lange konnte sie nicht warten.

Mit finsterer Miene schaute Lasse Fred nach, der mit ausgebreiteten Armen zurück zu seiner Trommel-Combo tänzelte. Dann wandte er sich zu Maya. «Dir liegt wirklich viel an diesem Tobi, nicht wahr?», fragte er, und auf einmal hörte sie Mitgefühl in seiner Stimme. Maya nickte nur. Alles andere wäre viel zu kompliziert gewesen.

«Soll ich dich jetzt zu deiner Unterkunft bringen?»

Maya senkte die Augen. «Ich hab keine», gab sie zu. Bei der Pechsträhne, die sie aktuell hatte, war wahrscheinlich alles im Valle Gran Rey ausgebucht. Ohne sich große Hoffnungen zu machen, fragte sie Lasse: «Weißt du, wo ich um diese Uhrzeit noch ein Zimmer bekomme?»

Lasse sah sie mit zusammengezogenen Augenbrauen an. Dann nickte er. «Ich muss nur kurz telefonieren.»

Maya

«Wohin geht es denn?», fragte Maya, als sie wieder neben Lasse im Wagen saß.

«Zu einer Freundin von mir», entgegnete er knapp, während er das Auto startete.

«Aber hier ist doch nichts», sagte Maya, als sie den Hafen passiert hatten. Im Schein des bananenförmigen Mondes sah sie nur eine schmale Schotterpiste, die sich auf der anderen Seite der Bucht eng an einer Felswand entlangschlängelte. «Oder ist deine Freundin eine Nixe und wohnt im Meer?», versuchte sie sich an einem Scherz, obwohl ihr ganz schön mulmig zumute war. Der Weg war unbefestigt, und er sah aus, als ob er direkt im Meer enden würde. Was wusste sie eigentlich über diesen Lasse? Nichts, außer dass er eine Schreinerei besaß und angeblich Tobi gesehen hatte. Er konnte ein Psychopath sein, der Freude daran hatte, Frauen erst zu vergewaltigen und dann zu ertränken.

«Hinter der Kurve geht es weiter», sagte Lasse.

Stimmt! Er war wohl doch kein Psychopath. In dem Fall wäre er vermutlich sowieso netter zu ihr gewesen. Psychopathen waren eher der Typ netter Schwiegermutterliebling als mürrischer Tattoo Boy, das wusste Maya aus den Psychothrillern, die sie hin und wieder las. Sie schloss

die Augen, als Lasse den Wagen um den Felsen herum-
steuerte. Der Weg war an dieser Stelle sogar noch ein bisschen schmaler geworden, aber Lasse verringerte sein Tempo nicht nennenswert.

Wie blöd, dass sie Tobi verpasst hatte! Wenn sie Pech
hatte, hing sie jetzt eine Woche hier fest. Eine Woche, in
der sie permanent befürchten musste, Karoline über den
Weg zu laufen. Jetzt ärgerte sich Maya, dass sie Tobi gegenüber La Gomera erwähnt hatte. Bestimmt hatte sie ihn damit erst auf die Idee gebracht, hierherzufahren. Hoffentlich
hatte er nach seiner Wanderung durch den Nationalpark
überhaupt noch Lust auf einen Trommelkurs bei diesem
seltsamen Fred. Diesen Typen konnte man doch nicht für
voll nehmen. Maya unterdrückte gerade noch ein Schnau-
ben. Bestimmt hatte Tobi nur aus Höflichkeit behauptet,
dass er sich noch einmal bei ihm melden würde. In Wirk-
lichkeit hatte er vielleicht längst das Weite gesucht. Oder
einen anderen Trommellehrer – einen, der nicht den Eindruck machte, als wäre er dauerbekifft. Falls es so einen auf
dieser Insel gab … Und selbst wenn sich Tobi wieder bei
Fred meldete, was erwartete sie überhaupt von ihm? Die
Beine in die Hand nehmen und auf Nimmerwiedersehen
verschwinden würde er, sobald er von ihrer Schwangerschaft erfuhr! Es sei denn, Maya würde ihn sofort im zweiten Satz damit konfrontieren, dass sie nicht vorhatte, das
Kind zu bekommen. In dem Fall hätte sie vielleicht eine
Chance, dass er noch ein paar Sekunden stehen blieb und
ihr zuhörte, bevor er das Weite suchte. Oder schlimmer
… Maya streckte ihr Gesicht noch ein bisschen weiter aus
dem Fenster und atmete tief durch, weil ihr bei diesem

– 80 –

Gedanken übel geworden war. Was würde sie tun, wenn er ihr die Absolution, nach der sie sich so sehnte, nicht gab? Wenn er das Kind haben wollte? Das war unwahrscheinlich, schließlich hatte Tobi betont, wie sehr er sein unabhängiges Leben liebte. Aber es konnte sein … Maya schluckte. Nach dem Telefongespräch mit Lasse war sie so überstürzt zum Flughafen aufgebrochen, dass sie an diese Möglichkeit überhaupt nicht gedacht hatte. Sie hatte an einiges nicht richtig gedacht … An ihre groß angekündigte Challenge zum Beispiel! Den Lake District hatte Maya gecancelt, stattdessen würde sie sich etwas über La Gomera aus den Fingern saugen. Aber wenn sie im Zeitplan bleiben wollte, musste sie in einer Woche schon in Dänemark sein! Und dann ging es nach Norwegen. Es war alles gebucht und mit den Sponsoren abgesprochen! Ganz abgesehen davon, dass sie schon in der zehnten Woche war. Ihr lief langsam die Zeit davon. Erschöpft rieb sich Maya die Stirn. Einen Tobi, der sie anflehte, das Kind zu bekommen, konnte sie wirklich nicht gebrauchen. Sie musste zusehen, dass sie von hier wegkam.

Die Finca, zu der Lasse Maya brachte, lag direkt am Meer. Erst auf den letzten Metern wurde der dunkle Weg von hohen Laternen beleuchtet. Ein flaches, L-förmiges Gebäude wurde sichtbar. Es lag direkt am Strand, und nach hinten, zu den Felsen hinaus, erstreckte sich ein riesiger Garten. Das Gelände wurde durch eine helle Mauer von Straße und Strand getrennt.

«Hier kannst du eine Nacht bleiben. Morgen sehen wir weiter», sagte Lasse.

Maya fand es überraschend nett, dass er *wir* sagte, aber sie hatte ihre Entscheidung soeben getroffen. «Das müssen wir nicht. Ich fahre morgen wieder zurück.»

«Morgen schon?» Lasse drehte sich zu ihr und sah sie an.

«Kannst du bitte auf die Straße schauen.»

«Keine Sorge. Ich bin den Weg schon so oft gefahren – du könntest mir die Augen verbinden, und wir würden trotzdem lebend ankommen», behauptete er, drehte den Kopf aber trotzdem wieder nach vorne. «Du willst wirklich morgen schon zurückfahren?»

Was hatte er denn auf einmal für ein Problem damit? Gerade hatte er doch noch so gewirkt, als könne er es gar nicht erwarten, sie wieder loszuwerden. «Ja. Ich kann schlecht eine Woche hier auf gut Glück herumsitzen und Däumchen drehen.»

«In *spätestens* einer Woche, hat Fred gesagt. Dein Tobi kommt bestimmt früher zurück. So groß ist die Insel ja nicht.»

«Und wenn Tobi nicht früher zurückkommt?» Maya schüttelte den Kopf. «Nein, meine Entscheidung steht fest.»

Am Tor der Finca wartete eine junge Frau auf sie. Sie hatte lakritzschwarze Haut, und ihre langen Haare waren zu unzähligen dünnen Zöpfchen geflochten. Sam sprang von der Ladefläche und freute sich sichtlich, sie zu sehen. Er wedelte heftig mit seinem langen dünnen Schwanz.

Die Frau umarmte Lasse und küsste ihn rechts und links auf die Wangen.

«Wie geht es Leon?», erkundigte er sich.

«Besser. Sein Fieber ist gesunken.»

«Gut. Ich hatte mir schon Sorgen gemacht.»

«Tut mir leid, ich hätte dir Bescheid sagen sollen, aber...»

«Kein Problem. Du hattest heute genug um die Ohren.» Lasse lächelte die Frau an. Wenn er wollte, konnte der Typ also durchaus charmant sein. Sie lächelte zurück.

Maya kam sich ein wenig fehl am Platz vor und stellte ihren Rucksack gut hörbar auf den Boden.

«Das ist Maya», sagte Lasse, der sich anscheinend wieder an ihre Anwesenheit erinnerte.

«Hallo, ich bin Fabienne.» Die weißen Zähne der Frau leuchteten in der Dunkelheit. «Willkommen auf der Finca de la Luz!»

«Danke, dass ich hier übernachten darf.» Maya unterdrückte ein Gähnen. Obwohl sie heute kaum etwas anderes getan hatte, als herumzusitzen, hatten sie die lange Fahrt und die permanente Anspannung unglaublich müde gemacht.

«Möchtest du noch etwas trinken, bevor ich dir deine Gartenhütte zeige?»

Gartenhütte! Maya hatte schon an den abenteuerlichsten und unbequemsten Orten übernachtet. Höhepunkt war ein Jägerstand in den Karpaten gewesen. Nachts war dort ein Tier herumgeschlichen, das so groß war, dass es auch gut ein Werwolf hätte sein können. Aber gerade jetzt war ihr so überhaupt nicht danach, in einem Schlafsack auf einer Isomatte zu liegen. Sie hatte sich so darauf gefreut, gleich in ein weiches Bett kriechen zu können!

Nachdem sie sich von Lasse verabschiedet hatte, folgte sie Fabienne durch den dschungelähnlichen Garten, der die

– 83 –

Finca umgab. Der Weg war nur spärlich mit Solarkugeln erhellt. Die dreieckige Holzhütte bemerkte Maya erst spät, denn sie war von hohen dickblättrigen Bäumen umgeben. Fabienne zog die gläserne Verandatür auf und knipste das Licht an.

Maya fiel ein Stein vom Herzen, denn das Erste, was sie sah, war ein Doppelbett mit Bettwäsche in warmen Rottönen. Die Hütte war ganz mit Holz ausgekleidet. Es sah gemütlich und einladend aus.

«Du wirst dich hier bestimmt wohl fühlen», sagte Fabienne. «Das ist ein ganz besonderer Ort. – *Finca de la Luz* bedeutet ‹Platz des Lichts› oder ‹der Erleuchtung›. Morgen führe ich dich herum. Frühstück gibt es ab halb acht im Haupthaus. Wenn du immer dem Pfad folgst, kannst du es nicht verfehlen. Und die Duschräume sind gleich um die Ecke. Hier findest du weitere Informationen.» Sie drückte Maya einen Flyer in die Hand und verschwand mit klimpernden Rastazöpfen in der Dunkelheit.

Maya warf einen Blick auf den Flyer. *Herzlich willkommen auf der Finca de la Luz* stand darauf. *Bei uns findest du friedliche Gemeinsamkeit und spirituelle Entwicklung. Auf unserem Kursprogramm stehen Meditation, Yoga, Bodywork und geistige Heilung …* Oh Gott! Wo war sie denn hier gelandet? Mit so einem esoterischen Kram konnte sie gar nichts anfangen.

Sie stellte ihren Rucksack in eine Ecke und ließ sich auf das Bett fallen. Obwohl die Fenster offen standen, war es unglaublich still. Hin und wieder knackte oder raschelte etwas. Ganz in der Ferne hörte sie leise das Meer rauschen. Maya spürte, wie sich ihr Brustkorb zusammenzog. So ganz allein in dieser dunklen Stille wurde ihre Angst vor all dem, was noch vor ihr lag, auf einmal so groß, dass sie sie fast überwältigte. Mit weit geöffneten Augen starrte Maya an die Decke und zwang sich, gegen den Druck zu atmen. *Mut ist, Angst zu haben und trotzdem weiterzumachen!* Noch so eine Glückskeksweisheit, mit der Kathi sie vor ihrer Abreise erfreut hatte. Nur langsam spürte Maya, wie ihr Herzschlag sich beruhigte, und noch länger dauerte es, bis ihre Augenlider schwerer wurden und sie endlich einschlafen konnte.

Eiaeiaeia, eiaeiaeia!

Maya fuhr hoch. Zuerst dachte sie, sie hätte geträumt, aber dann hörte sie das Geräusch wieder. *Eiaeiaeia, eiaeiaeia!* Was um Himmels willen war das?

Mit deutlich beschleunigtem Pulsschlag tappte Maya zur Tür und öffnete sie. Die seltsamen Töne wurden lauter. Sie kniff die Augen zusammen und blickte in die Dunkelheit. Da war niemand. *Eiaeiaeia, eiaeiaeia!* Das Geräusch ging einem durch Mark und Bein, so hoch und durchdringend war es. Es hörte sich an, als ob Hunderte von Hexen mit ihren Besen lachend und gackernd um ein Feuer sausten. Maya schaute auf ihr Handy. Erst halb sechs. Ob um diese Zeit schon jemand im Haupthaus war, um das Frühstück vorzubereiten? Sie überlegte, ob sie sich auf den Weg dorthin machen sollte. Aber das Geräusch war so fremdartig und unheimlich, und die Solarkugeln glommen nur noch müde vor sich hin … Da! Etwas Dunkles sauste mit viel *Eieaeia* an der Hütte vorbei. War das eine Fledermaus gewesen? Maya knallte die Tür zu und sprang zurück ins

Bett. Sie musste Lasse anrufen, egal wie miesepetrig er gestern gewesen war. Er war der Einzige hier, dessen Telefonnummer sie besaß. Aber ein Blick auf ihr Handy zeigte ihr, dass sie immer noch keinen Empfang hatte. Diese Scheiß-Insel! Selbst in der Antarktis hatte sie letztes Jahr telefonieren und E-Mails versenden können.

Maya pfefferte das Handy auf die leere Bettseite neben sich. *Eiaeiaeia!*, ertönte es um sie her. Sie hielt sich die Ohren zu, was aber überhaupt nichts nutzte. Erst als das tiefe Schwarz der Nacht irgendwann überraschend schnell einem weichen Blauschimmer wich, wurden die Schreie weniger und verstummten schließlich ganz.

Eine Zeitlang warf Maya sich noch im Bett herum, aber der Schlaf wollte nicht mehr kommen. Völlig zerschlagen schlüpfte sie schließlich in Top und Jeans-Mini. Sie wollte gerade mit Zahnbürste und Duschzeug in der Hand die Hütte verlassen, als sie erschrocken zurückprallte. Sie hatte Besuch, stellte sie verblüfft fest. Auf ihrer Veranda stand ein Mann.

Maya

Der Mann war um die fünfzig. Vielleicht auch schon sechzig. So genau konnte Maya es nicht sagen. Er hatte verfilzte hüftlange Haare und warme braune Augen. Und er sah aus wie Tarzan – mit dem einzigen Unterschied, dass Tarzan immer und ausnahmslos einen Lendenschurz getragen hatte. Dieser Typ dagegen – Maya zwang sich, ihren Blick von seinem besten Stück abzuwenden – stand splitterfasernackt an einem Busch und pflückte kleine rote Beeren.

«Guten Morgen!» Auf dem Weg nach La Gomera hatte sie sich im Internet über die Insel informiert und gelesen, dass das Valle Gran Rey fest in deutscher Hand war. Zur Sicherheit wollte sie aber dennoch ein «Hola» anhängen. Doch so weit kam sie nicht, denn jetzt wirbelte Tarzan herum und stieß ein Keuchen aus. Ein, zwei Sekunden starrte er Maya an, dann rannte er davon. Mitten durch die Palmen.

Maya warf einen prüfenden Blick auf ihr Spiegelbild in der Glasfront der Hütte. Sah sie nach ihrer zu kurzen Nacht so schlimm aus, oder hatte sie Tarzan gerade bei etwas Verbotenem überrascht? Es musste Letzteres gewesen sein, denn in ihrem momentanen Zustand würde sie zwar keine

Miss-Wahl gewinnen, aber mit Godzilla konnte man sie auch nicht gerade verwechseln.

Sie ging zu den Duschräumen. Auf dem Weg dorthin tippelte ihr eine zierliche Frau mit kurzen grauen Haaren entgegen. Ihr folgte ein schwarz-weißer Kampfhund.

«Du musst der Neuankömmling sein», begrüßte sie Maya mit einer Stimme, die für ihr Alter viel zu hell und mädchenhaft klang. Ihre Augen waren von einem auffällig hellen Blau.

Maya nickte stumm.

«Das ist T-Ray.» Die Frau zeigte auf den Hund. «Und ich bin Bine, die Yoga- und Meditationslehrerin auf der Finca. *Namasté.*» Bine faltete die Hände vor der Brust und verbeugte sich.

«Ähm, ja.» Maya machte ihre Geste ungeschickt nach. Hilfe! Erst Tarzan, jetzt diese Flower-Power-Yoga-Frau. Die seltsamen Geräusche nicht zu vergessen. Was war das nur für ein komischer Ort? «Gerade stand ein nackter Mann vor meiner Hütte. Gehört der hierher?»

«Ein nackter Mann?» Bine runzelte die Stirn. «Ach! Du meinst unseren Hippie.» Ihr Gesicht erhellte sich. «Ramon. Er ist vollkommen harmlos.» Sie sagte das, als spräche sie von einem Haustier.

«Als er mich gesehen hat, ist er weggerannt.»

«Mach dir nichts daraus. Er ist sehr schüchtern. Mich grüßt er auch erst seit ein paar Monaten. Dabei kennt er mich schon seit Jahren. Er lebt in der Schweinebucht.»

«Wo ist das?»

«Wenn du an der Finca vorbei über die Felsen gehst, kommst du irgendwann an eine Bucht, die Schweinebucht.» Bine machte eine vage Handbewegung in Richtung Meer. «In einer der Höhlen dort wohnt er. Manchmal kommt er hier vorbei, nimmt sich ein bisschen Obst oder Gemüse. Wir dulden es stillschweigend. Es ist ja genug da. Nur wenn er sich an den Wäscheleinen zu schaffen macht, musst du ihn vertreiben. Vor ein paar Wochen habe ich ihn im Dorf mit einer Caprihose gesehen, die einer unserer Gäste als vermisst gemeldet hatte. Im Dorf darf er nämlich nicht nackt herumlaufen.» Sie seufzte. «Hätte er doch nur mich gefragt. Ich hätte ihm etwas von mir gegeben.»

War das ihr Ernst? Natürlich konnte es sein, dass Bine auch andere Sachen in ihrem Schrank hängen hatte – maskulinere! –, aber im Moment trug sie ein weites Batikkleid, dessen Stoff so dünn war, dass BH und Slip darunter hindurchschienen.

«Hast du Hunger?», fragte Bine.

Obwohl Maya sich nicht sicher war, ob sie etwas herunterbekommen würde, nickte sie.

«Das Frühstücksbuffet ist schon aufgebaut. Und danach kannst du zu meiner Tanzmeditation kommen. Sie findet im Pavillon statt.» Die Frau zeigte auf ein sechseckiges Gebäude, das im oberen Bereich des Gartens stand. Eine schmale Steintreppe führte hinauf.

«Ich reise heute schon ab.»

«Schade. Aber vielleicht kommst du wieder?»

Ganz sicher nicht. «Vielleicht.»

Bine tänzelte auf ihren bloßen Füßen davon, gefolgt von dem Hund, der während des Gesprächs brav neben ihr gewartet hatte.

Ob hier auch normale Leute lebten?

Auf den ersten Blick sah es nicht so aus. Zumindest keine, die konventionell gekleidet waren. Out-of-bed schien der Dresscode zu sein, den fast alle beherzigten, fiel Maya auf, als sie die große, dem Meer zugewandte Terrasse der Finca betrat. Die Frauen trugen fast ausnahmslos weite Gewänder, die wie Nachthemden aussahen, die Männer schlafanzugähnliche Hosen. Gerade schlurfte eine Frau mit schulterlangen weißen Haaren an ihr vorbei ins Haus, die weiße Leggings und eine türkisblaue Tunika zu braunen, mit Pailletten bestickten UGG-Boots trug. In ihrem schlichten Spaghettiträgertop und dem Jeans-Mini fühlte Maya sich richtiggehend overdressed. Am konventionellsten angezogen war ein kleiner, milchkaffeefarbener Junge, der neben einem nierenförmigen Pool in Windel und Ringelshirt in einem zum Sandkasten umfunktionierten Autoreifen saß. Mit hochkonzentriertem Gesicht füllte er Sand in bunte Förmchen.

«Hast du gut geschlafen?», fragte Fabienne. Ihre Zöpfe steckten unter einer Kochmütze, und sie rührte in einer riesigen Pfanne voller Rührei.

«Ja, aber zu kurz.» Maya sah sich um, ob jemand sie hörte, und als das nicht der Fall war, beugte sie sich vor: «Fabienne, ich muss dich was fragen. Gegen Morgen bin ich von ganz seltsamen Geräuschen geweckt worden ...»

«Oh je!» Fabienne schlug die Hände vors Gesicht. «Ich habe ganz vergessen, dich davor zu warnen.»

«Dann weißt du, wer oder was diesen Krach veranstaltet hat?»

«Natürlich, das waren Vögel. Gelbschnabel-Sturmtaucher. Sie sind normalerweise am Meer. Aber kurz nach

Sonnenaufgang und kurz vor Sonnenuntergang fliegen sie hierher und füttern ihre Jungen. Wenn du früher gekommen wärst, hättest du sie auch gestern Abend schon gehört.»

Diese seltsamen Geräusche sollten Vögel ausgestoßen haben?

«Du glaubst mir nicht», stellte Fabienne fest. «Nun, dann habe ich noch eine andere Erklärung für dich.» Auf ihr dunkles Gesicht trat ein spitzbübischer Ausdruck. «Ganz in der Nähe von hier liegt die *Lagune Grande*. Dort wurden früher Hexen verbrannt.» Sie senkte die Stimme. «In manchen Nächten kann man ihre Schreie immer noch hören.»

Maya grinste. «Okay. Ich entscheide mich dann doch für diesen Gelbschnabeldingsbums. Die Assoziation mit Hexen ist mir aber ehrlich gesagt auch gekommen. Ich dachte allerdings, dass sie vor Freude juchzen und nicht vor Schmerz schreien. Da habe ich wohl etwas vollkommen falsch interpretiert.»

Fabienne lächelte. «Heute Abend kannst du dir das Ganze ja noch mal in Ruhe anhören.»

«Da bin ich schon weg. Ich nehme die nächste Fähre.»

«Hast du denn schon einen Platz reserviert?»

«Muss ich das?», fragte Maya erstaunt. Das Schiff gestern war halb leer gewesen.

«Ja, es ist Ferienzeit, und alle Inselbewohner wollen ein paar Tage auf dem Festland oder auf einer der anderen Inseln verbringen. Die meisten Fähren sind schon Tage im Voraus ausgebucht.»

«Davon hat Lasse gar nichts gesagt.»

Fabienne zuckte die Achseln. «Woher sollte er das wissen? Er verlässt die Insel ja nie.»

Maya verzog das Gesicht. «Ach, Mann! Kannst du mir euer WLAN-Passwort geben, damit ich nachschauen kann?»

«Wir haben hier kein Internet.»

Komisch! Ihr Handy hatte Maya ein verfügbares WLAN-Netzwerk angezeigt.

«Und wozu habt ihr dann einen Computer?» Auf dem Weg hierher war sie an einem kleinen Büro vorbeigekommen, über dem *Rezeption* stand, und durch das Fenster hatte sie das in die Jahre gekommene Monstrum deutlich gesehen.

«Um Rechnungen zu schreiben.»

Fabienne nahm sie doch auf den Arm! Maya musterte die Frau, doch die verzog keine Miene.

«Lass mich raten: Ihr verzichtet wegen der schädlichen Strahlungen auf das Internet!»

«Ja, genau.» Fabienne lächelte freundlich. «Aber ganz so vorsintflutlich, wie du jetzt vielleicht denkst, sind wir auch wieder nicht. Wir haben zwei schnurlose Telefone.»

Wow! Diese Finca war ja ein richtiges Silicon Valley!

Resigniert setzte sich Maya mit ihrem Rührei an einen der quadratischen Tische, die um den Pool gruppiert waren. Wenn sie aufgegessen hatte, würde sie zum Hafen gehen und nachfragen, wann der nächste Platz auf einem der Schiffe frei war.

«Wie viel bekommt ihr für die Nacht in der Hütte?», fragte Maya Fabienne ein paar Minuten später.

«Nichts. Lasses Freunde sind auch unsere Freunde.

Außerdem glaube ich wirklich nicht, dass du so schnell einen Platz auf der Fähre bekommst. Bestimmt bist du gleich wieder da.»

Das würde sich zeigen! Maya hievte ihren Rucksack auf den Rücken.

«Du kannst dir eines der Räder nehmen, die vor der Finca stehen», rief Fabienne ihr nach. «Stell es einfach am Hafen ab. Der Nächste nimmt es dann wieder mit zurück.»

Lasses Pick-up parkte vor der Tür. Ihn selbst hatte Maya gar nicht gesehen. Die Fahrräder, die danebenstanden, sahen alt und wenig vertrauenerweckend aus, aber schneller als zu Fuß war sie damit allemal.

Heute Morgen wehte der Wind kühl vom Meer her, und der Himmel war zwar von dichten Wolken bedeckt, aber es regnete nicht. Wenigstens das Wetter stand auf ihrer Seite! Nichts wie weg hier! Maya zog sich ein Sweatshirt über und radelte los.

Maya

«Ich möchte nach Teneriffa. Am besten heute noch.»

«Leider sind alle Fähren ausgebucht.» Der geschniegelte Inder hinter der Glasscheibe des Fahrkartenschalters sah sie ausdruckslos an.

«Sie haben gar nicht nachgeschaut.»

«Das muss ich nicht.» Sein Lächeln als unverbindlich zu bezeichnen war untertrieben.

«Und wann ist der nächste Platz frei?»

Er senkte den Blick und drückte ein paar Tasten. «In sechs Tagen.»

«In sechs Tagen erst! Das kann nicht sein. Schauen Sie noch einmal nach!»

Der Inder putzte sich demonstrativ seine randlose Brille, bevor sein Blick erneut zum Monitor wanderte. «In sechs Tagen», bestätigte er. «Und ich empfehle Ihnen dringend zu reservieren.»

Maya schaute sich um. War hier irgendwo eine versteckte Kamera installiert? «Gibt es denn gar keine andere Möglichkeit, nach Teneriffa zu kommen?»

«Mehrmals in der Woche fährt ein Kreuzfahrtschiff vorbei. Sie können Leuchtzeichen geben und darauf hoffen, dass es Sie mitnimmt.»

Haha! Was für ein Scherzkeks! Maya ließ sich einen Platz reservieren und verließ genervt das Gebäude. Sie musste unbedingt früher von hier wegkommen! Irgendjemand auf dieser Insel musste doch ein Schiff besitzen, mit dem er sie nach Teneriffa übersetzen konnte. Zur Not würde sie dafür ihr ganzes Sparkonto plündern.

Vor dem Tor zum Hafen parkte ein ihr bekannter Pick-up. Lasse lehnte dagegen. Er trug dieselbe Arbeiterhose wie am Tag zuvor und dazu eine Wolljacke mit Norwegermuster. Neben ihm saß Sam.

«Du willst also wirklich schon wieder weg? Nach all dem Aufwand, den du getrieben hast, um diesen Tobi zu finden.»

«Ich habe es dir gestern schon gesagt: Ich kann unmöglich so lange warten, bis er sich bequemt, hier aufzutauchen.»

«Hast du einen Platz auf der Fähre bekommen?»

«Es ist erst in sechs Tagen wieder etwas frei.» Maya verdrehte die Augen. «Du hast nicht zufällig ein Schiff?»

«Leider nicht. Nur ein Boot.»

«Kannst du mich damit nach Teneriffa übersetzen?»

«Es ist in etwa so groß wie eine Badewanne.»

Maya seufzte. «Woher wusstest du, dass ich hier bin?»

«Fabienne hat es mir gesagt.»

«Die Buschtrommeln sind wohl das Einzige, was auf dieser Insel funktioniert, was?»

«Festnetz haben wir hier schon auch. Außerdem gibt es ja noch die Pfeifsprache.»

Davon hatte Maya schon einmal gehört. «Und die beherrschst du?»

Lasse grinste und sah auf einmal ganz anders aus. Nicht mehr so mürrisch und verschlossen wie gestern, als er sie von der Fähre abgeholt und erst zum Strand und dann zur Finca gebracht hatte, sondern ... nett, so wie in dem Moment, als er mit Fabienne gesprochen hatte. Und ziemlich attraktiv ... «Nein», sagte er. «Ich bin ganz altmodisch bei ihr vorbeigefahren und habe nach dir gefragt.» Er öffnete die Autotür. «Steig ein! Ich bringe dich zurück. Fabienne hat gesagt, dass die Hütte erst wieder ab dem nächsten Wochenende belegt ist. Du kannst dort also bleiben.» Er machte Anstalten, ihr Fahrrad auf die Ladefläche zu heben, doch Maya hielt es fest.

«Es geht nicht. Ich muss so schnell wie möglich nach England.» Zwar hatte sie Flug und Unterkunft am Lake District bereits storniert, aber nun würde sie eben neu buchen.

«Warum?», fragte Lasse erstaunt. «Du arbeitest doch als Reisebloggerin. Bist du da nicht dein eigener Herr?»

«Das denken alle», sagte Maya viel patziger als beabsichtigt. «Aber so ist es nicht. Ich habe Verpflichtungen. Viele meiner Reisen werden von Unternehmen gesponsert, und die Sponsoren erwarten natürlich, dass ich darüber berichte.»

«Für die Reise nach England hast du auch Sponsoren?»

«Nein. Aber ich muss trotzdem hin ...»

«Weil?»

Mann, war der Typ penetrant! «Weil ich mir selbst eine Challenge gestellt habe. Ich will 52 Länder in 52 Wochen bereisen.»

«Bekommst du was dafür, wenn es dir gelingt?»

– 96 –

«Nichts Finanzielles.» Lasse hatte wirklich keine Ahnung. «Aber ich habe die Challenge Ende letzten Jahres groß angekündigt. Und ich habe auf meinem Blog und in den sozialen Medien Tausende Abonnenten, die sie verfolgen! Mein Blog ist einer der größten Reiseblogs in Deutschland.»

«Hört sich anstrengend an.»

«Du stehst morgens doch auch auf und gehst in deine Schreinerei.» Mayas Blick war an ihm vorbei zum Strand gewandert. «Hey! Das ist doch Fred!»

Lasse nickte.

«Ich geh mal zu ihm.»

«Soll ich mitkommen?»

«Nee, lass mal. Ich komme schon allein zurecht. Zersäg du lieber ein paar Bretter.» Maya hatte keine Lust mehr auf dieses Frage-und-Antwort-Spiel. «Auf Wiedersehen.» Oder auch nicht. Sie schob ihr Fahrrad zum Strand.

Es war wirklich Fred, der dort mit einem Joint in der Hand stand. Ein Fred, der nichts am Leib trug als ein Stirnband und seine Nickelbrille.

«Hallo!», rief sie.

Fred starrte sie irritiert an. «Kennen wir uns?»

«Ich war gestern bei dir und habe nach dem Mann gefragt, der bei deinem Trommelkurs mitmachen wollte.»

«Klar!» Er schlug sich mit der flachen Hand an die Stirn.

«Ich habe eine Bitte», fuhr Maya fort. «Falls Tobi bei dir auftaucht, kannst du ihm sagen, dass er sich bei mir melden soll? Ich gebe dir meine Nummer und die E-Mail-Adresse.»

Meditative Klänge dudelten aus einem Handy, das auf einem Badetuch lag. Fred hob es auf. Maya sah, dass er eine WhatsApp empfangen hatte.

«Hey, der Funkmast ist ja repariert!» Sie nahm nun auch ihr Handy aus der Seitentasche des Rucksacks. «Mist!», sagte sie, nachdem sie einen Blick auf das Display geworfen hatte. «Ich habe immer noch kein Netz. Wieso hast du's denn? Braucht man auf der Insel eine spezielle SIM-Karte?»

«Ich bin im WLAN eingeloggt», antwortete Fred geistesabwesend. «Meiner Oma gehört die Tapas-Bar gegenüber.»

«Hast du nicht gestern noch zu mir gesagt, dass das Internet Teufelszeug ist?»

Plötzlich ließ Fred das Gerät achtlos auf das Handtuch zurückfallen. «Du, mir ist gerade was eingefallen! Dieser Tobi hat mich gefragt, ob es auch hier im Valle ein paar Wanderwege gibt, und ich habe gemeint: *Nee, nicht so viele. Nur den zum Wasserfall.* Dann wollte er wissen, wo der liegt.»

Ach, das war ja interessant. «Und wo liegt er?»

«Von El Guro geht ein Weg ab. Ist ausgeschildert.»

El Guro! Dort wohnte Karoline. Maya verzog das Gesicht und überlegte. Sie würde trotzdem hinfahren, sagte sie sich schließlich. Dass sie gestern Abend beim Gedanken an Tobi kalte Füße bekommen hatte, lag bestimmt nur daran, dass sie so übermüdet gewesen war. Bei Tageslicht betrachtet, sahen die Dinge wieder ganz anders aus. Sie war sich jetzt beinahe sicher, dass Tobi nicht der Typ Mann war, der sich danach sehnte, ein Kind mit einer Frau zu haben, die er nicht kannte. Und wenn er ihr das bestätigte, würde es ihr besser gehen. Die Chance, Tobi auf dem Weg zum Wasserfall irgendwo zu begegnen, war zwar nicht groß, aber es war auch nicht unmöglich. Sie hob ihren Rucksack an.

«Den würde ich nicht mitnehmen. Der Weg zum Wasserfall ist ein bisschen steil, und ein paarmal musst du über Felsen klettern. Du kannst den Rucksack so lange bei meiner Oma in der Bar abstellen.»

«Ich weiß nicht ...»

«Hey, alles easy! Hier im Valle ist noch nie etwas weggekommen! Obwohl ... vor dreißig Jahren oder so ist mal ein Kind verschwunden. Aber sonst ...» Fred zuckte mit den Schultern.

Wenn es weiter nichts war ... «Gehört die Finca nicht auch zum Valle?», erkundigte Maya sich. «Aus sicherer Quelle weiß ich nämlich, dass dort vor kurzem eine Caprihose geklaut wurde.»

«Ach, dieses pinkfarbene Ding!» Fred winkte ab. «Ramon hat sie genommen, unser Hippie. War aber sowieso ein hässliches Teil, und der Tante, der sie gehörte, war sie viel zu eng. Ramon passt sie viel besser.»

«Ich werde den Rucksack auf jeden Fall mitnehmen!» Maya schulterte ihn.

«Du willst gleich los? Jetzt sofort?!»

«Ich bin sehr spontan.»

«Du musst aber vorher noch was essen. Bei meiner Oma. Der Weg zum Wasserfall ist wirklich supersteil.»

«Gerade hast du noch *ein bisschen steil* gesagt.»

«Ich hatte es kurzzeitig verdrängt, wie steil er ist. Ey, ganz ehrlich, als ich das letzte Mal da hoch bin und vorher nichts Anständiges gegessen hatte, habe ich vor Erschöpfung geweint.»

«Okay, ich esse noch was.» Das Frühstück heute Morgen war tatsächlich etwas spärlich ausgefallen. Und obwohl Maya dauerübel war, war sie auch dauerhungrig. Es war, als würde das kleine Ding in ihrem Bauch schon jetzt mitfuttern.

Die *papas arrugadas*, die salzigen Kartoffeln, von denen Maya einen ganzen Teller voll mit roter und grüner Mojo-Soße verdrückte, waren genauso klein und schrumpelig wie Freds Oma, und sie schmeckten unglaublich lecker. Leider war die alte Frau zwar eine begnadete Köchin, Ahnung von Technik hatte sie aber nicht. Als Maya sie um ihr WLAN-Passwort bat, wusste sie gar nicht, was das war, und natürlich konnte auch Fred – inzwischen war er zum Glück angezogen – ihr nicht weiterhelfen.

«Du musst irgendeinen Code in dein Handy eingegeben haben», erklärte sie ihm mit zunehmender Ungeduld. «Sonst könntest du nicht ins Internet.»

«Puh, null Plan», sagte er. «Das hat Lasse mal irgendwann für mich gemacht.»

Maya verdrehte die Augen. Sie hatte auf ihren Reisen ja schon einige schräge Typen getroffen, aber dieser Fred schoss echt den Vogel ab. Immerhin hatte er ein Auto, einen alten VW-Käfer, und bot ihr nach dem Essen an, sie damit nach El Guro zu fahren.

Karoline
Valle Gran Rey, August 1985

El Guro war entzückend. Das kleine Dorf bestand aus dreißig, vielleicht vierzig winzigen, malerisch an den Hang gedrängten Häusern, die zum Teil bunt angestrichen und mit Mosaiken und Malereien verziert waren. Alejandro hatte angeboten, sie abzuholen, aber Karoline hatte lieber den Bus genommen. Sie legte keinen Wert auf die spitzen Bemerkungen, die Mama fallenlassen würde, wenn sie erfuhr, dass sie den Gärtner von Juan und Deborah besuchte. Da keine Fahrstraßen ins Dorf hineinführten, musste Karoline von der Haltestelle aus zu Fuß weiter. Über eine steil ansteigende Treppe ging sie zwischen üppigen Gärten hindurch.

Künstlerdorf El Guro hatte auf einem Schild am Fuß der Treppe gestanden, und oben angelangt wusste Karoline, wieso das Dorf diesen Namen trug. Hier reihte sich ein Atelier an das andere. In einem wurden Töpferarbeiten angeboten, bunte Tassen, Teller, Schüsseln und Krüge. Sie leuchteten so farbenfroh, dass Karoline am liebsten welche mitgenommen hätte. An der Natursteinfassade eines anderen lehnten großformatige abstrakte Gemälde. *Am Wasserfall* stand unter einer Kaskade grüner, gelber und blauer Linien, *Arrangement von Blumen* unter einer Explosion von bunten Tupfen. Wieder in einem anderen wurden Windspiele aus Holz und Muscheln angeboten. Ihr Geklimper hatte Karoline auf ihrem Weg ins Dorf begleitet.

Alejandro wohnte in einem kleinen Haus ein wenig außerhalb des Dorfes auf einer Anhöhe. Da El Guro so klein war und es nur eine Hauptstraße gab, fand sie es auf Anhieb. Sie klopfte an die Tür. Niemand öffnete ihr.

«Alejandro!» Als sie immer noch keine Antwort bekam, trat sie ein.

Durch einen engen, schummrigen Flur gelangte sie in die Küche. Eine alte, ganz in Schwarz gekleidete Frau mit straff zurückgebundenen Haaren stand dort an der Anrichte und knetete Teig. Dabei summte sie vor sich hin.

Karoline räusperte sich, doch die alte Frau reagierte nicht. Sie trat näher. «Entschuldigen Sie», sagte sie laut.

Die alte Frau zuckte zusammen, schrie erschrocken auf und griff sich ans Herz, wobei sie den schwarzen Stoff ihrer züchtig hochgeschlossenen Bluse umklammerte. «Dios mío!», krächzte sie. Karoline sah, dass einer ihrer Eckzähne fehlte.

«Es tut mir leid. Ich habe geklopft und gerufen, aber es kam niemand.»

Die alte Frau sah sie verständnislos an. «Alejandro?», fragte sie.

Karoline nickte.

Die alte Frau humpelte zur Terrassentür und zeigte in den Garten, an dessen Ende sich zwischen ein paar Edelkastanien ein Schuppen befand.

Der Garten war viel kleiner als die, an denen Karoline auf ihrem Weg ins Dorf vorbeigekommen war, aber sehr hübsch. Rosenbüsche verströmten einen köstlichen Duft, und in einer großen Voliere zwitscherten Kanarienvögel.

Die Tür des Schuppens stand offen, und Karoline konnte sehen, dass Alejandro an einem Tisch saß. Er verzierte eine vanillegelbe Schale mit Oliven und grünen Blättern. Neben ihm stand ein ganzer Satz weiterer Schalen. Sie waren schon fertig bemalt.

«Hola!»

Alejandro schaute auf, und ein Lächeln erhellte sein gerade noch so konzentriertes Gesicht. «Du bist früh dran!», sagte er.

«Ich dachte, der Weg vom Valle Gran Rey nach El Guro wäre weiter ...»

«Du musst dich nicht entschuldigen. Ich freue mich, dass du da bist. Aber wenn ich gewusst hätte, dass du so früh kommst, hätte ich an der Straße auf dich gewartet.»

«Deine Mutter hat mir gesagt, wo ich dich finde.»

«Meine Oma. Meine Mutter ist gestorben.»

«Das tut mir leid.»

Alejandro zuckte mit den Schultern. «Es ist schon lange her.»

«Verkaufst du sie?» Karoline zeigte auf die Schalen.

«Ja, in einem Souvenirgeschäft im Valle.»

Karoline sah sich im Schuppen um. In zwei Regalen standen weitere Schüsseln, außerdem Schalen, Teller, Tassen und mehrere in Plastik eingepackte Klumpen von weißem und rotem Ton.

«In der Schule haben wir auch mal getöpfert», erzählte

sie Alejandro. «Einen Igel. Es hat Spaß gemacht, aber meiner hat ausgesehen wie ein Schaf. Ich habe überhaupt kein künstlerisches Talent.»

«Für die Keramikarbeiten hier braucht man auch kein Talent, sondern nur Übung. In vier Wochen könntest du es genauso gut wie ich.»

Das bezweifelte Karoline. «Für das hier braucht man sicher sehr viel Talent.» Sie war an eine hüfthohe Plastik getreten, die zwei Personen darstellte, eine Frau und einen Mann. Der Mann hatte einen Arm um die Taille der Frau gelegt und hielt ihre Hand in seiner. Sie tanzten Stirn an Stirn. Auf ihren fein herausgearbeiteten Gesichtern lag ein selbstvergessener Ausdruck. «Hast du noch mehr davon?», fragte Karoline beeindruckt. «Sie sind wunderschön.»

Alejandro schüttelte den Kopf. «Sie sind alle verkauft. Im Gegensatz zu den Schalen und Schüsseln kann ich solche Dinge nicht wie am Fließband herstellen. Das muss hier herauskommen.» Er klopfte sich mit der Hand auf die Brust. «Dich würde ich auch gerne einmal abbilden.»

«Mich?»

Er nickte.

Karoline konnte sich nicht vorstellen, was er an ihr so faszinierend fand. Sie versuchte, sich an das Gesicht zu erinnern, das ihr heute Morgen aus dem Spiegel entgegengeschaut hatte. Für Anfang zwanzig sah sie zu müde aus, zwischen ihren Augenbrauen hatte sich bereits eine leichte Falte gebildet, und sie meinte, dass sich auch die Haut um ihre Augen schon leicht zu kräuseln begann. Das Psychologiestudium war anstrengend. Nur die Absolventen mit dem besten Abschluss bekamen eine Stelle.

«Wieso nicht? Wenn ich dich inspiriere!» Sie lächelte Alejandro an. «Wann?»

«Jetzt!»

«Jetzt?» Karoline zupfte verlegen an ihrem Kleid.

«Wenn du nichts dagegen hast.»

Als sie den Kopf schüttelte, zog er einen Stuhl für sie heran.

«Wie soll ich mich hinsetzen?»

«So, dass es für dich bequem ist.»

Karoline setzte sich und schlug die Beine übereinander. «Was ist mit meinem Kopf?»

«Halte ihn gerade. Und deine Haare ... Warte!» Sie hatte angefangen, sich nervös eine blonde Strähne um den Zeigefinger zu wickeln, und er kam zu ihr und strich sie ihr hinter die Schulter. Dabei berührten seine Fingerspitzen ihren Hals, und Karoline spürte, wie sie eine Gänsehaut bekam.

Alejandro ging zurück an den Tisch. Mit einem Draht trennte er ein großes Stück weißen Ton von einem Block und legte es vor sich. Erst arbeitete er die groben Umrisse heraus, ihre Schulterpartie, den Hals und den Kopf, dann begann er mit ihrem Gesicht, mit Augen, Nase und Mund. Dabei schaute er immer wieder auf, kniff ein wenig die Augen zusammen und ließ seinen Blick ein paar Sekunden auf ihr ruhen. Auf seiner Haut hatte sich ein feuchter Film gebildet.

Es war beunruhigend, welche Wirkung er auf sie hatte. Er musste sie noch nicht einmal anfassen, sondern brachte sie allein schon durch seine Blicke zum Erschaudern. Karoline schloss die Augen. Doch das machte es noch schlimmer, denn nun lauschte sie auf das gleichmäßige Geräusch seiner Atemzüge und daneben das leise Schaben seiner Finger auf dem rauen Ton. Sie stellte sich vor, wie seine Hände über ihr Gesicht fuhren. Wie sie die Kontur ihrer Lippen nachzogen ... Wie sie ihren Hals hinunterfuhren bis zu ihrem Ausschnitt ... Karoline war erleichtert, als er sie nach einer gefühlten Ewigkeit bat, die Augen wieder zu öffnen.

«Bist du fertig?»

«Für heute ja.»

Für heute! Ihr Herz fing an zu flattern wie ein im Käfig gefangener Vogel. «Darf ich sehen, was du gemacht hast?»

Alejandro nickte, und Karoline stand auf. Ihre Muskeln fühlten sich vom langen Sitzen ganz steif an. Gerne wäre sie elegant und selbstbewusst auf ihn zugetreten, stattdessen kam sie sich hölzern vor wie eine Marionette.

Er drehte die Büste zu ihr um. «Ein paar Details fehlen noch, und ich muss dem Ganzen noch etwas mehr Tiefe geben.»

Lange Zeit sagte Karoline nichts, sondern betrachtete die Büste. Ihr Blick glitt von ihrem Gesicht in Ton über den langen, anmutigen Hals, bis zur Wölbung ihrer Brüste ... Beim Gedanken daran, wie er sie modelliert hatte, wurden ihre Knie ganz weich.

«Kommst du morgen wieder?», fragte Alejandro, und Karolines Herz setzte einen Taktschlag aus, um danach umso schneller weiterzuschlagen.

«Ja, gerne», sagte sie.

An seinem Lächeln sah sie, dass er sich freute.

Alejandro brachte sie zur Tür. «Soll ich dich fahren?»

«Nein, ich habe eine Hin- und Rückfahrkarte gelöst. – Aber vielen Dank für das Angebot. Und dafür, dass du mich modelliert hast, und ...» Sie schaute ihm in die Augen, und obwohl sie Schuhe mit hohen Absätzen trug, musste sie dazu leicht den Kopf in den Nacken legen. «... danke, dass du mich so siehst.»

Seine Hand berührte ihre, hielt sie einen Moment lang fest. Am liebsten hätte sie ihn geküsst.

Maya

Da nur schmale Wege und keine Straßen durch das Künstlerdorf führten, setzte Fred Maya am Ortseingang ab.

«Du musst die Treppe hochgehen und danach immer den Pfeilen folgen. Du kannst dich gar nicht verlaufen», sagte er und nahm sein Handy heraus, um etwas einzutippen.

«Hast du hier oben auch eine WLAN-Quelle?», fragte Maya.

«Nee, ich hatte nur kurzzeitig vergessen, dass der Mast kaputt ist.» Er brummte verärgert.

«Also, dafür, dass Handys für dich Teufelszeug sind, benutzt du deins aber ganz schön oft.» In der Tapas-Bar hatte er es schon die ganze Zeit in der Hand gehabt, und nun tippte er schon wieder darauf herum, kaum dass er angehalten hatte.

Fred starrte sie einen Moment aus seinen Insektenaugen an, bevor er das Handy in der Tasche seiner weiten Pluderhose verschwinden ließ. «Ja, die Strahlen, die sind nicht gut. Gar nicht gut. Leider bin ich ein sehr gefragter Mann, und die Nachfrage nach meinen Trommelkursen ist riesig.»

Es lag Maya auf der Zunge zu sagen, dass er gestern

Abend aber nicht gerade von Teilnehmern überrannt worden sei, aber sie verkniff sich die Bemerkung.

«Ja, das kann ich mir gut vorstellen», entgegnete sie stattdessen. «Ist ja auch eine tolle Sache … mit diesen Trommeln.»

«Vielleicht magst du auch mal einen Kurs bei mir machen.»

«Ich denke darüber nach.» Angesichts seines hoffnungsvollen Gesichtsausdrucks konnte Maya gar nicht anders, als ihn anzulächeln. Er war ein Freak, und er hatte mit Sicherheit ein Marihuana-Problem (mindestens!), aber sie konnte ihn inzwischen trotzdem ganz gut leiden. «Danke, dass du mich gefahren hast», sagte sie. «Man sieht sich.»

«Wann?»

«*Mañana.*»

Nun lächelte auch er.

So gut ausgeschildert, wie Fred es behauptet hatte, war der Weg zum Wasserfall blöderweise nicht. Zweimal schon hatte Maya eine falsche Abzweigung genommen. Einmal, weil der Pfeil auf dem Stamm eines Bananenbaums mikroskopisch klein gewesen war, das andere Mal, weil sie sich einfach nicht vorstellen konnte, dass man sich wirklich zwischen zwei Felsen durchquetschen musste, um weiterzukommen. Mehrere Male war sie kurz davor umzudrehen. Hier konnte doch unmöglich irgendwo ein Wasserfall sein! Es gab nichts außer Felsen, dickblättrigen Kakteen und Palmen. Doch da ihr immer wieder Wanderer entgegenkamen oder sie überholten, ging Maya tapfer weiter. Eine knappe Stunde war sie inzwischen schon unterwegs.

«Hey! Möchtest du dich an meinen superleckeren Energiebällchen stärken?»

Maya zuckte zusammen. Neben einem hüfthohen Felsbrocken stand eine Frau, die etwa in ihrem Alter war. Sie trug einen olivgrünen Overall und einen Haarreif mit Tigerohren in ihren verfilzten Dreadlocks.

«Äh nein, danke. Ich habe gerade gegessen. Bin ich hier richtig? Ich möchte zum Wasserfall.»

Die Frau nickte, und Maya ging weiter. Der Weg wurde schmaler und matschiger. Bambus wuchs nun rechts und links davon, und die langen, dünnen Stangen kreuzten sich über ihrem Kopf zu einem Tunnel. Irgendwann stand Maya vor einem dünnen Rinnsal, das uninspiriert eine Felswand hinuntertröpfelte. Pfft! War das der von Fred so groß angekündigte Wasserfall? Da hatte sie aber wirklich schon eine ganze Menge spektakulärere gesehen! Und natürlich war weit und breit kein Tobi. Enttäuscht machte sie sich auf den Rückweg.

Die Tigerohrenfrau stand immer noch da. «Hey! Möchtest du dich an meinen superleckeren Energiebällchen stärken?»

«Nein, immer noch nicht.»

Die Frau sah sie verdutzt an.

«Du hast mir die gleiche Frage vor ein paar Minuten schon einmal gestellt», erklärte Maya.

«'tschuldige. Wo habe ich nur meine Gedanken? Wolltest du gar nicht mehr zum Wasserfall?»

«Doch, ich bin schon wieder zurück.»

«Das kann nicht sein. Von hier aus dauert es bestimmt noch eine Dreiviertelstunde. Wenn du dich beeilst.»

«Dann war das gar nicht der richtige Wasserfall? Das dünne Rinnsal?»

Die Frau schüttelte den Kopf.

«Aber es ging gar nicht mehr weiter.»

«Hast du die Strickleiter nicht gesehen?»

Doch, das hatte Maya. Auf der linken Seite hatte sie von einem Felsen heruntergebaumelt. «Muss ich die hochklettern?» Die Leiter hatte morsch ausgesehen, das Seil war an mehreren Stellen schon abgeschabt gewesen. «Sie sieht nicht besonders vertrauenerweckend aus.»

Die Frau zuckte die Achseln. «Möchtest du dich jetzt vielleicht doch mit einem meiner superleckeren Energiebällchen stärken?» Sie zeigte auf das weiße Tuch, das sie auf dem Felsbrocken ausgebreitet hatte. Darauf lagen neben besagten Bällchen auch Holzanhänger in verschiedenen Formen.

«Okay!» Maya gab der Frau die verlangten zwei Euro und nahm sich eine der Kugeln. «Schmeckt wirklich gut», sagte sie, nachdem sie gekostet hatte.

Die Frau lächelte erfreut, und ein Piercing wurde über ihren Schneidezähnen sichtbar. «Vielleicht gefallen dir auch meine Anhänger. Ich habe sie selbst gedrechselt. In sieben Durchgängen von jeweils einer halben Stunde. Sie wirken unheimlich energetisch. Hier!» Sie hielt Maya einen Anhänger hin, der die Form einer Schnecke hatte.

Maya nahm ihn in die Hand. Abgesehen von einer kleinen Einkerbung am Rand war er ganz glatt. «Oh ja, die Wirkung ist ja der Wahnsinn. Allerdings habe ich schon so einen.» Maya gab der Frau den Anhänger zurück und zog ihren eigenen unter ihrem Shirt hervor.

«Ein schönes Stück. Ist es von hier?»

«Nicht, dass ich wüsste. Wieso?»

«Weil es aus Lorbeerholz ist. Ein sehr weibliches Holz übrigens. Ist typisch für diese Insel. Warst du schon in den Nebelwäldern? Die Lorbeerbäume, die dort wachsen, sind zum Teil mehrere hundert Jahre alt. Es ist...»

«...sehr energetisch dort?»

Die Tigerohrenfrau nickte. «Lorbeerholz spricht übrigens dein Wurzelchakra an. Das ist gut. Ich empfehle dir außerdem, öfter mal barfuß zu gehen. Es würde dich ein bisschen mehr erden.»

Maya verbiss sich einen entsprechenden Kommentar. Und wenn sie sich schon unbedingt einem Element zuordnen müsste, dann wäre es Luft, nicht Erde. Frei wie der Wind wollte sie sein, und nicht für immer und ewig in einem langweiligen Stück Erde verwurzelt.

Maya sah zu, dass sie Land gewann, und machte sich auf den Weg zum Wasserfall. Auf ein Neues!

Die knarzende Strickleiter kam sie tatsächlich ohne Probleme hoch und betrat dann einen schmalen Pfad, der nach einer Weile rasant anstieg. Immer wieder türmten sich Felsbrocken vor ihr auf, über die sie klettern musste. Zumindest sagten das die Pfeile. Als sie auf einen älteren Mann traf, der seelenruhig in einem mit Wasserlinsen bewachsenen Tümpel saß und badete, fragte sie zur Sicherheit trotzdem nach.

«Bin ich hier immer noch richtig, wenn ich zum Wasserfall will?»

Er nickte.

Obwohl Maya allmählich die Puste ausging, kraxelte

sie tapfer weiter. Unten in der Bucht spielte der Wind mit dem Meer, ließ es weiß aufschäumen. Hier oben dagegen regte sich kein Lüftchen. Inzwischen war sie so durchgeschwitzt, dass sie bei einem Wet-Shirt-Contest hätte antreten können. Nur wenn der Wasserfall mindestens so spektakulär wie die Niagarafälle war, oder – noch besser! – wenn Tobi dort oben auf sie wartete, wäre die Tortur, die sie gerade auf sich nahm, gerechtfertigt.

Leider traf nichts von beidem zu. Der Wasserfall war kaum imposanter als das Rinnsal bei der Strickleiter, und sie war ganz allein dort oben. Maya ließ ihren Rucksack auf den Boden plumpsen und setzte sich erschöpft darauf.

«Auch aus Steinen, die dir in den Weg gelegt werden, kannst du etwas Schönes bauen», wiederholte sie voller Sarkasmus Kathis Lieblings-Glückskeksweisheit.

Sie schichtete einige der Kiesel vor ihren Füßen zu einem Steinmännchen auf. Das hatte sie von Karoline gelernt. Wo auch immer sie zusammen hingefahren waren, selbst wenn sie nur einen Spaziergang an der Elbe gemacht hatten – überall, wo es Steine gab, hatten Karoline und sie diese Männchen hinterlassen.

«Wieso machen wir das eigentlich, Mami?», hatte Maya sie als kleines Mädchen bei einem Kurzurlaub auf die Insel Langeoog gefragt.

«Die Steinmännchen zeigen denen, die nach uns kommen, dass wir hier waren», hatte Karoline erklärt und ihr einen Kuss auf die Wange gegeben.

Maya lächelte wehmütig bei dieser Erinnerung.

Erinnerungen sind der einzige Besitz, den uns niemand

stehlen kann, und der, wenn wir sonst alles verloren haben, nicht mitverbrannt ist. Erich Kästner hatte sie schon immer gemocht.

Sie stand auf und streckte sich. Zwischen den Schulterblättern war sie ganz verspannt, ihr Rücken tat weh, und die Beine fühlten sich wacklig an. Maya verfluchte sich dafür, ihren Rucksack nicht bei Freds Oma gelassen zu haben. Zwar befand sich ihr ganzer Besitz darin, aber an welchen Dingen hing sie schon wirklich? An nichts außer an dem Beutel mit den Muscheln. All diese Erinnerungen, die sie von ihren Reisen mitgenommen hatte! An die Morgendämmerung im Tempel Borobudur in Indonesien, die Kapelle Eunate in Spanien (wenn es einen heiligen Ort auf der Welt geben sollte: Das war er!) und – auch wenn sich das profan anhörte – an den Burger bei Shake Shack am Times Square von New York (es war wirklich der beste, den sie je gegessen hatte).

Ach Mann! Sie musste so schnell wie möglich weg von dieser Insel und all dem energetischen Chakrenzeug, den nackten Hippies, dem fehlenden Handynetz und der Gefahr, Karoline jeden Moment über den Weg zu laufen. Es war eine absolute Schnapsidee gewesen, hierherzukommen. Doch vorher musste sie noch einmal wohin.

Maya verzog sich ins Gebüsch und achtete dabei peinlich genau darauf, sich auf keine der runden Kakteen zu setzen, die hier überall wuchsen. Noch so ein Nachteil, wenn man schwanger war, dachte sie missmutig. Selbst wenn einem nicht kotzübel war, verbrachte man die meiste Zeit auf dem Klo.

Sie war gerade fertig, als sich zwei Frauen dem Wasserfall näherten. Die eine trug genau das gleiche durchsichtige Batikkleid wie diese verrückte Bine heute Morgen.

«Ich bin so froh, dass du mitgekommen bist. Spürst du auch, wie deine Kräfte mit jedem Meter größer werden?», trällerte sie gerade.

Oh Gott! Das war wirklich Bine! Maya ging wieder in die Hocke.

«Oh ja, ich bin schon ein ganz neuer Mensch!», brummte ihre Begleiterin und schob sich den Strohhut aus dem Gesicht.

Maya schlug sich die Hand vor den Mund, um nicht vor Schreck aufzuschreien.

Denn das ... war Karoline.

Maya

«Der Aufstieg hat sich ja nicht gelohnt, so wenig Wasser wie der zurzeit hat!», sagte Karoline und tupfte sich mit einem Taschentuch den Schweiß von der Stirn. Maya zog den Kopf ein und kroch auf allen vieren hinter einen Busch. Dort spähte sie durch die Zweige und beobachtete, wie Bine unruhig hin und her lief und mal hierhin und mal dorthin blickte.

«Suchst du etwas?», fragte Karoline irritiert.

«Ja ... Müll. Ich habe mir vorgenommen, alles aufzusammeln, was hier herumliegt und die Energie dieses Ortes zerstört.» Sie spähte zwischen zwei Büsche.

Maya konnte nur hoffen, dass Bine bei ihrer Suche in der Nähe des Wasserfalls blieb und sie nicht entdeckte. Es fiel ihr schwer zu glauben, dass Karoline wirklich nur ein paar Meter von ihr entfernt stand, nach so langer Zeit! Andererseits ... früher oder später hatte sie damit rechnen müssen. In diesem winzigen Tal konnte man sich auf die Dauer gar nicht aus dem Weg gehen. Deshalb hätte sie ja heute Morgen am liebsten die nächste Fähre genommen, um von hier zu verschwinden.

Oh Mann! Auf einmal war Maya trotz der Hitze kalt. Sechs Jahre hatte sie Karoline schon nicht mehr gesehen!

Als sie damals ihren Trekkingrucksack gepackt hatte und in den Flieger nach Barcelona gestiegen war, hatte sie nicht vorgehabt, nie wieder nach Hamburg zurückzukehren. Doch dann hatte sie die spanische Stadt am Meer eine Woche lang vergeblich nach irgendwelchen Spuren abgesucht, die das Geheimnis ihrer Herkunft lichten konnten, und ihre Wut auf Karoline war immer größer geworden. Um wieder einen klaren Kopf zu bekommen, war Maya nach Valencia gefahren und auf dem Jakobsweg bis nach Cuenca gewandert. Sie hatte sich Madrid angeschaut, Granada, Sevilla, Córdoba und Gibraltar. Und da sie sich nun schon einmal am südlichsten Zipfel Europas befand, hatte sie gleich nach Afrika übergesetzt. Ohne ein bestimmtes Ziel vor Augen hatte sie sich vom Wind mitnehmen lassen.

Irgendwann im Laufe dieser Zeit hatte Maya sich einen Blog eingerichtet und angefangen, die Eindrücke ihrer Reisen darin festzuhalten. Um sich mit anderen auszutauschen und so die Einsamkeit und Verlorenheit zu bekämpfen, die sich immer mehr in ihr ausbreitete. Und irgendwann hatte sie gemerkt: Hey, das, was ich schreibe, will ja jemand lesen! Die ersten Kooperationen waren zustande gekommen, und sie hatte immer seltener für ihre Reisen bezahlen müssen. Aber von da an hatte sich das Rad immer schneller gedreht. Sie war immer fremdbestimmter und erschöpfter geworden.

«Wie willst du den Müll eigentlich transportieren?», erkundigte sich Karoline bei ihrer Freundin und brachte Maya damit wieder in die Gegenwart zurück. «In deiner Hüfttasche?»

«Genau.»

«Aha.» Karoline musterte die kleine Tasche skeptisch.

«Darin ist viel mehr Platz, als man meint.»

«Wäre es nicht besser, wenn du dich nicht um den Müll, sondern um das Aufladen deiner Kräfte kümmerst? Deswegen wolltest du doch hierherkommen.»

«Das funktioniert gerade nicht», erklärte Bine bedauernd. «Die Luft ist so schlecht.» Noch immer ließ sie ihren Blick umherschweifen. Lange konnte es nicht mehr dauern, bis sie Maya entdeckte. Und allmählich taten Maya die Beine von der unbequemen Stellung weh. «Ich klettere auf die Felsen. Dort oben kann ich die Energie bestimmt besser aufnehmen.» Diese Frau war wirklich total überspannt. Maya konnte nicht verstehen, dass Karoline sich freiwillig mit ihr abgab.

Während sich Bine auf den Weg machte, ging Karoline auf das Steinmännchen zu, das Maya gebaut hatte, und kniete sich davor hin. Maya hielt den Atem an und schlich ein Stück hinter dem Busch hervor. Durch verdorrte Halme und Blätter beobachtete sie die Frau, die sie fast ihr ganzes Leben lang für ihre Mutter gehalten hatte. Karoline hatte sich nicht allzu sehr verändert in den letzten sechs Jahren. Ihre Haare ließ sie sich immer noch honigblond färben, sie trug immer noch bevorzugt Weiß, und auch ihre schlanke, mädchenhafte Figur hatte sie behalten. Bestimmt ging sie nach wie vor jeden Tag mindestens eine Stunde spazieren. Aber sie wirkte erschöpfter als früher. Um ihren Mund lag ein trauriger Zug, der Maya früher nie aufgefallen war. Eine gefühlte Ewigkeit saß Karoline da und betrachtete das Steinmännchen. Dann hob sie auf einmal die Hand, und Maya dachte schon, dass sie es mit einem Fingerschnipsen zum Einsturz bringen wollte, doch stattdessen griff sie nach einem weiteren Stein, einem ganz kleinen, und legte ihn obendrauf. Als sie aufstand, sah Maya, dass sie lächelte.

Dann schaute sie sich nach Bine um, die inzwischen auf der Spitze der Felsen angekommen war, und kraxelte ebenfalls hinauf.

Maya wartete noch einen Moment, bevor sie aus dem Gebüsch huschte. Sobald sie wieder auf dem Pfad war, fing sie an zu laufen. Maya lief und lief, ohne groß nach rechts und links zu schauen. Von dem nassen, schlammigen Weg waren ihre Turnschuhe ganz durchnässt, an der Wade hatte sie eine Schürfwunde, und ein Zweig hatte ihr das Gesicht zerkratzt. Erst als sie den Stein erreichte, an dem kurz zuvor noch die Tigerohrenfrau gestanden hatte, blieb sie stehen. Ihr Atem ging schnell und flach, ihre Kehle war trocken, der Brustkorb schmerzte. Maya griff nach ihrem Holzanhänger. Er war das Einzige, was ihr noch Wurzeln gab. Minutenlang stand sie so da, der Wind strich über ihr Gesicht, und sie kämpfte mit den Tränen.

Als sie Stimmen hörte, schreckte Maya hoch. Sie befürchtete, dass es Bine und Karoline waren, doch als sie sich umschaute, sah sie einen Mann und eine Frau mit Wanderstöcken. Die beiden nickten ihr zu.

«Herrliche Gegend, nicht wahr?», sagte der Mann im Vorbeigehen. Es waren Deutsche.

«Ja.» Maya strich noch einmal gedankenverloren über ihren Anhänger. Mit den Fingerspitzen spürte sie die kleine Einkerbung: Dort waren zwei kleine Buchstaben ins Holz geritzt, H und S. Schon lange fragte Maya sich, wofür sie standen. Auf einmal wurde ihr beinahe schwindelig, als ihr ein Gedanke kam. Auch die Anhänger der Tigerohrenfrau hatten eine solche Vertiefung gehabt! Weil sie es so eilig gehabt hatte, zum Wasserfall zu kommen, hatte sie darauf nicht weiter geachtet, aber ... Maya hielt die Luft an. Was, wenn auf den Anhängern der Tigerohrenfrau ebenfalls eine solche Gravur war, vielleicht sogar die gleichen Buchstaben? Schließlich hatte die Frau vermutet, dass auch Mayas Anhänger von der Insel stammte, weil er ebenfalls aus Lorbeerholz war. Die Frau war zu jung, sie konnte ihn nicht selbst gedrechselt haben. Aber vielleicht wusste sie, wer früher solche Anhänger hergestellt hatte? Diese Person kannte vielleicht denjenigen, der den Anhänger zu Maya in den Weidenkorb gelegt hatte ...

Und Karoline lebte nun ebenfalls auf La Gomera. Das konnte doch alles kein Zufall sein. So ein Mist! Maya ließ den Anhänger los. Nach all den Jahren hatte sie das erste Mal eine Spur gefunden und die Chance gehabt, etwas über ihre Herkunft herauszufinden, und dann ließ sie sie ungenutzt verstreichen!

Maya rannte los. Die beiden Wanderer holte sie schnell ein. Doch die Frau mit den Anhängern war längst auf und davon! Mayas Lungen platzten fast, als sie El Guro erreichte.

Schwer atmend ging sie zu zwei kleinen Jungen, die einen Ball hin und her kickten. Es war Siestazeit, und außer ihnen war niemand auf der Straße. Sie wollte die beiden fragen, ob sie die Frau mit den Anhängern gesehen hatten, doch ihr Spanisch war viel zu dürftig, als dass sie sie verstanden hätten.

— 120 —

Maya stieß einen tiefen Seufzer aus. Was sollte sie jetzt tun? Sich auf den alten Campingstuhl setzen, der an einer Weggabelung stand, darauf warten, dass Karoline vom Wasserfall zurückkam, und sie mit ihrer Vermutung konfrontieren? Nein, das hatte keinen Sinn. Sie wusste ja nicht einmal, ob die Gravur auf ihrem Anhänger die gleiche war wie die auf denen, die hier verkauft wurden. Aber vielleicht kannte Fabienne die Verkäuferin. Einen Haarreif mit Tigerohren zu tragen war sicher auch auf dieser verrückten Insel nichts Alltägliches!

Maya

Abgesehen von ein paar Touristen, die träge unter den Markisen von Restaurants saßen und Kaffee oder Aperol Spritz schlürften, war auch das Valle Gran Rey um diese Zeit wie ausgestorben. Das Fahrrad stand glücklicherweise immer noch vor der Tapas-Bar von Freds Oma. Anscheinend beschränkten sich die Diebe auf La Gomera wirklich auf Kinder und pinkfarbene Caprihosen. Maya stieg auf und radelte los. Doch sie kam nur wenige Meter weit, dann verhakte sich die Fahrradkette, die durch die salzhaltige Meeresluft ganz verrostet war. Fluchend stieg Maya ab und versuchte sie zu lösen, was ihr aber außer schwarzen Ölfingern nichts einbrachte. Oh nein. Jetzt musste sie schon wieder laufen und darüber hinaus noch diese Rostlaube neben sich herschieben! Frustriert machte Maya sich zu Fuß auf den Weg zur Finca.

Als sie ankam, sah sie, dass Lasses Pick-up schon wieder davor parkte. Auch Sam, der einäugige Hund, streunte herum. Er lief auf Maya zu, als er sie sah, aber anfassen ließ er sich von ihr immer noch nicht.

«Weißt du, wo Fabienne ist?», fragte Maya den Hund, doch Sam war mehr daran interessiert, in einem Blätterhaufen herumzuschnüffeln, als ihre Frage zu beantworten.

Maya fand sie schließlich im Garten, und erst jetzt stellte sie fest, dass ihre Holzhütte nicht die einzige dort war. Sie lagen nur alle ziemlich verteilt. Mit einem Korb voller Mangos kam Fabienne ihr entgegen. Die Perlen in ihren langen schwarzen Rastazöpfen klimperten bei jeder Bewegung.

«Möchtest du eine?» Fabienne streckte ihr eine Mango entgegen. «Dieses Jahr haben wir so viele, dass wir sie sogar auf dem Markt verkaufen können.»

«Danke.» Maya nahm die leuchtend orangefarbene Frucht.

«Ich fürchte, es wird heute schon wieder nicht regnen.» Die hübsche Farbige schaute mit sorgenvoller Miene in den Himmel. «Dabei sah es heute Morgen so gut aus. Aber inzwischen hat der Wind die Regenwolken längst wieder verscheucht. Seit Wochen hatten wir keinen Regen.»

«Hast du Angst um eure Ernte?» In der Infomappe, die in Mayas Hütte lag, hatte gestanden, dass auf der Finca alles selbst angebaut wurde.

«Auch. Aber noch mehr Angst habe ich vor der Unachtsamkeit unserer Gäste. Ein einziger Funke könnte ausreichen, um hier alles abzufackeln. – Kann ich dir eigentlich mit irgendetwas behilflich sein?»

«Ja. Ähm … kennst du eine Frau in meinem Alter mit langen dunkelblonden Dreadlocks, die Tigerohren aus Plüsch trägt?»

«Nein, zumindest keine, die älter als fünf ist. Wieso fragst du?»

«Ich bin zu dem Wasserfall in El Guro gewandert. Auf dem Weg dorthin habe ich diese Frau gesehen, die total schönen Holzschmuck angeboten hat. Blöderweise habe ich mir nichts gekauft, und jetzt ärgere ich mich.»

«Das musst du nicht. Das Zeug kannst du im Valle an jeder Straßenecke kaufen.»

«Dieser Holzschmuck war aber ausgesprochen schön.» Maya versuchte, sich ihre Enttäuschung nicht allzu sehr anmerken zu lassen. «Die Frau ist so alt wie ich, hat Dreadlocks bis fast zur Taille, und ihr Lippenbändchen ist gepierct. Außerdem verkauft sie superleckere Energiebällchen.»

«Ach so, du meinst Annette.»

«Weißt du, wo sie wohnt?» Maya hielt die Luft an.

«Ja, in Las Hayas. Die genaue Adresse kenne ich nicht. Am besten fragst du dich durch.»

Mayas Herz klopfte aufgeregt. «Fährt ein Bus dorthin?»

«Etwa alle zwei, drei Stunden. Aber Lasse muss nachher sowieso noch nach Chipude, um Holz abzuholen. Von dort nach Las Hayas ist es nur ein Katzensprung. Frag ihn, ob er dich mitnimmt! Wenn du dem Weg folgst, kommst du direkt zu seiner Hütte.» Sie zeigte in die Richtung der nackten terrakottafarbenen Felswände.

«Cool! Dann gehe ich gleich mal dorthin.» Es fiel Maya schwer, Fabienne nicht um den Hals zu fallen. Die Tigerohrenfrau hieß Annette, und sie wohnte nicht weit von hier! Maya ballte die Hand zur Faust. Strike! Sie hatte eine Spur!

Lasses Hütte lag neben einem großen, baufällig wirkenden Schuppen, und sie ähnelte der, in der Maya geschlafen hatte; nur dass sie älter und ein bisschen größer war. Auf einer kleinen Veranda standen ein Tisch und ein Stuhl, über dem die Strickjacke mit dem Norwegermuster hing, die Lasse heute Morgen getragen hatte.

«Lasse!», rief sie. «Bist du da?»

«Hier hinten», tönte es aus dem Schuppen.

Maya trat ein und sah Lasse an einer Werkbank stehen, wo er ein Stück Holz zurechtschliff. Ein süßlicher, frischer Waldgeruch hing in der Luft. «Mit einem Wiedersehen hatte ich gar nicht so schnell gerechnet», sagte er, aber diesmal klang er gar nicht so unfreundlich.

«Du hast gar nicht erwähnt, dass du auch hier wohnst.»

Er zuckte die Achseln. «Ich wollte dir nicht sagen, dass ich dich mit zu mir nehme», sagte er. «Vielleicht hätte es dir Angst gemacht», fügte er nach einer Weile hinzu.

Ganz im Gegenteil!, hätte Maya noch vor einer Woche mit einem Augenzwinkern erwidert, doch jetzt sagte sie nur müde: «Ja, war wahrscheinlich besser so. – Wieso bist du denn gestern noch einmal weggefahren? Wolltest du mich vor dir in Sicherheit bringen?»

Lasse strich mit der Hand über die Holzplatte, als wollte er ein paar Staubkörner entfernen. «Ich hatte noch eine Verabredung», sagte er.

Mit einer Frau? Vermutlich, so verschämt, wie er gerade tat. Dann war er also doch nicht mit Fabienne zusammen. Maja hatte den Eindruck gehabt, die beiden wären zumindest aneinander interessiert.

«Ist das deine Werkstatt?» Maya sah sich um.

Er nickte.

«Es riecht total gut hier ... – Diese Reaktion ist wohl der Klassiker, oder?», setzte sie nach, als sie sah, dass Lasses Mundwinkel zuckten.

«Ja. Dicht gefolgt von *Ich wollte auch immer was mit Holz machen.*»

«Diesen Satz würdest du von mir nicht zu hören bekommen.»

«Du wolltest wohl schon immer durch die Welt reisen.»

«Nein, eigentlich hatte ich vor, Meeresbiologin zu werden.»

«Was kam dazwischen?»

Diese Frage hatte Tobi ihr auch gestellt. Maya zwang sich zu einem Lächeln. «Das Leben. – Die meisten deiner Hölzer sehen ganz schön alt aus.»

«Sie sind alt. Ein Großteil meiner Möbel entsteht aus altem Holz. Die Holzvertäfelung dort hinten stammt aus einer holländischen Kirche. Und das hier …», Lasse zog eine Planke aus einem der Regale, «… ist ein Dielenbrett. Derjenige, der den Boden verlegt hat, hat auf der Unterseite das Datum vermerkt. 31. Juli 1886.» Er tippte mit dem Finger darauf.

«Du umgibst dich wohl gern mit Geschichte?»

Er nickte. «Viele Dinge sind heutzutage makellos und auf Hochglanz poliert, aber die haben keine Persönlichkeit. Das ist bei alten Sachen anders.»

Maya schaute auf den staubigen Boden der Schreinerei. Sie musste an ihr Instagram-Profil denken, auf das sie so viel Zeit verwendete und das ihr ganzer Stolz war. Aber welches der oft mühsam arrangierten Fotos zeigte schon die Realität? Die Imbissbude auf den Florida Keys, aus der es so penetrant nach altem Fett stank, hatte sie wegretouchiert. Am Trevi-Brunnen hatte sie ewig gewartet, bis der Obdachlose, der davor gesessen und gebettelt hatte, endlich verschwunden war. Sich selbst präsentierte sie auf den Fotos auch nie anders als gut gelaunt und strahlend. Manchmal war Maya es leid.

«Dieser Dalben stammt aus der Elbe.» Lasse zog den Pfahl ein Stück aus dem Regal. «Man erkennt noch gut, welcher Teil des Holzes aus dem Wasser geragt hat. Darauf haben sich früher Möwen ausgeruht, nachdem sie nach Fischen und Krebsen gejagt haben. Holz, das lange im Wasser gewesen ist, muss drei Jahre trocknen, bis ich es verarbeiten kann.»

«Du scheinst ein sehr geduldiger Mensch zu sein.»

Lasse grinste. «Offensichtlich.»

Um diese Eigenschaft beneidete Maya ihn. Sie hatte weder mit sich selbst Geduld noch mit anderen Menschen. Wenn jemand auf dem Gehweg vor ihr zu langsam lief, musste sie an sich halten, um denjenigen nicht aus dem Weg zu schubsen. Niemals würde sie drei Jahre darauf warten, dass ein Stück Holz trocknete! Deshalb hatte sie die Aussicht darauf, tagelang auf dieser Insel festzusitzen und auf Tobi zu warten, ja so verrückt gemacht. Aber jetzt hatte sie eine Mission!

«Ist das Holz, aus dem du den Tisch hier gemacht hast, eigentlich auch alt?» Sie zeigte auf einen schönen dunklen Esstisch, der an der Wand stand.

«Ja, es stammt von einem alten Dreimaster aus Hamburg», sagte Lasse stolz.

Ehrfürchtig strich Maya über das glatte Holz. «Ich komme aus Hamburg.»

«Ich auch.» Er lächelte.

«Vielleicht sind wir uns früher schon einmal begegnet.»

«Vielleicht», entgegnete Lasse. Er schien keine Lust zu haben, über ihre gemeinsame Vergangenheit zu reden. Dabei war er bei ihrem Gespräch über Holz richtig aufgeblüht. «Wie war es bei Fred?», wechselte er das Thema.

«Ganz gut. Ihm ist eingefallen, dass Tobi sich nach Wanderwegen erkundigt hat und dass er ihm von dem Wasserfall bei El Guro erzählt hat. Aber dort war er nicht.»

Lasse legte den Kopf schief und sah sie forschend an. «Wieso willst du eigentlich unbedingt einen Typen wiedersehen, von dem du ganz offensichtlich weder Handynummer noch E-Mail-Adresse hast?»

Maya suchte nach einer einigermaßen plausiblen Ausrede, und als ihr keine einfiel, sagte sie lahm: «Ich mag ihn eben.»

Er musterte sie einen Augenblick, und es fiel ihr schwer, seinem Blick standzuhalten. Aus irgendeinem Grund hatte sie das Gefühl, als könne er tief in sie hineinschauen. Zu tief...

«Du hast doch heute Morgen gefragt, ob ich ein Boot habe», sagte Lasse nach einer Weile.

«Ja.»

«Ein Kumpel von mir fährt später nach Teneriffa. Soll ich ihn fragen, ob er dich mitnimmt?»

«Nein, ich bleibe jetzt doch noch ein bisschen hier und schaue mir die Insel an.»

«Ach. Und woher kommt dieser plötzliche Sinneswandel?»

«Auf manche Menschen lohnt es sich eben zu warten», sagte sie und kam sich ziemlich bescheuert dabei vor. Deshalb schob sie nach: «Außerdem habe ich festgestellt, dass es hier viel mehr zu sehen gibt, als ich auf den ersten Blick gedacht habe. Ich werde La Gomera einfach zu einem Teil meiner Challenge machen. Wo ich diese eine Woche verbringe, ist schließlich egal.»

«Schön!»

Schön? Maya hob die Brauen. Freute er sich etwa, dass sie blieb?

«Ich meine, es ist schön, dass du der Insel eine Chance gibst. Es lohnt sich.»

Das würde sich zeigen. «Fabienne hat übrigens erzählt, dass du gleich in die Nähe von Las Hayas fährst, um Holz abzuholen», sagte sie beiläufig. «Dort wohnt eine Frau, die Holzschmuck verkauft...»

«Du meinst Annette?»

Er kannte sie also auch! «Genau die. Kannst du mich mitnehmen?»

«Klar. Aber wir müssen gleich los. Ich muss hinterher noch zum Hafen. Der Tisch wird heute Abend verschifft.»

«Kein Problem.» Je schneller sie mit Annette sprechen konnte, desto besser. Sie war wirklich kein besonders geduldiger Mensch!

Karoline
Valle Gran Rey, August 1985

Am nächsten Tag schlich Karoline sich wieder in den frühen Abendstunden davon. Gegenüber Mama und Papa gab sie vor, einen Strandspaziergang zu machen.

Sie hatte gerade das Haus verlassen, da brauste Xabi in seinem Sportwagen heran. Er bremste so scharf neben ihr ab, dass Karoline in eine Staubwolke eingehüllt wurde. Er grinste ihr zu und hob die Hand zum Gruß. Neben ihm im Cabrio saß eine junge Frau. Jetzt zog sie sich das bunte Tuch vom Kopf und zupfte sich die Haare zurecht, die ein wunderschönes Rotbraun hatten und in der Sonne glänzten wie eine polierte Kastanie. Als sie die große Sonnenbrille abnahm, sah Karoline, dass ihre Augen von einem auffällig hellen Grau waren, das in faszinierendem Gegensatz zu ihren dunklen Haaren stand.

«Hola!», sagte sie, als sie sah, dass Karolines Blick auf ihr lag, und lächelte strahlend. Über ihrem rechten Mundwinkel hatte sie ein Muttermal – genau wie Cindy Crawford, dieses Supermodel aus Amerika, das in diesem Jahr auf den Titelseiten sämtlicher Magazine zu sehen war.

Ein wenig beschämt darüber, beim Gaffen erwischt

worden zu sein, murmelte Karoline ebenfalls einen Gruß und drehte dann den Kopf weg.

Xabi öffnete seiner Begleitung die Tür, und die beiden verschwanden im Haus.

«Das war Xabis Verlobte», erklärte Deborah, die gerade durch den Garten gekommen war, sichtlich stolz. Sie hatte eine Gartenschere in der Hand und schnitt verdorrte Rosenblüten von einem üppigen Strauch. «Dieses Mal scheint es was Ernstes zu sein. Wie froh ich wäre, wenn dieser Junge endlich unter die Haube käme!» Sie verdrehte die Augen. «Juan hat ihm schon damit gedroht, ihn zu enterben, wenn er nicht endlich sesshaft wird. Schließlich wird er im Herbst schon neunundzwanzig. Was hast du denn heute Abend noch Schönes vor, Liebes?»

Alejandro wartete bereits am vereinbarten Treffpunkt auf sie. Es war eine Seitenstraße, die man von Juans Haus aus nicht einsehen konnte. «Na, ist es dir gelungen, Mama und Papa unbemerkt zu entgehen?», fragte er belustigt, und Karoline spürte, dass sie errötete. Es war ihr unangenehm, dass er ganz genau wusste, dass sie ihre Treffen vor ihren Eltern geheim halten wollte.

«Ich schäme mich nicht dafür, mich mit dir zu treffen, wirklich nicht», sagte sie schnell. «Aber du kennst meine Mutter nicht. Sie würde viel zu viele unnötige Fragen stellen.»

Am übernächsten Tag wurde die Büste leider fertig. Nun musste sie eine ganze Zeitlang trocknen, bevor Alejandro sie brennen konnte. Die Vorstellung, dass es nun mit ihren Treffen endgültig vorbei wäre, machte Karoline traurig.

Umso mehr freute sie sich, als Alejandro vorschlug, ihr stattdessen ein paar seiner Lieblingsplätze auf der Insel zu zeigen.

Alejandro fuhr mit ihr zum Mirador de Santo, einem Aussichtspunkt, der einen überwältigenden Blick bot. Sie wanderten durch die Gassen von Agulo, dem schönsten Dorf der Insel. Und er nahm sie mit nach Alojera, wo er ihr zeigte, wie man den leckeren Saft der Palmen abzapfte, der sich in ihrem Innern befand, und erklärte ihr, wie man ihn zu Palmhonig verarbeitete. Nur alle fünf bis sechs Jahre durfte das geschehen, weil die Pflanzen unter Naturschutz standen, erfuhr Karoline. Und dass fast jede Dattelpalme auf La Gomera ihren eigenen Besitzer hatte.

Ihr gefiel, dass Alejandro sich für so vieles interessierte, und sie mochte seinen Blick auf die Welt. Er konnte in all diesen alltäglichen kleinen Dingen das Wundervolle sehen! Während eines Spaziergangs machte er sie auf ein Spinnennetz aufmerksam, das sich völlig intakt zwischen den Früchten eines Feigenkaktus spannte. Die Sonne schien durch die feinen Fäden, und ehrfürchtig betrachtete Karoline seine vollkommene Symmetrie, die kunstvolle Machart. Ohne Alejandro wäre sie daran vorbeigegangen, ohne einen Blick darauf zu werfen.

Am letzten Tag brachte er sie in den Nebelwald, einen jahrhundertealten Wald im Inselinnern, der mit seinen moosbewachsenen Bäumen so verzaubert wirkte, als würden Gnome und Elfen darin ihren Schabernack treiben. Die Luft war weiß vom Nebel, der sich feucht auf Karolines Haut legte.

Vor der Ruine einer ehemaligen Hirtenhütte, wo man einen wunderbaren Blick auf den Wald hatte, packte Alejandro ein einfaches Picknick aus. Es bestand aus Brot, Almogrote, kanarischem Ziegenkäse und Feigen, und Karoline war sich sicher, noch nie zuvor etwas so Köstliches gegessen zu haben. Anschließend lagen sie träge auf einer Decke und ließen sich die letzten Sonnenstrahlen ins Gesicht scheinen.

«Der Nebelwald heißt Garajonay. Soll ich dir erzählen, wie er zu diesem Namen kam?», fragte Alejandro auf einmal, und Karoline nickte. «Meine Mutter hat mir die Geschichte erzählt, als ich klein war. Sie soll sich vor der spanischen Eroberung zugetragen haben.» Er setzte sich auf. «Es war einmal eine wunderschöne Prinzessin, die Gara hieß und auf La Gomera lebte.»

«Du bist ja ein richtiger Märchenerzähler», neckte Karoline ihn.

«Hey! Willst du jetzt die Geschichte hören oder nicht?», protestierte er. Seine dunklen Haare waren auf der einen Seite vom Liegen ein wenig platt gedrückt, auf der anderen Seite standen sie in Büscheln ab. Es fiel ihr schwer, sie nicht glatt zu streichen. Sie hätte ihn so gerne berührt …

«Ich will», antwortete sie, «und ich verspreche dir, dich von jetzt an nicht mehr zu unterbrechen.»

«Gut», sagte er in gespieltem Ernst. «Also, eines Tages begegnete die wunderschöne Prinzessin dem Bauernjungen Jonay, der aus Teneriffa kam, und sie verliebte sich unsterblich in ihn. Und er sich natürlich auch in sie. Aber ihre Liebe stand nicht nur wegen ihrer unterschiedlichen Herkunft unter einem schlechten Stern, sondern auch, weil ein Priester den beiden großes Unheil voraussagte. Nichtsdestotrotz wollten die beiden unbedingt heiraten, und von da an nahm die Katastrophe ihren Lauf.» Alejandro legte eine dramatische Pause ein. «Kurz nachdem sie ihren Eltern ihren Plan verkündet hatten, brach auf Teneriffa ein Vulkan aus, und die Lava färbte das Meer zwischen La Gomera und Teneriffa blutrot. Die Familie der Prinzessin sah darin ein Zeichen, und sie schickten den Bauernjungen wieder nach Teneriffa. Doch weil er seine Geliebte nicht vergessen konnte, kehrte Jonay schon bald heimlich wieder nach La Gomera zurück. Die beiden flüchteten ins Hochland und sahen nur eine Möglichkeit, wie sie zusammenbleiben konnten: Und das war der gemeinsame Tod. Sie rammten sich gegenseitig einen Holzpflock ins Herz und starben eng umschlungen. Seitdem heißt der Wald hier oben Garajonay – was eine Mischung aus ihren beiden Namen ist.»

«Und das war's?», fragte Karoline.

Alejandro nickte.

«Das ist aber keine schöne Geschichte. Ich mag keine Geschichten, die kein gutes Ende haben.»

«Sie endet doch gut. Die beiden waren vereint.»

«Ja, im Tod! Aber davon hatten sie nichts.» Plötzlich war Karoline traurig.

«Morgen musst du schon wieder nach Hause», sagte Alejandro. Er sah sie nicht an, sondern spielte mit einem Grashalm.

«Ja.» Den ganzen Tag schon hatte Karoline versucht, diesen Gedanken zu verdrängen.

Er warf den Grashalm weg. «Kommst du wieder?» Jetzt sah er ihr direkt in die Augen.

Ihr Pulsschlag beschleunigte sich. «Möchtest du das denn?»

Er nickte. «Mehr als alles andere auf der Welt», sagte er, und auf einmal war er ganz ernst.

«Ich möchte es auch», flüsterte sie.

Die Sonne am Horizont hatte inzwischen die Farbe einer reifen Orange angenommen. Alejandro neigte sein Gesicht zu ihr hinunter, und sie küssten sich im Schutz der uralten Bäume.

Maya

Lasse war sich nicht sicher, wo genau Annette wohnte, aber er meinte sich zu erinnern, dass es in der Nähe der Kirche war. Der erste Weg, den er wählte, ein Kiesweg, war nicht der richtige. Er endete an einem Hühnerstall. Eins der Hühner musste irgendwie entwischt sein. Es lag vor dem Gehege auf der Seite, atmete schwer und sah aus, als ob sein letztes Stündlein geschlagen hätte.

Mehr noch als das arme Huhn berührte Maya aber das Schicksal eines Ferkels. Es wohnte in einem Verschlag neben dem Hühnerstall. Als es Maya, Lasse und Sam bemerkte, kam es gleich ans Gitter, quiekte und wackelte mit seinem Ringelschwanz. Bestimmt freute es sich über jede Abwechslung, denn es war ganz allein, und sein Stall war winzig. Maya hatte gelesen, dass Schweine nicht nur sehr intelligente, sondern auch soziale Tiere waren.

«Wieso lässt sein Besitzer es nur nicht auf die Wiese?», fragte Maya empört. «Hier ist doch genug Platz.»

«Für denjenigen, dem es gehört, ist es nur ein Braten. Es muss nur gemästet werden.»

«Das ist ganz schön mies.»

«Wenn dir das nicht passt, darfst du kein Fleisch essen», gab Lasse zu bedenken.

«Ich esse kaum welches.» Abgesehen von der verdammten Fledermaus in Pingxi. Maya war immer noch schlecht, wenn sie daran dachte. «Du?»

«Auch nur ganz selten. Aber das nicht unbedingt freiwillig. Fabienne kocht streng vegetarisch. Wenn ich mir nicht selbst etwas zu essen machen will, muss ich das essen, was sie mir auftischt.»

Aha, Fabienne kochte also für ihn! Wieder fragte Maya sich, was für eine Beziehung die beiden zueinander hatten.

Lasse öffnete die Tür des Verschlags.

«Was machst du?» Maya sah erstaunt zu, wie Lasse am Hühnerstall vorbeiging und die Tür des Verschlags öffnete.

«Ich lass es raus. Man wird es zwar spätestens morgen wieder einfangen, aber bis dahin hat es dann wenigstens ein paar schöne Stunden gehabt.»

«Wow! Du bist ja ein richtiger Rebell. Das hätte mir gleich klar sein müssen, als ich deine Tattoos gesehen habe», zog Maya ihn auf. Aber im Grunde ihres Herzens musste sie sich eingestehen, dass Lasse durch diese Aktion in ihrer Achtung noch einmal gestiegen war.

Der nächste Weg war der richtige. Sie gingen ein Stück auf einem schmalen Wiesenpfad, dann kamen sie an ein Holzhaus, das am Rand eines großen Waldstücks lag. Für die Architektur der Insel war es völlig untypisch, klein und ein bisschen windschief. Im Garten stand eine Frau und goss mit einem Wasserschlauch die Blumen. Es war Annette.

Sie wirkte überrascht, als Maya und Lasse vor ihr standen.

«Hey, Lasse!», sagte sie. «Wollt ihr zu mir?» Dann sah sie Maya an.

Maya nickte. «Auch wenn ich dich ohne deine Tigerohren fast nicht erkannt hätte.»

«Die sind praktisch, oder?» Annette lächelte ihr Piercinglächeln. «So bleibe ich den Leuten im Gedächtnis.»

«Stimmt. Deine Anhänger sind mir auch nicht aus dem Kopf gegangen. Kann ich sie mir noch mal ansehen?»

«Klar. Ich hole sie.» Annette ging zum Wasserhahn und drehte ihn ab. Gleich darauf kam sie mit einem Korb voller Holzschmuck aus dem Haus und stellte ihn auf den Terrassentisch.

Maya wühlte sich durch Armreifen, Ketten und sogar ein paar schmale Ringe, bis sie auf einen dreieckigen Anhänger stieß. Genau wie in ihrem waren tatsächlich zwei Buchstaben in das Holz graviert. Sie schaute genauer hin: Die Initialen waren *AP*. Enttäuscht stieß Maya die Luft aus. Sie suchte weiter. *AP, AP, AP* . . . Die Schnecke fand sie ganz unten. Maya hielt sie einen Augenblick fest und ertastete die Vertiefung unter ihren Fingerspitzen. Dann drehte sie den Anhänger um. *HS.* Treffer, versenkt.

«Was bedeuten die Signaturen auf den Anhängern?», fragte sie Annette und hoffte, dass das Zittern in ihrer Stimme niemandem auffiel.

«Das sind meine Initialen. Annette Perez.»

Maya tippte auf den Schneckenanhänger. «Und was bedeuten die hier? Die Initialen HS?»

«Keine Ahnung. Dieses Stück ist nicht von mir. Oma Lucia hat es mir vererbt. Sie hatte eine ganze Kiste davon, aber das meiste davon habe ich inzwischen verkauft.»

«Weißt du, wer sie gemacht hat?»

Annette nickte. «Eine Patientin von ihr. Als ich klein

war, habe ich oft damit gespielt. Holz fand ich schon immer faszinierend. Das ist nicht einfach ein totes Material, sondern es lebt! Die Anhänger hier haben mich auf die Idee gebracht, selbst Schmuck zu designen.»

«War deine Oma Ärztin?»

«Nein, sie war Hebamme.»

In Mayas Kopf fing es an zu brausen. Die Bestellung beim Universum, die sie auf dem Laternenfest in Pingxi aufgegeben hatte, war angekommen: ein Hinweis, um das Rätsel ihrer Herkunft zu lösen. Sie schwankte.

«Alles in Ordnung?» Sie spürte Lasses Hand an ihrem Arm, und er drückte sie auf einen Plastikstuhl.

«Mein Kreislauf spielt verrückt», stieß Maya hervor.

Annette holte ihr ein Glas Wasser, das sie dankbar annahm.

«Hast du sonst noch irgendwelche Sachen von deiner Oma?», fragte sie, als sie es in einem Zug hinuntergestürzt hatte. «Das ist wirklich wichtig für mich. In meinen Anhänger sind auch die Buchstaben HS eingraviert.» Sie zerrte das Schmuckstück unter ihrem Shirt hervor und zeigte den beiden die winzigen Buchstaben. «Ich weiß nicht, wer meine Eltern sind, und dieser Anhänger ist das Einzige, was mir von ihnen geblieben ist. Er lag mit mir zusammen in dem Korb, in dem ich gefunden wurde.»

Lasse starrte sie völlig entgeistert an.

Annette hatte ihre Überraschung schneller im Griff. «Du wurdest in einem Korb gefunden? Wie Moses?»

«Ja.» Maya spürte, dass ihr Gesicht heiß wurde. «Ich weiß selbst, dass es sich verrückt anhört. Aber es ist die Wahrheit.» Zumindest die, die man ihr erzählt hatte.

«Krass!» Annettes Augen leuchteten vor Aufregung. «Dann hat meine Oma ja deine Eltern gekannt! Wahrscheinlich hat sie dich sogar auf die Welt gebracht. Das ist ja cool!»

«Ja, total.» Angesichts von Annettes Begeisterung brachte auch Maya ein Lächeln zustande.

Nachdem sie seit Jahren, vielleicht schon ihr ganzes Leben, auf La Gomera lebte, war Annette offenbar an seltsame Begebenheiten gewöhnt. Sie schien keinerlei Zweifel an Mayas Geschichte zu haben.

«Ich habe leider sonst nichts mehr von Oma», sagte sie bedauernd. «Aber vielleicht hat meine Mutter etwas behalten. Meine Eltern sind vor ein paar Jahren aufs Festland gezogen. Ich rufe sie gleich an!» Annette eilte ins Haus und kam gleich darauf mit zerknirschter Miene zurück. «Sie geht nicht ran. Aber ich melde mich bei dir, sobald ich etwas von ihr gehört habe. Gib mir deine Handynummer!»

«Leider habe ich keinen Empfang, der Sendemast ist kaputt.»

«Echt?» Auch Annette hatte es anscheinend nicht bemerkt. Benutzte auf La Gomera außer Fred überhaupt jemand ein Mobiltelefon? «Na ja.» Sie zuckte die Achseln. «Morgen ist Montag. Da wird er schon repariert werden. Und wenn nicht, rufe ich einfach bei Lasse an.»

Auf dem Rückweg zum Wagen schwieg Lasse eine ganze Weile. Dann fragte er unvermittelt: «Wurdest du hier gefunden, auf La Gomera?»

«Nein, in Barcelona. Meine Eltern – oder sonst jemand – haben mich auf den Stufen einer Kirche ausgesetzt. – Das ist mal eine Geschichte, die nicht jeder erzählen kann, oder?»

«Nein, wirklich nicht. Und sorry, dass ich so neugierig bin und so viele Fragen stelle, aber was ist denn danach passiert? Also, nachdem du gefunden wurdest? Kamst du ... in ein Heim?»

Maya schüttelte den Kopf. «Die Frau, die mich gefunden hat, wollte das nicht. Deshalb hat sie mich nie bei einer Behörde gemeldet, sondern mir gefälschte Papiere besorgt, um mich als ihr eigenes Kind auszugeben. Das habe ich aber auch nur durch Zufall und erst vor sechs Jahren erfahren.» Sie rang sich ein schwaches Lächeln ab. «Du siehst, ich kann sogar noch einen draufsetzen.»

Maya erwartete nun irgendeine Floskel von ihm. *Das tut mir leid* oder *Das muss schlimm für dich sein.* Aber Lasse sagte: «Dann muss dich diese Frau wohl sehr lieben.»

Ihr Magen zog sich zusammen. «Das stimmt. Und daran habe ich auch nie gezweifelt. Ich hatte eine schöne Kindheit. Die schönste, die man sich denken kann. Aber ...» Sie schluckte. «Sie hätte mich nicht einfach mitnehmen dürfen. Ich war schließlich kein Hund, den irgendjemand auf einem Parkplatz ausgesetzt hat, sondern ein Kind! Und dadurch, dass sie mich nie irgendwo gemeldet hat, hat sie mir jede Chance verbaut, etwas über meine richtigen Eltern zu erfahren. Als ich mich auf die Suche nach ihnen gemacht habe, war es dafür zu spät.» Sie drehte den Kopf weg, damit Lasse nicht sah, dass sich eine Träne aus ihrem Augenwinkel gelöst hatte. Sie wischte sie weg. «Es ist schrecklich, wenn man überhaupt keine Ahnung hat, wer die eigenen Eltern sind. Und deshalb hoffe ich so sehr, dass sich

Annettes Mutter an etwas erinnern kann, was mir weiterhilft.» Maya atmete tief durch. «Ist es von hier aus eigentlich noch weit bis zu dem ominösen Nebelwald, von dem ich schon so viel gehört habe?»

«Das ist er doch.» Lasse nickte mit dem Kinn in Richtung des Waldes, an dem sie gerade vorbeiliefen. «Zumindest einer der ersten Ausläufer davon.»

«Echt? Auf den Fotos im Internet sah er ganz anders aus», sagte Maya enttäuscht.

Der Nebelwald war frisch und grün und sehr hübsch, ganz ohne Frage. Aber wo waren die mit Moos bewachsenen kahlen Bäume, von denen Flechten wie Spinnweben herunterhingen? Und der Nebel, der vom feuchten Boden aufstieg und schwer zwischen den Stämmen hing? Eine solch unheimliche Kulisse wäre viel spektakulärer gewesen.

«Dann sind diese Fotos weiter im Landesinnern gemacht worden», erklärte Lasse. «Je weiter du von der Küste wegfährst, desto feuchter und nebliger wird es.»

«Dort muss ich unbedingt mal hin.» Da Maya ihre Kamera nicht dabeihatte, zückte sie ihr Handy und machte ein paar Fotos. Wenn sie einen Blogbeitrag über La Gomera schreiben wollte, musste sie endlich Material dafür sammeln. «Kannst du mich fotografieren?» Sie drehte sich zu Lasse um.

«Klar. Aber wir müssen uns etwas beeilen. Um sieben muss ich am Hafen sein und den Tisch auf die Fähre laden.»

Sie gingen ein Stück in den Wald hinein, und Maya reichte Lasse ihr Handy. Er wollte schon anfangen, aber sie bat ihn, noch einen Moment zu warten. Mit einem kleinen

Taschenspiegel kontrollierte sie, ob Make-up und Wimperntusche noch waren, wo sie hingehörten. Dann zog sie sich die Lippen mit einem hellen Gloss nach.

«Ganz schön viel Aufwand für ein Foto», murrte Lasse.

«Ich stelle es ins Internet, da sollte ich möglichst gut aussehen.»

«Ich fand, du hast vorher auch schon gut ausgesehen.»

War das ein Kompliment? Maya fuhr sich noch schnell mit den gespreizten Fingern durch die Haare. «Du kannst loslegen.»

Lasse mochte viele Talente haben, aber das Fotografieren gehörte nicht dazu. Er schaffte es einfach nicht, sie einigermaßen vorteilhaft abzulichten. Oder sah sie gerade wirklich so abgekämpft aus?

«Nimm mich am besten von hinten auf. Ich fühle mich gerade nicht besonders attraktiv. Und mach am besten eine Serienaufnahme!» Irgendein Foto würde dann schon passen.

Lasse schaute auf die Uhr und nahm dann wieder das Handy. Als Maya die Bilder kontrollierte, sah sie, dass er über achtzig Stück gemacht hatte. Das ein oder andere war ganz akzeptabel, aber veröffentlichen wollte sie keins davon.

Maya seufzte. «Kannst du mich noch ein allerletztes Mal fotografieren?»

«Was passt dir denn dieses Mal nicht?»

«Die Farben sind langweilig. Ich versuche es jetzt mal mit einem Filter.»

«Aber die Farben sehen auf dem Foto genauso aus wie in echt. Wieso reicht dir das nicht?» Nun wirkte er wirklich

— 143 —

ungehalten, und Maya spürte wieder die alte Spannung zwischen ihnen.

«Du verstehst das nicht», gab sie patzig zurück. Was stellte er sich so an? Es war erst halb sieben, und sie hatten kaum zwanzig Minuten bis nach Las Hayas gebraucht.

«Oh, doch. Ich verstehe dich besser, als du denkst», sagte er. «Hier!» Er drückte ihr das Handy in die Hand. «Such den passenden Filter und mach dir die Welt, wie sie dir gefällt, Pippi Langstrumpf.»

Pippi Langstrumpf! Das Zwitschern der Vögel über ihrem Kopf war plötzlich ohrenbetäubend. Man hätte meinen können, sie würden ein Konzert geben. Oder sie verhöhnen!

«Hat sich erledigt.» Maya stopfte das Handy in die Gesäßtasche ihrer Shorts. Zum Glück gab es Photoshop. Dieser Typ war und blieb ein Stoffel!

Maya

Entweder lag Annette mit ihrer Prognose falsch, und der Funkmast war auch am nächsten Tag immer noch nicht repariert, oder Maya hatte auf dieser verdammten Finca einfach kein Netz. Es war doch echt ein Witz, dass sich dieser Ort *Platz der Erleuchtung* nannte! Für ihre eigene Erleuchtung würde sie vermutlich schon wieder bis ins Dorf laufen müssen. Genervt schritt sie mit dem Smartphone in der Hand das Gelände ab. Noch nie zuvor in ihrem Leben hatte sie sich so von der Außenwelt abgeschnitten gefühlt. Sie wollte endlich Kathi anrufen und sich bei Annette erkundigen, ob sie inzwischen ihre Mutter erreicht hatte! Außerdem musste sie dringend mal wieder etwas posten. Maya mochte sich gar nicht vorstellen, wie viele Follower ihr in dieser Zeit schon abgesprungen waren. Die goldene Social-Media-Regel war, jeden Tag ein Lebenszeichen von sich zu geben. Sonst geriet man in Vergessenheit. Ihre E-Mails hatte sie heute auch noch nicht gecheckt. Hoffentlich war kein neues Kooperationsangebot eingegangen! Wenn sie sich nicht meldete, würde sich das Unternehmen jemand anderen suchen. Ihr wurde ganz schwindelig bei dem Gedanken daran, was sie gerade alles verpasste.

Maya hatte schon fast das gesamte Fincagelände nach Netzempfang abgesucht, da tauchte auf ihrem Display endlich ein Balken auf. Ausgerechnet bei Lasses Hütte, direkt neben dem Komposthaufen! Na super! Sie stöhnte auf. Einen mieseren Ort, um zu telefonieren, konnte sie sich kaum vorstellen. Schmeißfliegen schwirrten um etwas herum, das wohl mal eine Banane gewesen war, und es stank fürchterlich. Am besten hole ich mir einen Liegestuhl und mache es mir so richtig gemütlich, dachte sie sarkastisch.

Blöderweise erschien in diesem Moment auch noch Lasse auf der Bildfläche. Mit freiem Oberkörper, tiefsitzenden grauen Shorts und dem milchkaffeefarbenen Kind auf dem Arm kam er gerade aus der Hütte und ging auf die Stellwand aus Bambus zu, hinter der sich eine Badewanne befand.

An den Waden war er nicht tätowiert und auch nicht an der Brust, stellte Maya fest. Lediglich an der Seite, ein Stück unterhalb seiner rechten Achselhöhle. Das sah sie, als er das Kind hochhob und sich das Kind auf die Schultern setzte. Sie kniff die Augen zusammen. Bisher war ihr noch gar nicht aufgefallen, wie gut dieser Mann in Form war. Ob er auch an den Stellen Tattoos hatte, die gerade von seiner Hose bedeckt waren?

«Hey! Was machst du hier am Komposthaufen?», rief Lasse zu ihr rüber.

Mist! Er hatte sie entdeckt! Jetzt kam Maya sich wie eine Voyeurin vor. Außerdem hatte sie ihm sein blödes Getue von gestern noch nicht verziehen. «Ich schaue, ob Annette mir schon geschrieben hat», rief sie zurück. «Weißt du, ob es hier noch irgendwo anders Netzempfang gibt? Ich meine, außer an diesem Komposthaufen?»

Lasse grinste. «Ja, in meiner Badewanne.»

«Schon klar – und in deinem Bett vermutlich auch. Erzählst du das allen Frauen, die du zu dir aufs Gelände locken willst?»

«Ob du es glaubst oder nicht, solche Tricks habe ich nicht nötig.» Er wirkte viel entspannter als gestern Abend. «Komm her und überzeug dich!»

Maya verdrehte die Augen, tat aber, was er sagte. Inzwischen hatte Lasse dem Kleinen die Windel ausgezogen und ihn in die Wanne gesetzt. Fröhlich patschte er mit seinen kleinen Händen auf das Wasser ein. Er war ein hübscher Kerl, mit großen braunen Augen und weichem, lockigem Flaum auf dem Kopf.

«Also, ich habe hier keinen Empfang», sagte sie zu Lasse nach einem Blick auf ihr Handy.

«Du musst in die Badewanne. Und dich hinsetzen.»

Maya hob die Augenbrauen, aber er erwiderte ihren Blick ungerührt. «Okay. Aber wenn ich mich vor dir zum Affen mache und dann nicht gleich mindestens drei Balken habe, schütte ich dir …», sie schaute sich um, «mit diesem Sandförmchen Wasser über den Kopf.» Sie hob es vom Boden auf und hielt es drohend in die Höhe.

«Oh. Da bringe ich mich wohl besser in Sicherheit.» Gespielt ängstlich zog Lasse den Kopf ein.

Maya streifte sich ihr T-Shirt-Kleid über den Kopf und stieg in die Badewanne, was von Leon mit begeistertem Patschen quittiert wurde. Zum Glück trug sie schlichte schwarze Unterwäsche, die zur Not auch als Bikini durchging. Sie hielt ihr Handy ein Stück über den Kopf, damit Leon es nicht nass spritzen konnte, und schaute auf das Display. «Musst du nicht!», rief sie triumphierend. «Jetzt habe ich Netz. Drei Balken. Ich werde dich wohl öfter besuchen kommen müssen.» Sie lächelte ihm zu. «Hier riecht es eindeutig besser als neben dem Komposthaufen.»

Lasse erwiderte ihr Lächeln, und auf einmal wirkte er nicht mehr ganz so selbstsicher wie zuvor. «Es tut mir leid, dass ich dich gestern so angefahren habe», sagte er. «Ich musste ja die Möbel noch zum Hafen bringen, und ... ich bin der Typ, der lieber eine halbe Stunde zu früh da ist, als eine Minute zu spät zu kommen.»

«Schon gut. Längst vergessen!» Ein gut vernehmbarer Signalton kündigte ihr an, dass mehrere Nachrichten eingegangen waren. Sie stammten fast alle von Kathi, die sich zunehmend hysterischer danach erkundigte, wieso Maya sich nicht bei ihr meldete. Aber es war auch eine von Annette dabei. Mayas Herz begann zu pochen, und sie hielt den Atem an, als sie die Nachricht las, nur um im nächsten Augenblick enttäuscht auszurufen: «Ach Mann!»

«Was ist?», fragte Lasse.

Maya stand auf und stieg aus der Wanne. «Annette hat mir geschrieben. Gestern schon. Ihre Mutter kann sich an nichts mehr erinnern. Zu dem Zeitpunkt, als ich geboren wurde, wohnte sie schon seit einigen Jahren mit Annettes Vater zusammen und nicht mehr zu Hause. Und das ehemalige Haus von Annettes Oma ist längst ausgeräumt worden.» Beinahe hätte Maya vor Enttäuschung geweint. Sie war so nah dran gewesen! Sie ließ das Handy sinken. «Was soll ich denn jetzt machen?»

Lasse hob das Sandspielzeug auf, das Leon gerade aus der Wanne gepfeffert hatte. «Warte doch erst einmal ab … Vielleicht findest du noch eine andere Spur.»

Maya schnaubte empört. «Hast du noch einen anderen Vorschlag? Ich hab dir doch gesagt, dass Geduld nicht zu meinen größten Stärken gehört.»

Lasses nackter Brustkorb hob und senkte sich. «Vielleicht weiß ich ja etwas, womit du dir die Wartezeit verkürzen kannst.»

«Ach! Und was?»

«Kannst du tauchen?»

Sie nickte. «Warum fragst du?»

«Ich wollte gleich mit dem Boot rausfahren. Vielleicht hast du ja Lust mitzukommen. La Gomera ist zwar nicht die Südsee, aber weil das Wasser so klar ist, gibt es auch hier eine ganze Menge zu sehen. Es würde dich auf andere Gedanken bringen …»

Maya zog nachdenklich ihre Unterlippe durch die Zähne. «Musst du heute nicht arbeiten?», fragte sie, um Zeit zu gewinnen.

«Nachdem der Tisch weg ist, gönne ich mir heute mal einen freien Tag. Wir müssten nur kurz warten, bis Fabienne vom Markt zurückkommt und mir Leon abnimmt. Und deshalb wird das Bad dieses jungen Mannes heute ein bisschen kürzer ausfallen.» Damit packte er den Kleinen und hob ihn kurzerhand aus der Badewanne. Leon wehrte sich, aber sein empörtes Kreischen ging in glucksendes Gelächter über, als Lasse ihn ein paarmal in die Luft warf und wieder auffing.

«Leon ist Fabiennes Sohn?»

Lasse nickte und stellte Leon auf den Boden. Maya rechnete damit, dass er hinzufügen würde: *Und meiner.* Die beiden hatten die gleichen tiefdunklen Augen. Aber er sagte es nicht.

«Also, wie sieht es aus?», fragte er stattdessen. Als sie nicht antwortete, setzte er nach: «Vielleicht begegnen wir Irma!»

«Wer ist das?»

«Eine Meeresschildkröte. Vor ein paar Jahren wurde sie verletzt an den Strand getrieben. Sie war in ein Fischernetz geraten und hatte sich dabei fast eine Flosse abgetrennt. Obwohl sie längst wieder aufgepäppelt und freigelassen wurde, hält sie sich immer in der Nähe der Küste auf.»

«Cool!» Maya war ehrlich beeindruckt. «Ich wollte schon immer mal eine Meeresschildkröte aus der Nähe sehen! Im Studium hätte ich die Gelegenheit gehabt, ein Auslandspraktikum in Ecuador zu machen und vier Wochen an einem Meeresschildkrötenprojekt teilzunehmen.» Sie schwieg einen Moment und fuhr dann leiser fort: «Aber da ich es vorher hingeschmissen habe, ist nichts daraus geworden.»

«Wieso hast du das eigentlich gemacht?», fragte Lasse, während er Leon in ein Handtuch hüllte und ihn trotz seines Protests abrieb.

Maya zuckte die Achseln. «Es war einfach nicht das Richtige», log sie. «Als Meeresbiologin hätte ich sowieso die meiste Zeit nur am Computer gesessen und irgendwelche Erhebungen angestellt.»

«Jetzt hast du die Chance, Feldforschung zu betreiben.»

Lasse sah sie so erwartungsvoll an, dass sie es nicht übers Herz brachte, seine Einladung abzulehnen.

«Okay, ich bin dabei», stieß Maya hervor, bevor sie es sich anders überlegen konnte. Irgendwann musste sie sich ihrer Angst ja mal stellen. Und die Chance, eine Meeresschildkröte in freier Natur zu sehen, wollte sie sich einfach nicht entgehen lassen!

Karoline

Valle Gran Rey, August 1985

Als Karoline am Morgen ihrer Abreise nach unten kam, saß nur Papa mit einer Zeitung am Frühstückstisch. Wie jeden Tag hatte Juans Frau Deborah den Tisch liebevoll für sie gedeckt.

«Wo ist Mama?»

«Sie sagt, sie hat keinen Hunger.» Papa legte die Zeitung weg. «Stattdessen hat sie sich von Deborah ein Bügeleisen geliehen und bügelt alle unsere Kleider, bevor sie sie einpackt. Macht das für dich Sinn?»

«Nein.» Karoline musste grinsen. Aber es passte zu ihr.

«Ich glaube, sie ist aufgeregt wegen der Rückreise. Was sie natürlich niemals zugeben würde...»

Auch das war nichts Neues. Karoline verdrehte die Augen.

«Sei nicht so streng mit deiner Mutter», sagte Papa, dem ihre Reaktion nicht entgangen war. «Sie kann nun mal nicht aus ihrer Haut, und für ihre Verhältnisse hat sie sich doch in den letzten Tagen gut gehalten. Sie hat nicht den ganzen Urlaub über schmollend in ihrem Zimmer gesessen, und gestern Abend war sie sogar bis zu den Knien im Meer.» Er zwinkerte ihr zu. «Ich allerdings mache mir Vorwürfe, dass ich so viel gearbeitet und mir so wenig Zeit für meine beiden Lieblingsmädchen genommen habe. Falls du deine alten Eltern das nächste Mal wieder in den Urlaub begleiten möchtest, wird das anders, das verspreche ich dir.»

Karoline, die sich gerade eine Banane aus dem Obstkorb genommen hatte, hielt inne. «Dann kommen wir also wieder?»

«Wenn es nach deiner Mutter geht, natürlich nicht, aber ich denke, ich werde sie davon überzeugen können, dass es auf La Gomera mindestens genauso viele schöne Orte gibt wie an der Nord- und Ostsee. Außerdem ist das Wetter besser.» Er kicherte vergnügt. «Ich hatte den Eindruck, dass dir unser Urlaub gut gefallen hat.»

«Oh ja.» Karoline lächelte.

«Und ich hatte den Eindruck, dass dir Juans Gärtner gut gefallen hat», fuhr Papa fort.

Sie spürte, dass sie rot wurde.

«Ich habe gesehen, wie du zu ihm ins Auto gestiegen bist», erklärte Papa. «Es wäre also gar nicht notwendig gewesen, mir zu verschweigen, dass du dich mit ihm triffst. Er ist ein netter, anständiger junger Mann, und ich bin froh, dass du dir mit ihm zusammen ein paar schöne Stunden gemacht hast.» Er schwieg einen Augenblick und sah sie mit ernstem Gesicht an. «Seit du angefangen hast zu studieren, bist du viel zu verbissen. Wenn ich daran denke, was ich in meiner Studentenzeit so alles angestellt habe ...» Er lächelte versonnen. «Aber du bist entweder in der Universität, oder du sitzt zu Hause und lernst. Dabei solltest du ausgehen und das Leben genießen! Man ist schließlich nur einmal jung.»

Das war Karoline alles bewusst. Aber das Psychologie-studium war hart, und nur diejenigen mit dem besten Notendurchschnitt hatten die Chance auf eine gute Stelle. Außerdem kam es für sie nicht in Frage, weniger als ihr Bestes zu geben. Dieser Ehrgeiz und die Zielstrebigkeit waren zwei der wenigen Eigenschaften, die sie von ihrer Mutter geerbt hatte. Nach dem Tod von Karolines Opa hatte Mama das Regiment über den Feinkostladen über-nommen, den er geführt hatte. Inzwischen hatte sie in Hamburg drei weitere Filialen eröffnet.

«Hast du eigentlich schon gepackt, Schätzchen?», fragte Papa.

Karoline nickte. Das hatte sie gestern schon getan. Bevor sie ein letztes Mal zu Alejandro gegangen war ... Heute hatte er frei, sodass sie ihm nicht einmal zufällig im Garten über den Weg laufen konnte. Sie vermisste ihn schon jetzt.

«Dann lass uns beide zum Abschluss noch einen klei-nen Ausflug machen», schlug Papa mit geheimnisvollem Gesicht vor. «Die Fähre geht erst in sechs Stunden.»

«Das ist Agulo», erklärte er ihr, nachdem sie etwa eine Stunde über die Insel gefahren waren. «Juan sagt, es sei das schönste Dorf der Insel.»

«Möchtest du es dir anschauen?»

«Nein, ich kenne es schon. Und ich habe einen noch schöneren Platz gefunden.»

Papa bog in eine enge Straße ein, die direkt am Meer entlangführte. An ihrem Ende, hoch oben auf den Felsen, lag eine kleine Ansammlung von Häusern. *Lepe* stand auf einem Schild am Ortseingang.

«Wir sind da», erklärte Papa. «Ich bin nur zufällig hier gelandet, weil ich mich bei einem Streifzug über die Insel einmal verfahren habe. Aber oft sind die Dinge, die man nicht plant, die wunderbarsten, findest du nicht auch?»

Karoline konnte verstehen, wieso es Papa in Lepe so gut gefiel. Für ihren Geschmack war es zwar ein bisschen zu verlassen – außer ihnen war niemand unterwegs –, doch es war wirklich ein hübsches Dörfchen. Über buckeliges Kopfsteinpflaster schlenderten sie durch die stillen Gassen, vorbei an malerischen Häuschen mit gepflegten Gärten. Bereits nach wenigen Minuten hatten sie den ganzen Ort gesehen, so winzig war er. Zurück gingen sie auf einem schmalen Trampelpfad, der sich zwischen den Häusern und der Steilküste entlangschlängelte. An einem Garten, in dem eine Palme wuchs, die Karoline in ihrer Form an eine Spülbürste erinnerte, blieb Papa stehen. Eine türkisblaue Hängematte schaukelte sacht im Wind, und in dem angrenzenden Haus hing ein Schild im Fenster, auf das jemand in krakeliger Handschrift *se vende* geschrieben hatte, «zu verkaufen», mit einer Telefonnummer darunter.

«Was sagst du?», fragte er.

Karoline machte große Augen. «Du denkst darüber nach, es zu kaufen?»

«Ja. Natürlich nicht, um dauerhaft hier zu wohnen, sondern als Ferienhäuschen. Obwohl der Gedanke, meinen Lebensabend auf dieser Insel zu verbringen, auch durchaus etwas Verlockendes hat.»

Karoline verzog das Gesicht. Lebensabend! Dieses Wort gefiel ihr in Verbindung mit ihrem Vater gar nicht. Was ihr aber gefiel, war die Vorstellung, ein Häuschen auf La

— 155 —

Gomera zu besitzen. In all ihren Semesterferien könnte sie hierherfliegen. Sie könnte im Garten sitzen und lernen, die wunderschöne Aussicht genießen, Alejandro jederzeit sehen ...

Papa legte den Arm um ihre Schultern, und sie lehnte sich an ihn. «Ich muss gestehen, in Hamburg ist es mir etwas zu voll und zu laut geworden in der letzten Zeit. Ich sehne mich nach ein bisschen mehr Ruhe.» Er seufzte. «Du siehst, dein Vater wird langsam alt.»

«Schluss jetzt! Du bist doch erst 51», sagte Karoline, die von solchen Gesprächen nun wirklich genug hatte. «Dir ist klar, dass Mama außer sich sein wird, wenn du ihr von deinem Plan erzählst.»

Papa zog eine Grimasse. «Ja, und deshalb muss ich unbedingt den richtigen Moment abpassen.» Plötzlich zuckte er zusammen und griff sich an seine linke Seite.

«Was ist?», fragte Karoline beunruhigt. «Tut dir etwas weh?»

Er nickte. «Meine Rippen. Juans Gästebett ist eines der wenigen Dinge, die ich an dieser Insel nicht vermissen werde.» Er zog den Autoschlüssel aus der Hosentasche. «Komm, wir fahren zurück! Sonst fragt sich deine Mutter noch, ob wir ohne sie abgereist sind!»

Maya

Falls Fabienne überrascht war, Maya bei Lasse vorzufinden – in klitschnasser Unterwäsche! – ließ sie es sich nicht anmerken.

«Viel Spaß, ihr beiden! Und grüßt mir Irma von mir, wenn ihr sie seht!», sagte sie nur, als Lasse ihr von dem geplanten Tauchgang erzählte, und sie nahm nicht nur Leon, sondern auch Sam mit.

«Das ist aber größer als eine Badewanne», sagte Maya, als sie nur wenig später vor der *Lillesang* stand, dem Boot, mit dem Lasse zu dem Tauchrevier fahren wollte.

«Es ist auch nicht meins, sondern das von meinem Kumpel», gab er zu. «Mit dieser Lady hätte Sven dich gestern nach Teneriffa geschippert, wenn du dich nicht dazu entschlossen hättest, noch etwas länger zu bleiben.»

Maya seufzte. Da ihre einzige Spur heute Morgen im Sand verlaufen war, wusste sie nicht, ob dieser Entschluss eine so gute Idee gewesen war. Bei ihrer aktuellen Pechsträhne würde mit Sicherheit auch Tobi nicht hier auftauchen, und dann hätte sie völlig umsonst sieben Tage lang auf der Insel herumgegangen.

Sie folgte Lasse auf die *Lillesang.* Er fuhr Richtung Süden, zur Punta de la Nariz, weil dort die Strömung weniger stark war als beim Valle Gran Rey. Ein Stück vor der felsigen Küste warf er den Anker.

«Alles okay mit dir?», fragte er und sah sie forschend an.

Maya nickte, obwohl sie sich gerade alles andere als okay fühlte. Was zum Teufel hatte sie sich dabei gedacht, mit hierherzukommen? Die Panik, die sie bei ihrem letzten Tauchgang verspürt hatte, war auf einmal wieder sehr präsent. Sie spürte, wie ihre Handflächen feucht wurden.

«Dann los!», sagte Lasse.

Maya stand auf und zog umständlich ihren Neoprenanzug hoch. Sie hatte ganz verdrängt, dass diese Dinger so eng waren. Mit viel Gezerre schaffte sie es, in die Ärmel zu schlüpfen, doch der Reißverschluss am Rücken wollte sich trotz seines extralangen Bands einfach nicht schließen lassen.

«Warte. Ich helfe dir.» Lasse trat hinter sie. Maya bekam eine Gänsehaut, als sie seinen Atem in ihrem Nacken spürte.

«Das musst du nicht», sagte sie.

Doch da hatte Lasse schon nach dem Reißverschluss gegriffen und ihn hochgezogen. Danach half er ihr in das Jacket mit der Sauerstoffflasche.

«Geht es?», fragte er. Offensichtlich hatte er gemerkt, dass sie wegen des Gewichts der Flasche fast hintenübergefallen wäre. Oh Mann! Sie war wirklich außer Übung.

«Alles bestens», beeilte sie sich zu sagen.

«Keine Sorge. Im Wasser spürst du das Gewicht nicht mehr.» Lasse zog an den Schnüren ihres Tauchjackets, um es ein wenig enger zu machen, und streifte dabei aus Versehen ihre Brust. Maya schluckte, und sie musste sich zusammenreißen, um stillzuhalten. «Sitzt alles?»

«Ja», sagte sie, und ihr war peinlich, wie heiser sich ihre Stimme dabei anhörte. Dabei war das hier eine ganz normale Situation zwischen zwei Tauch-Buddies. Kein Grund, gleich durchzudrehen!

«Gut. Dann blas das Jacket auf.»

Maya tat es und drückte den Lufteinlassknopf, um Luft hineinzupumpen. Anschließend sah sie zu, wie Lasse die Schnüre an seinem eigenen Tauchjacket zurechtrückte. Er war wirklich gut in Form …

Sie biss sich auf die Unterlippe. Wie kam sie denn auf einen solchen Gedanken? Mann! Es musste an ihrer Nervosität liegen, die machte seltsame Dinge mit ihr. Dieser hauteng Anzug war aber auch wirklich nicht dazu geeignet, unzüchtige Gedanken in Schach zu halten.

«Du bist nervös», stellte Lasse fest, als er fertig war und wieder aufschaute.

«Ja, ein bisschen.» Sie senkte verlegen den Blick.

«Das musst du nicht», wollte er sie beruhigen. «Ich bin die ganze Zeit in deiner Nähe.»

Das war es ja gerade!

Gemeinsam setzten sie sich an den Rand des Boots. Sie zogen ihre Flossen an, und Maya setzte die Maske auf und nahm den Atemregler in den Mund.

Auf Lasses Zeichen hin ließen sie sich gleichzeitig ins Wasser fallen. Obwohl es nicht kalt war, schnappte Maya nach Luft. Das Engegefühl in ihrem Brustkorb, das sie schon seit Beginn der Bootsfahrt gespürt hatte, nahm zu.

Lasse zog das Mundstück wieder heraus. «Alles in Ordnung?»

«Alles tipptopp», krächzte Maya, aber sie log, denn auf

einmal war alles wieder da: die Panik, die sie am Roten Meer verspürt hatte, dass überwältigende Gefühl, keine Luft mehr zu bekommen und inmitten dieses riesigen Meeres sterben zu müssen. Nein, daran durfte sie jetzt nicht denken! Es würde nichts passieren! Es war noch nie etwas passiert. Am besten brachte sie es so schnell wie möglich hinter sich.

«Dann los.» Er zeigte mit dem Daumen nach unten.

Mayas Herz schlug wie verrückt, als sie sah, wie er sank. Was sollte sie jetzt tun? Wenn sie vor ihm nicht wie das letzte Weichei dastehen wollte, musste sie ihm folgen. Entschlossen atmete sie tief ein und ließ dann die Luft aus ihrem Jacket. Doch anstatt zu sinken, paddelte sie wie eine Ente an der Wasseroberfläche.

Lasse tauchte wieder auf. «Gibt es ein Problem?»

«Es ist zu wenig Blei in meinem Gurt. Ich treibe wie ein verdammter Korken auf dem Wasser und komme nicht runter.»

«Das Blei ist genau richtig. Du musst nur tief genug ausatmen. Wir versuchen es zusammen!»

Klasse! Nun dachte er bestimmt, sie hätte ihn angelogen und wäre in Wahrheit eine absolute Anfängerin. Nur zögernd ergriff Maya seine ausgestreckte Hand. Sie versuchte, sich seinen Atemzügen anzupassen. Eins, zwei, drei, vier. Aus, zwei, drei, vier. Nach einer Weile merkte sie, dass sie ein wenig ruhiger wurde. Auch die anfangs hektischen Bewegungen ihrer Flossen waren gleichmäßiger geworden.

«Bist du so weit?», fragte Lasse.

Sie hob den Daumen.

Er steckte sich das Mundstück wieder zwischen die Lip-

– 160 –

pen, sie tat es ihm nach, und ohne ihre Hand loszulassen, tauchte er langsam ab. Auch Maya sank. Gott sei Dank! Sie konnte es also doch noch! Auch der Druckausgleich bereitete ihr keine Probleme.

Lasse legte Daumen und Zeigefinger zusammen und erkundigte sich damit, ob alles in Ordnung sei. Sie imitierte das Zeichen, um seine Frage mit Ja zu beantworten. Er ließ ihre Hand los.

Maya schaute sich um. Das Wasser war wirklich unglaublich klar, die Sonnenstrahlen brachen sich auf seiner Oberfläche und erhellten den sandigen Meeresboden. Seine Farben wechselten von weiß zu grau, an manchen Stellen war er sogar schwarz, und er fiel terrassenförmig ab. Eine schillernde Fischformation zog an ihr vorbei, über den Meeresboden schwebte ein Rochen. Lasse zeigte nach vorne auf einen gezackten Felsbrocken. Sie paddelte ihm nach. Der Felsen war mit dichten Schwämmen bewachsen, an einer Stelle wehten die Fadenfinger einer Anemone sacht hin und her. Im nächsten Augenblick sah sie aus einer Felsspalte eine Muräne lugen. Ein Papageienfisch schien ganz fasziniert von der Unterwasserkamera in Lasses Hand zu sein. Wahrscheinlich verwechselte er sie mit einem Artgenossen. Neugierig näherte sich der Fisch dem silbernen Gehäuse, stupste es mit seinem Maul an. Lasse lachte. Maya erkannte es an den vielen kleinen Blubberblasen, die vor ihm aufstiegen, und auch sie spürte, wie sich ein Lächeln über ihr ganzes Gesicht ausbreitete. Sie hatte ganz vergessen, wie wunderschön es unter Wasser war und wie viel es zu sehen gab!

Auch wenn sich Irma, die Meeresschildkröte, heute

nicht sehen ließ, fühlte Maya sich richtiggehend euphorisch. Sie hatte nicht damit gerechnet, dass ihr der Tauchgang so gut gefallen würde.

Als sich die Luft in ihrer Flasche langsam dem Ende zuneigte und Lasse ihr bedeutete, nach oben zu steigen, war Maya ganz enttäuscht. Ihr Kopf tauchte an die Wasseroberfläche, und im ersten Moment kam es ihr so vor, als kehre sie aus einer anderen Welt zurück. Aus einer Welt, in der alles viel ruhiger und friedlicher war als in ihrer chaotischen eigenen.

«Alles gut?», fragte Lasse, während sie gemeinsam den letzten Meter zur Bootsleiter paddelten.

«Mehr als gut.» Maya lächelte ihn an. «Das war toll! Danke!»

«Nichts zu danken. Mein Kumpel hat mich versetzt, und wenn du nicht mitgekommen wärst, hätte ich aufs Tauchen verzichten müssen.» Er zwinkerte ihr zu.

«Tauchst du gar nicht allein?»

«Nein. Ich habe zwar den Solo-Schein, aber in Gesellschaft ist es sicherer. Und macht mehr Spaß.» Einen Augenblick verfingen sich ihre Blicke ineinander, und Maya spürte, dass sich ihre Knie auf einmal merkwürdig weich anfühlten. Schnell schaute sie weg. Das mussten die Hormone sein!

Die machten ihr auch auf dem Rückweg ins Valle Gran Rey zu schaffen. Auf der Hinfahrt war ihr schon ein bisschen schlecht gewesen, aber das hatte sie auf ihre Nervosität geschoben. Jetzt war ihr kotzübel. Durch mantraartiges tiefes Ein- und Ausatmen schaffte sie es zwar, die Bootsfahrt zu überstehen, aber kaum hatte sie ein paar Schritte an Land gemacht, übergab sie sich in den nächstbesten Abfalleimer. Und leider war es mit einem Mal nicht getan, der Würgereiz wollte einfach nicht aufhören.

«Vielleicht hast du dir eine Lebensmittelvergiftung zugezogen!», sagte Lasse, als sie Minuten später immer noch wie ein Häufchen Elend auf dem Boden kauerte.

Maya schüttelte den Kopf, und bereits diese Bewegung reichte aus, dass ihr wieder schlecht wurde. Speiseröhre und Rachen fühlten sich wie verätzt an. Ihr ging es so hundeelend, dass es ihr sogar egal war, dass Lasse Zeuge dieser demütigenden Situation wurde.

«Ich bringe dich jetzt zum Arzt», sagte er. «Die nächste Praxis ist nur ein paar hundert Meter von hier entfernt.»

«Nein, kein Arzt!», protestierte sie schwach. «Ich habe keine Lebensmittelvergiftung.»

«Das solltest du aber abklären lassen.» Er wirkte ernsthaft besorgt.

«Ich bin mir ganz sicher», beharrte Maya, und als sein Blick skeptisch blieb, stieß sie hervor: «Ich habe nichts Falsches gegessen, wirklich nicht. Ich bin bloß schwanger.»

Seine Augen weiteten sich. «Wieso hast du das nicht gesagt? Während der Schwangerschaft darf man nicht tauchen!»

«Ich weiß.» Maya zuckte resigniert die Achseln. «Aber ich habe sowieso nicht vor, das Kind zu bekommen.»

Lasse sah sie fassungslos an. «Du hast im Moment echt ziemlich viele Baustellen.»

Sie nickte matt und stützte ihre Stirn in die Hände.

«Bitte erzähl niemandem davon!», sagte Maya, als es ihr endlich besser ging und sie neben Lasse auf einer Bank saß. Das Ganze war ihr unendlich peinlich.

«Mach ich nicht. Du kannst dich auf mich verlassen», entgegnete Lasse, bevor er wieder in Schweigen verfiel. Seit ihrem Geständnis hatte er nicht allzu viel gesprochen.

«Du findest es nicht gut, oder? Also, dass ich das Kind nicht bekommen werde, meine ich.»

«Es steht mir überhaupt nicht zu, darüber irgendein Urteil zu fällen.» Er löste seinen Blick vom Meer und sah sie an. «Ich finde nur, dass heutzutage viel zu schnell etwas weggeworfen wird, nur weil man es nicht gebrauchen kann.»

Maya presste die Lippen zusammen. «Ich kann dir versichern, dass ich mir alles gut überlegt habe.» Wieso hatte sie ihm nur davon erzählt? Sie stand auf.

«Willst du zur Finca zurück?»

Maya schüttelte den Kopf. «Nein, ich muss mir noch ein bisschen die Beine vertreten.» In seiner Nähe hielt sie es nicht mehr aus. Außerdem musste sie nun das tun, was sie eigentlich unbedingt hatte vermeiden wollen: Sie musste zu Karoline. Da sie nun wusste, dass ihr Anhänger von La Gomera stammte, war es Zeit, mit ihr zu sprechen und eine Erklärung einzufordern.

Maya

Viel hatte Maya bei ihrem ersten Besuch in El Guro nicht gesehen, so schnell war sie da durch das kleine Dorf gerannt. Nun schaute sie sich um. Es waren bestimmt nicht mehr als fünfzig Häuser, aber der Ort war hübsch. Einziger Schandfleck war ein würfelförmiges Haus, dessen eingestürztes Dach verkohlte Türstürze erkennen ließ und eine Treppe, die ins Nichts zu führen schien. In seinem mit Müll übersäten Garten stand das schwarze Baumgerippe einer Zypresse.

Maya ließ ihren Blick schweifen. In einem dieser Häuser lebte also Karoline. *Calle el Gurú 23* lautete ihre Adresse. Sie machte sich auf den Weg dorthin.

Es schien ein buntes Völkchen von Künstlern und Kreativen zu sein, das hier oben lebte. In vielen Häusern hatten sich Künstler niedergelassen. Man konnte Gemälde kaufen, Töpferwaren und selbstgemachte Ketten und Ohrringe. Eine Frau oder ein Mann namens Gyan baute Möbel aus Altpapier. Auch Mal- und Goldschmiedekurse konnte man besuchen. An fast allen Laternenmasten klebten Flyer, auf denen Reiki-Behandlungen, Bachblütentherapien, Schamanismus oder Massagen angeboten wurden.

Das Haus mit der Nummer 23 lag hinter einem Holztor,

dessen unregelmäßig breite Bretter in leuchtendem Gelb, Rot, Blau und Grün angemalt waren. Das passte überhaupt nicht zu Karoline. Doch Maya war hier richtig. An die Mauer, die das Haus umgab, war ein Metallschild genagelt:

KAROLINE NEDER, PAARTHERAPIE

stand darauf.

Schon früher hatte Maya sich oft gefragt, was Karoline bewogen hatte, sich ausgerechnet auf Paartherapie zu spezialisieren. Wie eine Expertin in Beziehungsangelegenheiten war sie ihr nie vorgekommen. Die wenigen Männer, mit denen sie sich überhaupt getroffen hatte, waren immer so schnell wieder verschwunden, dass Maya noch nicht einmal Zeit gehabt hatte, auf einen von ihnen eifersüchtig zu sein. Karoline hatte schon immer ziemlich zurückgezogen gelebt. Sie war lieber für sich gewesen, als sich mit Freunden oder Bekannten zu treffen. Nicht einmal zu ihrer Mutter, die auch in Hamburg lebte, schien Karoline eine enge Beziehung zu haben, denn sie hatten sie nur ganz selten besucht.

Maya hob die Hand, um zu klingeln, ließ sie jedoch gleich wieder sinken. In ihrem Kopf schien sich nichts als Watte zu befinden, und ihr Brustkorb war so eng geworden, dass sie das Gefühl hatte, gleich zu hyperventilieren. Irgendwie schaffte sie es trotzdem, den goldenen Klingelknopf zu drücken. Ein volles «Dingdong» ertönte, aber niemand kam zur Tür, um ihr aufzumachen. Sie klingelte erneut. Mit dem gleichen Ergebnis.

«Wenn du zu Karoline oder Sabine willst – die sind gerade weg», sagte eine massige schwarze Frau, die aus einer Werkstatt kam, in der die Papiermöbel angeboten wurden. Sie setzte den winzigen Hund, den sie in der Hand gehalten hatte, auf den Boden, und er wieselte mit gesenkter Schnauze davon. Die Frau schob sich ihren bunten Turban aus der Stirn und folgte ihm mit schwingenden Hüften.

Maya schlug gut hörbar gegen das bunte Tor. Hätte sie nicht ein einziges Mal Glück haben können? Sie stellte sich auf die Zehenspitzen und hüpfte ein paarmal auf und ab, um zumindest einen kurzen Blick auf das Haus zu erhaschen, in dem Karoline wohnte. Sonst wäre ihr Weg vollkommen umsonst gewesen. Aber die Mauer war so hoch, dass sie nur die Spitze eines Daches und einige Palmwedel hinüberlugen sah. Vielleicht konnte sie von weiter oben am Hang etwas sehen! Zwischen einem verlassenen Häuschen, dessen Garten einer Müllhalde glich, und ein paar dürren, stacheligen Büschen führte ein Pfad zu einer Gruppe von Bäumen. Die Äste des größten wirkten stabil, und sie hingen tief genug, um sich hinaufziehen zu können.

Ganz so leicht, wie sie gedacht hatte, war es nicht. Die Äste unter ihr knackten zwar unheilvoll, aber sie schaffte es. Maya blickte nach unten. Das Haus war viel größer, als sie gedacht hatte. Eine mit Bougainvillea bewachsene Pergola grenzte daran, in der gemütlich aussehende Loungemöbel standen und ein großer indischer Elefant aus Holz. Zwischen zwei Palmen war eine türkisblaue Hängematte gespannt, die im Wind sanft hin und her schaukelte. Der Blick war unverbaut, und man konnte bis hinunter zum

Meer sehen. Karoline hätte es definitiv schlechter treffen können mit ihrem neuen Zuhause.

Anfangs hatte Maya gedacht, dass Karoline auf La Gomera lediglich Urlaub machen wollte, doch irgendwann hatte sie angerufen und ihr erzählt, dass sie ihr Haus in Hamburg aufgeben und ganz auf die Insel ziehen würde. Obwohl Maya zu diesem Zeitpunkt schon ein Jahr herumgereist war, die ersten Sponsoren auf sie aufmerksam wurden und sie keinen Gedanken daran verschwendete, zurückzukommen, hatte es ihr einen Stich versetzt. So viele Jahre war das ehemalige Kapitänshäuschen im Stadtteil Blankenese ihr Zuhause gewesen! Ob sie jemals wieder einen Platz finden würde, der sich so vertraut anfühlte?

Maya sprang vom Baum.

«Au!» Mit dem Arm war sie an einem abgebrochenen Ast entlanggeschrammt, und nun zierte ein Kratzer von mehreren Zentimetern Länge ihren Unterarm. Er war nicht tief, aber er blutete. Hastig durchsuchte sie ihren Rucksack nach einem Papiertaschentuch. Die Chancen standen schlecht. Sie war einfach nicht der Typ, der solche Dinge mit sich herumschleppte. Geschweige denn Pflaster oder gar Verbandszeug. Maya stieß einen Fluch aus.

«Kann ich dir helfen?», fragte eine dunkle Stimme hinter ihr.

Karoline
Hamburg, November 1985

«Moin», begrüßte sie Hans hinter der Bäckertheke. «Eine belegte Schrippe und ein Franzbrötchen?»

Karoline nickte. Seit sie vor zwei Jahren ihr Studium begonnen hatte, ging sie auf dem Weg zur Universität fast jeden Morgen bei der Backstube vorbei, um sich ihr Frühstück zu holen. Sie warf einen Blick aus dem Fenster. Jeden Moment würde es wieder anfangen zu nieseln. Einige der vorbeieilenden Passanten hatten schon vorsorglich ihre Regenschirme aufgespannt. Bunte Farbtupfer vor dem grauen Himmel. In Hamburg war er selten blau.

Hans reichte ihr die Papiertüte, und sein schweres silbernes Gliederarmband klirrte, als er dabei mit dem Handgelenk gegen den Tresen stieß. «Siehst ein bisschen blass aus, Lütte», sagte der bullige Mann mit dem Stiernacken. «Alles in Ordnung?»

«Ich fürchte, ich bekomme eine Erkältung.» Karoline legte das Geld abgezählt in eine Plastikschale. «Bis morgen!» Sie nickte Hans zum Abschied zu und machte sich auf den Weg zum Bus.

An der Haltestelle herrschte wie immer großes Gedränge. Pendler, Schulkinder und erste Touristen warteten darauf, in die Stadt gebracht zu werden. Ein wichtig aussehender Geschäftsmann, der in sein Diktiergerät sprach, trat ihr auf die Spitze ihrer schicken neuen Stiefel, und nur ein paar Meter weiter rammte ihr ein kleines Mädchen seinen rosafarbenen Ranzen in den Magen. Karoline stöhnte auf. Sie hasste es, die öffentlichen Verkehrsmittel zu benutzen. Normalerweise stieg sie bei jedem Wetter aufs Fahrrad, aber heute Morgen hatte sie sich zu schlapp dafür gefühlt. Ihre Nase lief, und ihr Hals kratzte. Hervorragend! Das Semester hatte kaum begonnen, und sie wurde krank.

Als der Bus endlich kam, waren alle Plätze bereits besetzt. Das würde eine lange Fahrt werden! Als der Geschäftsmann neben ihr nach zwei Haltestellen ausstieg und Karoline für einen Moment etwas mehr Bewegungsfreiheit hatte, zerrte sie ihre Aufzeichnungen aus der letzten Vorlesung in Neuropsychologie aus ihrer Aktentasche und versuchte sich darin zu vertiefen. Aber sie konnte sich nicht darauf konzentrieren. Immer wieder schweiften ihre Gedanken zu Alejandro ab.

Sie hatten über all die Wochen Kontakt gehalten, schrieben sich jede Woche und telefonierten auch hin und wieder. Beim letzten Telefonat hatten sie sich zum ersten Mal gestritten. Alejandro hatte es abgelehnt, den Malteser des Bürgermeisters als Tonfigur zu verewigen, und sie hatte das für falsch gehalten.

«Ich kann mich nicht einfach hinsetzen und mir vornehmen, Kunst zu erschaffen. Ich muss dazu inspiriert werden! Und von einem Schoßhund fühle ich mich nicht inspiriert», hatte er sie daraufhin angefaucht.

«Aber solche Aufträge bringen Geld. Wenn du deine

Sache gut machst, werden weitere folgen», hatte sie ihm geduldig erklärt. «Und dann musst du nicht mehr als Gärtner arbeiten.»

«Ist dir das peinlich?»

«Nein», hatte sie abgewehrt. «Aber es kann doch unmöglich dein Ziel sein, dein ganzes Leben lang für andere Menschen den Handlanger zu spielen. Du hast so großes Talent!»

«Es ist dir doch peinlich», stellte Alejandro fest. Danach hatte ein Wort das andere gegeben, bis er schließlich beleidigt auflegte.

Gestern war ein Brief angekommen, in dem ein Polaroid steckte. Darauf war ein kleiner weißer Hund mit schwarzen Knopfaugen und einer rosa Schleife auf dem Kopf abgebildet. Auf den Rand hatte Alejandro in seiner hübschen Schrift mit schwarzem Filzstift geschrieben: «Meine Muse».

Karoline lächelte versonnen beim Gedanken an das Foto. Heute Abend würde sie Alejandro anrufen, und in zwei Monaten würde sie ihn endlich wiedersehen! Papa hatte Mama zwar immer noch nicht von seinem Plan erzählt, das Häuschen in Lepe zu kaufen, aber Juan hatte sie alle eingeladen, den Jahreswechsel bei ihm und seiner Familie auf La Gomera zu verbringen. So würden sie dem nassen Winter in Hamburg entfliehen. Mama, die geplant hatte, mal wieder nach Sylt zu fahren, schäumte vor Wut. Aber genau wie im Sommer war Papa standhaft geblieben. Und Karoline hatte sich heimlich für einen Spanischkurs eingeschrieben.

An der Grindelallee stieg Karoline aus und schloss sich dem Strom der Studenten an, die durch den Regen zum Institut für Psychologie liefen, einem altehrwürdigen, mit Säulen verzierten Gebäudekomplex, aus dessen Mitte ein blassgrünes Kuppeldach aufragte. Vor dem großen Hörsaal wartete bereits Evelyn auf sie, eine Kommilitonin, mit der sie sich im ersten Semester angefreundet hatte.

«Ich hasse Statistik», sagte Evelyn und zog eine Grimasse, als sie nebeneinander den Raum betraten und zielsicher die letzte Reihe ansteuerten. Karolines Lieblingsfach war es auch nicht.

Professor Hellwig, ein dürres Männchen mit einem offensichtlichen Toupet auf dem Kopf, hatte gerade damit angefangen, die Tafel mit Zahlen vollzukritzeln, als es an der Tür klopfte und die Sekretärin hineinkam. Alle schauten auf.

«Sitzt hier eine Karoline Neder?», fragte sie.

Karoline zuckte zusammen. «Ja.» Sie hob die Hand. Was war los? Was für einen Grund konnte es geben, dass nach ihr verlangt wurde?

«Ihre Mutter hat gerade im Sekretariat angerufen», sagte die Sekretärin. «Sie sollen bitte nach Hause kommen.»

Karolines Herz setzte einen Taktschlag aus. Das klang nicht gut! So schnell sie konnte, schob sie Block und Stift in ihre Tasche und lief zur Tür.

«Hat meine Mutter gesagt, wieso ich nach Hause kommen soll?», fragte sie mit trockenem Mund.

«Leider nicht», antwortete die Frau. Ihr Gesicht war voller Mitleid. «Soll ich Ihnen ein Taxi rufen?»

Karoline nickte beklommen. Was war nur passiert?

Fünfunddreißig endlose Minuten später hielt das Taxi vor dem großen weißen Haus an der Elbchaussee, und Karoline sprang hinaus.

«Mama!», rief sie, sobald sie die Eingangstür geöffnet hatte, doch nur Margot, ihre Haushälterin, erschien. Ihre sonst so akkurate Dauerwelle war zerzaust, ihr Teint fleckig und die Wimperntusche verwischt.

«Wo ist Mama?»

«Deine Mutter hat sich kurz hingelegt.» Margots Stimme war kaum hörbar.

«Was ist denn passiert? – Jetzt sag schon!», herrschte Karoline die Haushälterin an.

«Dein Vater...» Margot brach ab, sie schluckte.

«Was ist mit ihm?», drängte Karoline angstvoll.

«Er ist gestorben.» Tränen quollen aus Margots Augen, und Karoline spürte, wie sich eine Kälte in ihr ausbreitete, die sie noch nie zuvor verspürt hatte. Das konnte nicht sein! Sie hatte ihn doch gerade noch gesehen! Er hatte am Frühstückstisch gesessen und die Zeitung gelesen, als sie sich von ihm verabschiedet hatte. Um die Mittagszeit wollte er sich mit einer Gruppe Studenten im Botanischen Garten treffen...

«Wo ist er?», fragte sie und wunderte sich, wie sie so ruhig bleiben konnte.

«Die Sanitäter haben ihn im Wohnzimmer auf das Sofa gelegt. Sie und der Arzt sind gerade gefahren. Der Arzt hat gefragt, ob er jemanden rufen soll, der bei uns bleibt, aber deine Mutter wollte das nicht.» Margot schluchzte auf und schlug sich die Hand vor den Mund. «Er ist vom Frühstückstisch aufgestanden und einfach umgefallen.»

Karoline drängte an ihr vorbei und stürmte ins Wohnzimmer.

Da lag ihr Vater tatsächlich auf der Couch. Aber bestimmt machte er nur ein Nickerchen! Sie holte tief Luft und trat näher an ihn heran. Seine Augen waren geschlossen, der Mund leicht geöffnet, so wie immer, wenn er schlief. Aber sein Brustkorb bewegte sich nicht. Obwohl Karoline es besser wusste, nahm sie seine Hand und drückte sie.

«Papa!», sagte sie leise.

Seine Haut war kalt, so unglaublich kalt. Und da wurde ihr klar, dass das, was da auf dem Sofa lag, nur noch eine Hülle war. All das, was ihren Papa ausgemacht hatte, war fort. Einige Sekunden stand sie reglos da. Dann sank sie auf die Knie, legte ihren Kopf an seine Schulter und fing an zu weinen.

Maya

Maya stieß einen Schrei aus und fuhr herum. Sie hatte gar nicht gehört, dass jemand gekommen war.

«Entschuldige, ich wollte dich nicht erschrecken.» Der Mann schaute auf sie herunter. Er war groß und schlank, vielleicht Mitte fünfzig. Seine dunklen, an den Schläfen schon etwas angegrauten Haare hatte er im Nacken zu einem kurzen Zopf zusammengebunden.

«Haben Sie zufällig ein Pflaster dabei? Ich habe mich verletzt.»

«Nein, aber zu Hause habe ich eins», sagte er. «Komm mit! Ich wohne nur ein paar Meter von hier entfernt.»

Nach kurzem Zögern folgte sie ihm zu einer weiß getünchten Villa mit dunkelroten Fensterläden und einem breiten Sockel aus grobem Naturstein. Sie lag ein Stück unterhalb von Karolines Haus und war von einem verwilderten Garten umgeben.

Maya trat ein. Im Innern des Hauses war es kühl, eine Klimaanlage summte leise. Überall standen Skulpturen herum. Anscheinend war der Mann ein Künstler. Während er losging, um ein Pflaster zu holen, sah Maya sich um. Einige der Skulpturen waren abstrakt, und sie hätte beim besten Willen nicht sagen können, was sie darstellten. Meist aber waren Personen abgebildet. Ein Paar beim Tangotanzen, das sich tief in die Augen sah, ein Mann, der in Denkerpose auf einem Hocker saß, ein Frauenkopf ...

Eine junge Frau trat mit einem Karton unter dem Arm in den Flur. Trotz der warmen Temperaturen draußen trug sie einen eleganten schmalgeschnittenen Hosenanzug. Ihre blonden Haare waren zu einem tiefsitzenden Knoten geschlungen, und an ihren Ohrläppchen schimmerten Perlohrringe. Sie war die Sorte Frau, die anscheinend niemals schwitzte und die resistent gegen Schmutz war. Mit ihren blonden Haaren und den weichen Gesichtszügen erinnerte sie Maya ein bisschen an Karoline.

«A! Bist du da?», rief die Frau.

«Ich komme gleich runter», schallte es aus dem ersten Stock.

Die Frau blickte zu Maya.

«Hallo!», sagte sie. «Ich bin Selma, seine Assistentin.» Sie streckte ihr die manikürte Hand hin.

«Maya. Ich habe mich am Arm verletzt, und er holt mir gerade ein Pflaster.» Maya zeigte der Blondine die Wunde. Doch Selma schien nicht sonderlich überrascht über ihre Anwesenheit in diesem Haus.

«Uuh, das sieht unangenehm aus.» Sie stellte den Karton ab und öffnete ihn. Eines dieser Tondinger befand sich darin.

«In diesem Haus gibt es ganz schön viele Skulpturen.»

«Es sind Plastiken! Bei Plastiken fügt man Material zu, bei Skulpturen nimmt man etwas weg. Für mich macht es auch keinen Unterschied, aber A nimmt es in dieser Hinsicht sehr genau.»

– 176 –

Inzwischen war der Künstler die Treppe heruntergekommen und zu Selma getreten, und sie nahm das abstrakte Gebilde aus dem Karton. «Hier, ich habe dir noch etwas mitgebracht.»

Er stöhnte auf, als sie ihm die Plastik hinhielt. «Ach Selma, wieso schleppst du diesen ganzen Krempel an?»

«Weil ich will, dass du dich wie zu Hause fühlst. Außerdem dachte ich, dass es dich inspiriert.»

«Ich brauche keine Inspiration. Ich nehme mir gerade eine Auszeit, wie du weißt.» Er sprühte Desinfektionsspray auf Mayas Wunde und wickelte dann einen leichten Verband um ihren Arm.

Maya sah ihm zu, und auf einmal fiel es ihr ein: «Jetzt weiß ich, wieso Sie mir so bekannt vorkommen! Ich habe einen Artikel über Sie gelesen.»

«Wie schön!» Der Mann lächelte gleichmütig und fixierte den Verband mit einem Pflaster.

«In einer Kunstzeitschrift?», fragte Selma interessiert.

«Nein, in einer Illustrierten», gab Maya zu. Sie konnte sich sogar noch daran erinnern. Als sie im letzten Jahr wegen eines hartnäckigen Hustens beim Arzt gewesen war, hatte sie im Wartezimmer ein paar Klatschzeitschriften durchgeblättert.

«Macht ja nichts. Aber ich hoffe, darin wurden die herausragenden Dienste erwähnt, die ich der Kunstszene mit meinen Werken erweise?» Der Künstler zwinkerte ihr zu.

«Nein, leider ging es eher um Ihr Liebesleben.»

Er grinste. «Lass mich raten: Es ging in dem Artikel darum, dass ich mich angeblich nie mit Frauen über dreißig verabrede.»

«Ja, ich meine, das wurde erwähnt. Unter anderem natürlich nur.»

«Mein Ruf eilt mir also immer noch voraus.» Er verzog das Gesicht. «Aber ich muss dich enttäuschen: Die Journalisten lügen. Selma zum Beispiel ist schon sechsunddreißig, und mit ihr treffe ich mich am allermeisten.»

Selma zog die Nase kraus, was sehr niedlich aussah. «Ich bin deine Assistentin, A. Du musst dich zwangsläufig mit mir abgeben.»

«Wenn es stimmen würde, was in der Presse über mich steht, hätte ich mir aber eine jüngere Assistentin gesucht, Herzchen.»

«Er muss immer das letzte Wort haben», sagte Selma zu Maya, aber sie lächelte dabei.

«Wohnen Sie hier?», fragte Maya den Künstler.

«Nur vorübergehend. Eigentlich lebe ich in Barcelona.»

In Barcelona! Dort, wo Karoline sie gefunden hatte. Angeblich! Maya konnte nicht verhindern, dass ihr Magen bei der Erwähnung dieser Stadt anfing zu flattern.

«Er hatte ein Burnout und muss sich erholen», warf Selma ein.

«Hast du nicht noch was zu tun, Selma? E-Mails beantworten, dir die Fingernägel lackieren ...»

«Ich muss jetzt sowieso gehen», sagte Maya.

Der Mann brachte sie zur Tür. «Komm mich bald mal wieder besuchen!»

«Ich bin schon zweiunddreißig.»

«Ab und zu mache ich eine Ausnahme.» Alejandro grinste und zeigte dabei weiße, leicht schief stehende Zähne. «Nein, das war ein Scherz. Ich freue mich wirklich über

Gesellschaft. Ich sitze hier nur rum, gehe spazieren, lese ...
So viel Ruhe und Erholung ist auf Dauer anstrengend.»

«Sie heißen doch nicht wirklich A, oder?»

«Nein, ich heiße Alejandro. Aber Selma kürzt alles ab.
Die Textnachrichten und E-Mails, die sie mir schreibt,
sind zum Teil so kryptisch, dass ich überhaupt nichts davon verstehe.»

«Ich bin eben effizient!» Seine Assistentin war hinter
ihm aufgetaucht. «Und das muss ich sein, bei so viel Arbeit, die du mir immer aufbrummst.»

«Fährst du schon wieder?», fragte Alejandro, und Maya
glaubte, einen hoffnungsvollen Klang aus seiner Stimme
herauszuhören.

«Nein, ich bin doch gerade erst gekommen. Ich muss
nur schnell an meinen Leihwagen, weil ich mein iPad darin vergessen habe. Hättest du dir nicht ein Haus mieten
können, vor dem man parken kann?» Sie zündete sich eine
Zigarette an.

«Mein Gott! Kannst du dir die Qualmerei nicht endlich
abgewöhnen?», fauchte Alejandro sie an. «So trocken, wie
es zurzeit ist, genügt ein einziger Funke, um hier alles abzufackeln.»

Selma verdrehte die Augen. «Reg dich ab, ich passe
schon auf. Und die Zigarette werde ich nachher ganz brav
in der Toilette herunterspülen.»

«Hat es hier im Dorf in der letzten Zeit gebrannt?», fragte Maya. «Ich bin an einem völlig zerstörten Haus vorbeigekommen.»

«In der letzten Zeit zum Glück nicht», antwortete Alejandro. «Ein paar Jahre ist es schon her. Tagelang hat das

Feuer auf der Insel gewütet, und als es das Dorf erreichte, hat es nur zwölf Minuten gedauert, bis hier alles in Flammen stand. Über die Hälfte aller Häuser ist damals abgebrannt.»

«Abgesehen von dieser einen Ruine sieht man davon gar nichts mehr.»

«Wer es sich leisten konnte, hat alles wiederaufgebaut und ist hiergeblieben. Und wer nicht, der hat verkauft und ist weggezogen. Das Haus, von dem du sprichst, hat bisher noch keinen neuen Besitzer gefunden, und ich bin ganz froh darum. Für mich ist es ein Mahnmal. Es erinnert daran, dass mit dem Feuer nicht zu spaßen ist.» Er warf Selma einen auffordernden Blick zu. Sie quittierte ihn mit einem Augenrollen, trat ihre Zigarette aber aus.

«So ist es brav», sagte Alejandro.

Maya musste schmunzeln. Die beiden waren ja ein lustiges Paar! Sie konnte verstehen, dass dieser Alejandro bei Frauen gut ankam. Nicht nur, weil er für sein Alter immer noch ziemlich gut aussah. Er war auch wirklich witzig. Und trotz seiner lockeren Sprüche wirkte er warmherzig, so als würde er sich selbst nicht so ernst nehmen. Außerdem kam er aus Barcelona. Sie spürte, wie sich Wehmut in ihr Lächeln mischte. Hätte sie sich einen Vater zusammenbasteln können, wäre ihr Wunschbild diesem Alejandro ziemlich nahe gekommen.

Maya

Vielleicht hatte sie wirklich am Tag zuvor etwas Verdorbenes gegessen. In der Nacht hatte Maya sich erneut übergeben müssen, was in einem Gemeinschaftsbad wirklich eine sehr unangenehme Sache war; wenn auch nicht so unangenehm wie auf einem Dixi-Klo.

Danach hatte sie so lange geschlafen, dass das Frühstück schon vorbei war, als sie aufstand. Weil sie sowieso keinen großen Hunger hatte, beschloss sie, sich nur etwas Tee und vielleicht eine Banane zu holen, bevor sie sich überlegte, was sie mit dem Rest des Tages anfing.

Auf dem Weg zum Haupthaus sah sie Fred – dieses Mal vollständig bekleidet. Er kniete auf den Terrakottafliesen und machte sich an einer Steckdose zu schaffen; neben ihm stand ein Werkzeugkoffer. Arbeitete denn wirklich jeder, der hier im Valle Gran Rey wohnte, auf dieser Finca?

Zum Glück hatte Fred sie noch nicht bemerkt! Auf Zehenspitzen schlich Maya an ihm vorbei. In der Küche traf sie Bine, die sich ebenfalls eine Tasse Tee geholt hatte. Maya verzog das Gesicht. Das war nicht wirklich besser. Mit entrücktem Gesichtsausdruck tänzelte die ältere Frau auf Maya zu und wäre mit dem heißen Getränk fast in sie hineingerannt.

«Achtung!», rief Maya.

«Huch!» Bine blieb wie angewurzelt stehen. «Ich habe dich gar nicht bemerkt. In Gedanken war ich schon ganz bei meiner nächsten Stunde. – Es ist eine Herzchakra-Meditation.»

«Aha!» Darunter konnte Maya sich gar nichts vorstellen.

«Riech mal!» Bine fächelte Maya den Dampf zu, der aus ihrer Tasse aufstieg. *Citronella canariensis!* Das musst du nehmen, wenn deine Ehe kaputt ist oder wenn du Schulden hast. Ist auch gut gegen Haarausfall.»

«Danke, heute reicht mir ein Kamillentee», sagte Maya.

Bine sah sie prüfend an. «Du siehst blass aus.»

«Ich bin nur müde.»

Ihr Gesicht erhellte sich. «Dann solltest du mich zu meiner Stunde begleiten! Eine Herzchakra-Meditation ist eine wundervolle Sache. Sie hilft dir nicht nur, deine Gedanken zu klären und zur Ruhe zu kommen, du fühlst dich danach auch so erfrischt, als hättest du ein Schläfchen gemacht.» Sie sah Maya voller Begeisterung an, die Lippen leicht geöffnet, und wirkte dabei wie ein Vogeljunges, das auf einen besonders fetten Wurm wartet.

«Nein, ich kann jetzt leider nicht», wehrte Maya ab.

«Schade!» Bine wirkte aufrichtig enttäuscht. «Aber dann musst du heute Abend zu mir kommen. Wir werden die Lilith in uns suchen.»

«Wen?»

«Die Lilith, das ist eine Ur-Göttin, die für alles in uns steht, das ungezügelt und frei ist. Vielleicht wäre aber auch meine Metta-Stunde am Nachmittag etwas für dich. Metta ist eine äußerst heilsame buddhistische Meditation, durch die wir liebende Güte erreichen.»

Maya unterdrückte ein Seufzen. Okay! Es war zwecklos. Sie konnte Bine nicht entgehen. Am besten zeigte sie ihren guten Willen und machte einmal mit.

Sie versuchte, ihre Mundwinkel zu einem Lächeln zu motivieren. «Wenn ich darüber nachdenke, habe ich jetzt doch noch einen Moment Zeit. Ich komme mit zu der ... äh ...»

«Herzchakra-Meditation», half Bine ihr auf die Sprünge und strahlte. «Du wirst es nicht bereuen.»

Maya bereute es. Und zwar exakt siebzehn Minuten später, als sie gemeinsam mit sieben anderen Frauen und Männern in einem sechseckigen Pavillon mit hoher Fensterfront stand. Bine erklärte ihnen, dass sie in den folgenden sechzig Minuten nicht einfach nur auf dem Boden liegen oder sitzen würden, sondern dass sie tanzen mussten. Und zwar in alle vier Himmelsrichtungen. Aber vorher hatte Bine noch eine Weisheit von einem gewissen Osho für sie parat. Sie legte ihre Hände vor der Brust zusammen und bedachte sie alle mit einem milden Lächeln. «Zwei Wege führen zur Entdeckung: Der erste ist die Meditation – du suchst nach der Tiefe ohne den anderen. Der zweite ist die Liebe – du suchst nach der Tiefe mit dem anderen. – Lasst uns beginnen! Namasté!» Sie verbeugte sich.

«Namasté», wiederholten alle anderen und verbeugten sich ebenfalls. Es fiel Maya äußerst schwer, ein Augenrollen zu unterdrücken.

Zuerst sollten sie sich aufrecht in Richtung Norden stellen, die Hände auf ihr Herzchakra legen, das sich genau in der Mitte der Brust befand, und ihren Herzschlag spüren. Das war die erste Schwierigkeitsstufe. Steif wie eine ungekochte Spaghetti stand Maya da, unfähig, sich zu entspannen.

Sie ärgerte sich. Warum hatte sie sich von Bine zu dieser albernen Stunde drängen lassen? Durch die Fenster sah sie, wie Lasse gefolgt von Sam an dem Pavillon vorbeispazierte. Dieser blöde Moralapostel. «Ich finde, dass heutzutage viel zu schnell etwas weggeworfen wird», äffte sie ihn in Gedanken nach. Dabei schnaubte sie so laut, dass sich der untersetzte Mann mit dem schwarzen Räuber-Hotzenplotz-Bart vor ihr umdrehte. Maya schenkte ihm ein entschuldigendes Lächeln.

«Zuerst verbinden wir uns mit dem Norden.» In ihrem langen lindgrünen Kleid mit den weiten Fledermausärmeln, den grauen Löckchen und dem beseelten Gesichtsausdruck erinnerte Bine an einen in die Jahre gekommenen Engel. Es fehlten nur noch Flügel. Und eine Flöte. Jetzt breitete sie die Arme aus. «Der Norden hat eine wunderbare, klare Energie, und wenn wir uns mit ihm verbinden, zerfällt alles, was nicht wirklich zu uns gehört. Alles, was uns nicht wirklich dient, löst sich auf. Genau wie im Winter alles abstirbt, was nicht wirklich lebendig ist, um Platz für neues Wachstum zu schaffen. Atme diese Nordkraft tief ein, spüre, wie sie durch dich hindurchströmt und dich stärkt.»

Außer einer beunruhigenden Enge in ihrer Brust spürte Maya gar nichts.

Ein Trommelrhythmus ertönte, begleitet von Rasseln,

und Bine begann sich zu bewegen. Die Schritte waren nicht schwer, stellte Maya erleichtert fest.

«Geben und empfangen, geben und empfangen ...», wiederholte sie zum Rhythmus der Musik stumm Bines Mantra. Doch die versprochene Entspannung blieb weiterhin aus.

Der Rhythmus wurde schneller. Ein Streichinstrument kam hinzu, dann der Klang einer Triangel. Der korpulente Räuber Hotzenplotz fing an zu schwitzen, und Maya schaffte es nicht, Bines Anweisung zu folgen und den Blick in die Ferne zu richten, sondern beobachtete, wie sich auf seinem grauen Shirt dunkle Flecken ausbreiteten. Obwohl sie eigentlich mit den Füßen fest in der Erde verwurzelt bleiben sollte, rückte Maya ein Stück von ihm ab.

Ein Gong beendete die Musik, alle mussten sich verbeugen, und Bine erklärte, dass sie sich nun dem Osten und dem Westen zuwenden würden. «Der Westen hilft uns zu sehen, was wir in unser Leben hineingebracht haben, und herauszufinden, ob wir es behalten oder abschütteln möchten ...», verkündete sie mit sanfter Stimme.

Was der Osten bewirkte, bekam Maya gar nicht mehr mit, denn bei Bines Worten war ihr schwindelig geworden. In ihrem Kopf fing es an zu rauschen, und sie spürte Schweiß zwischen ihren Brüsten hinunterrinnen. Das Shirt von Hotzenplotz vor ihr war inzwischen fast vollkommen durchnässt. Maya schloss die Augen und versuchte, in den langsam drängender werdenden Rhythmus der Musik zu finden, doch es gelang ihr nicht.

Als sie auch den Süden abgearbeitet hatten, war Maya fest davon überzeugt, dass die Stunde vorbei war und sie in ihre Hütte zurückgehen konnte. Doch das war nicht der Fall, denn nachdem der Gong ertönt war, verabschiedete sich Bine nicht, sondern zwitscherte: «Und nun suchen wir zum Abschluss noch unseren inneren Tempel auf.»

Maya stöhnte auf, und was auch immer dieser innere Tempel war und wo er sich auch befand, sie fand ihn nicht. Bines Worte über den Osten gingen ihr einfach nicht aus dem Kopf. *Ob man es behalten oder abschütteln möchte ...* Bei ihrem Besuch beim Frauenarzt vor ein paar Tagen war das kleine Wesen in ihrem Bauch kaum größer gewesen als ein Gummibärchen mit überdimensionalem Kopf. Aber vielleicht wuchsen diesem Gummibärchen gerade Arme und Beine, vielleicht entwickelte es in diesem Moment eine Milz oder Nieren! Maya drängte ein Schluchzen zurück, und auf einmal musste sie an Karoline denken. Sie vermisste sie so sehr, dass es weh tat. Sie sehnte sich danach, wieder ein kleines Mädchen zu sein, den Kopf an Karolines Schulter zu legen, ihre tröstenden Hände auf ihrem Rücken zu spüren und von ihr zu hören, dass alles wieder gut werden würde.

«'tschuldigung», murmelte sie, drängte an Bine vorbei, die sie verwundert ansah, und floh aus dem Pavillon.

Im Garten lehnte sie sich gegen den Stamm einer Palme und wartete darauf, dass sich ihr Atem beruhigte. Sie wusste nicht, wie lange sie so dagestanden hatte, als sie plötzlich Stimmen hörte. Auf dem gekiesten Weg erklang das Knirschen von Schritten. Hastig bog Maya in einen Seitenpfad ein und versteckte sich dort hinter einer Bananenstaude. In diesem Zustand wollte sie möglichst von niemandem gesehen werden!

Ein Mann und eine Frau gingen an ihr vorbei. Der Mann war Fred, der seinen Werkzeugkoffer in der Hand hielt, und die Frau hatte blonde Haare. Sie trug weiße knöchellange Hosen und eine weiße kurzärmlige Bluse. In ihrer Hand trug sie eine Aktenmappe. Maya keuchte auf. Nein! Was machte die denn hier?

«Ich verstehe nicht, wieso das Licht flackert», sagte Karoline zu Fred, der in seinen Jesuslatschen neben ihr herschlurfte.

«Vielleicht ist die Glühbirne defekt.»

«Die habe ich längst ausgetauscht.» Ihre Stimme klang ungehalten.

Die beiden verschwanden im Haupthaus hinter einer Tür.

Benommen starrte Maya auf das helle Holz. Was zum Teufel machte Karoline denn hier? Das Universum musste etwas falsch verstanden haben: Dass sie sich in der Meditationsstunde nach Karoline gesehnt hatte, bedeutete doch nicht, dass sie keine fünf Minuten später live und in Farbe vor ihr stehen sollte! Langsam war Maya bereit, an Kathis These vom Schicksal zu glauben. Als Zufall konnte sie das alles allmählich wirklich nicht mehr abtun. Die Insel war zwar klein, aber wie groß war die Wahrscheinlichkeit, dass Karoline überall auftauchte, wo sie hinging? Es hätte nur noch gefehlt, dass sie gestern beim Tauchen im Neoprenanzug an ihr vorbeigeglitten wäre.

Hinter ihrer Bananenstaude wartete Maya ab, bis sich die Tür wieder öffnete. Fred kam heraus und trat auf den Gartenpfad. Sie wollte ihm schon folgen, um ihn zu fragen, was um Himmels willen Karoline denn hier auf der Finca machte, als sich eine hochgewachsene Gestalt mit dunklen, im Nacken zusammengebundenen Haaren näherte.

Der Künstler klopfte an die Tür, und Karoline öffnete.

Maya

«Was willst du?», fragte Karoline barsch.

«Ich habe einen Termin.»

«Das glaube ich nicht. Es sei denn, du heißt Selma Lindström.»

«Das ist meine Assistentin. Sie hat den Termin für mich vereinbart. Manchmal vergisst sie, es zu erwähnen.»

«Natürlich.» Von ihrem Versteck aus sah Maya, dass Karoline schmallippig lächelte. «Wie kann ich dir behilflich sein?»

«Geh mit mir essen.»

Einen Moment wirkte Karoline überrumpelt, dann schüttelte sie den Kopf. «Oh nein! Und wenn du kein Partnerschaftsproblem hast, muss ich dich bitten zu gehen.»

«Ich habe ein Partnerschaftsproblem», antwortete Alejandro. «Es liegt nur schon eine Weile zurück.»

Karoline schnaubte verächtlich.

«Bitte!», sagte er. «Lass mich reinkommen und mit dir reden. Du kannst mir nicht ewig aus dem Weg gehen.»

«Du hast fünf Minuten.» Maya merkte Karoline deutlich ihren Widerwillen an, als sie einen Schritt zurücktrat und Alejandro hineinließ. Die Tür fiel hinter den beiden zu.

Was für ein seltsames Gespräch! Maya legte die Stirn

in Falten. Offenbar kannten die beiden sich, und wenn sie ihren Wortwechsel gerade richtig interpretiert hatte, dann kannten sie sich sogar näher ... Was wohl zwischen ihnen vorgefallen war, dass Karoline nicht mehr mit Alejandro sprechen wollte? Nachdenklich schaute Maya auf die geschlossene Tür. Am liebsten hätte sie ihr Ohr darangelegt und Mäuschen gespielt. Aber wenn Karoline sie dabei erwischte, wäre das oberpeinlich! Sie wusste ja noch nicht einmal, dass sie hier auf der Insel war. Wahrscheinlich würde sie denken, sie spioniere ihr nach ...

Schnell huschte Maya aus ihrem Versteck und lief Fred nach.

Nach kurzer Zeit hatte sie ihn eingeholt. «So sieht man sich wieder! Ich wusste gar nicht, dass du auf der Finca arbeitest.» Sie zeigte auf seinen Werkzeugkoffer.

Er nickte. «Ich bin so was wie das Mädchen für alles hier. Nur putzen und kochen tue ich nicht.»

«Hast du inzwischen was von Tobi gehört? Von dem Typ, der sich für den Trommelworkshop angemeldet hat?»

Er schüttelte bedauernd den Kopf. «Nee, leider nicht. Ich hab dir doch gesagt, dass ich mich bei dir melde, wenn ich was Neues weiß.»

Stimmt, das hatte er. Aber ob man sich darauf auch verlassen konnte? Doch jetzt interessierte Maya noch etwas anderes: «Sag mal, wer war denn die Frau, die gerade bei dir war?»

«Welche Frau?»

«Na, die blonde Frau, mit der ich dich gerade gesehen habe.»

«Ach so, die.» Er nahm seine Nickelbrille ab und putzte

– 190 –

sie umständlich am Saum seines ausgeleierten T-Shirts. «Das... also das war eine der Therapeutinnen.»

«Sie ist also öfter hier?»

«Ja, sie hat hier ihre Praxis. Wieso fragst du?» Er setzte sich die Brille wieder auf.

«Sie kam mir bekannt vor.»

«Soll ich sie dir vorstellen?» Nun klang er ungewohnt eifrig.

«Nein, das musst du nicht.» Maya hatte genug gehört. Sie hatte es ja schon vermutet: Karoline arbeitete hier. Und spätestens jetzt stand fest: Maya konnte hier unmöglich wohnen bleiben. Natürlich wollte sie mit ihr sprechen. Etwas anderes blieb ihr schließlich gar nicht übrig, wenn sie endlich das Rätsel um ihre Herkunft lösen wollte. Doch sie wollte es zu einem Zeitpunkt ihrer Wahl tun, und nicht, wenn Karoline ihr zufällig über den Weg lief, während sie gerade auf dem Weg zum Klo war.

Maya ließ Fred stehen und ging zu Lasses Hütte. Sie musste sofort im Internet nachschauen, ob im Dorf noch irgendwo ein Zimmer frei war. Lasse schien nicht zu Hause zu sein. Diesmal war kein Wasser in der Badewanne, und so setzte sie sich hinein und zog ihr Handy aus der Tasche.

Kathi hatte ihr geschrieben und sie darum gebeten, sich doch endlich bei ihr zu melden. Maya antwortete mit einer Sprachnachricht. Ein Anruf hätte zu lange gedauert, und sie wollte sich nicht länger als nötig in der Badewanne aufhalten. Schnell klärte sie ihre Freundin über die vorsintflutliche Netzsituation auf der Insel auf und versprach, sie später anzurufen und auf den neuesten Stand zu bringen.

Sie hatte die Nachricht gerade abgeschickt, als sich Fabienne Lasses Hütte näherte.

Fabienne klopfte an die Tür. «Lasse! Bist du da? Mir ist die Milch ausgegangen.»

Jetzt erst bemerkte sie Maya, und ihre Augenbrauen schossen in die Höhe.

Maya spürte, wie sie rot wurde. «Äh, hi, ich ... ich checke nur gerade meine Nachrichten. Ich habe nämlich nur hier in der Badewanne Netz.» Wie zum Beweis hielt sie ihr Handy hoch.

«Ach so!» Fabienne grinste. «Weißt du, wo sich mein Nachbar schon wieder rumtreibt?»

Maya schüttelte den Kopf.

«Na, dann muss ich eben selbst nachschauen, was er alles in seinem Kühlschrank hat!» Fabienne ging in die Hütte, und Maya blieb nachdenklich sitzen.

Nachbar! Fabienne hatte gerade *Nachbar* gesagt! Dann war sie also nicht mit Lasse zusammen. Aus irgendeinem sonderbaren Grund freute Maya das. Außerdem ... Sie fuhr hoch. Denn plötzlich war ihr ein Gedanke gekommen. Diese Lucia – Annettes Oma ... Wenn sie nicht vollkommen ab vom Schuss gehaust hatte, dann musste auch sie einen Nachbarn, oder sogar mehrere, gehabt haben. Und wenn man es dort, wo sie wohnte, mit der Privatsphäre genauso wenig genau nahm wie hier auf der Finca, dann hatten diese Nachbarn bestimmt so einiges mitbekommen ...

Schnell tippte Maya eine Nachricht an Annette.

Wo hat deine Oma früher gewohnt?

Die Antwort kam prompt:

La Calera, Calla la Ameda 8, gleich neben dem
Supermercado.

Maya ballte die Hand zur Faust. Sie würde Annette ihre
komplette Schmuckkollektion abkaufen, wenn sie von
einem der Nachbarn etwas erfuhr, was ihr weiterhalf!
Schnell sprang sie aus der Badewanne. Ihr Umzug ins Dorf
konnte noch einen Moment warten. Zuerst musste sie
nach La Calera.

Karoline
Hamburg, November 1985

Am Tag von Papas Beisetzung schien die Sonne. Karoline empfand es als Ironie des Schicksals, dass sie ausgerechnet heute den Regen und den Nebel der letzten Wochen ablöste. Sie hatte sich fest vorgenommen, keine Tränen zu vergießen, doch als Mama und sie an der Leichenhalle ankamen und sie das große Foto von Papa sah, das zwischen Blumengebinden aus weißen Lilien und schweren Kerzen stand, fiel es ihr schwer, die Fassung zu bewahren. Noch immer konnte sie nicht glauben, dass er nicht mehr da war, und sie fragte sich, ob so nun ihr ganzes Erwachsenenleben sein würde. Eine endlose Reihe schmerzhafter Verluste...

Mama ging ein paar Schritte vor ihr, noch aufrechter als sonst. Karoline hoffte sehr, dass sie später einmal nicht so werden würde wie sie, steif und immer auf Contenance bedacht. Bisher hatte sie sie noch nicht einmal weinen sehen. Papa war kaum abgeholt worden, da hatte sie sich schon in die Vorbereitungen für die Beisetzung gestürzt. Wie gerne wäre Karoline einmal von ihr in den Arm genommen und getröstet worden! Aber das war nicht passiert. Ihre Mutter war kein böser Mensch, wirklich nicht. Aber weich wurden ihre Züge nur, wenn sie glaubte, dass niemand sie sah.

Karoline hatte Schlaftabletten auf dem Nachttisch neben ihrem Bett gefunden, ihre Augen waren ständig gerötet, und sie sah um Jahre gealtert aus. Papa und sie waren seit ihrer gemeinsamen Schulzeit zusammen gewesen, und seitdem hatten sie kaum einen Tag ohne einander verbracht.

Auf dem Niendorfer Friedhof hatten sich Trauben von Trauernden gebildet. Papa war sehr beliebt gewesen. Nachbarn, Freunde, Verwandte und Bekannte waren da, aber auch viele Professoren, Dozenten und Studenten. Ihre leisen Gespräche verstummten, als sie Mama und sie sahen, und Karoline senkte den Blick. Sie hasste es, im Mittelpunkt zu stehen. Vor allem bei einem solchen Anlass.

Der Pfarrer kam und erzählte von Papas vielen Verdiensten, was für ein treusorgender Vater und Ehemann er gewesen sei, was für ein guter Kollege, Lehrer und Freund. Sie hatten sich zuvor mit ihm zusammengesetzt, um ihm ein möglichst detailgenaues Bild von dem Verstorbenen zu vermitteln. Aber sie hätten ihm noch viel mehr erzählen müssen, wurde Karoline jetzt klar. Das, was der Pfarrer über Papa erzählte, wurde ihrem Vater einfach nicht gerecht. Die Trauergäste erfuhren aus seiner Rede nicht, dass er ihr als kleines Mädchen beigebracht hatte, dass man Bauchschmerzen lindern konnte, indem man eine Hand auf seinen Magen legte und sich vorstellte, sie würde ganz warm werden. Dass er Karolines Hamster, wenn sie gestorben waren, heimlich so oft gegen einen neuen ausgetauscht hatte, dass sie irgendwann geglaubt hatte, ihr Haustier sei unsterblich. Und die Trauergäste erfuhren auch nicht, dass er, als sie nach ihrer Mandeloperation so große Schmerzen

— 195 —

gehabt hatte, nachts zu einer Tankstelle gefahren war, um Vanilleeis zu holen. Er war immer so groß und präsent gewesen. Unfassbar, dass alles, was von ihm übrig war, jetzt in einer kaum zwanzig Zentimeter hohen Urne steckte!

Auf dem Bild, das Mama von ihm ausgewählt hatte, trug er einen Anzug, und seine Haltung war steif. Ein Fotograf hatte es auf irgendeinem Empfang aufgenommen.

Karoline hätte ein Urlaubsfoto von La Gomera ausgewählt; am liebsten das, auf dem er den Tropenhelm getragen hatte. Er war in diesem Urlaub so glücklich gewesen. Doch Mama hatte ihr Veto eingelegt.

Nachdem der Pfarrer endlich mit seiner Rede fertig war, nahmen zwei Träger die Urne hoch und brachten sie zum Grab. Der Trauerzug folgte ihnen.

Am Grab angekommen, ließen die Träger die Urne an Seilen ins Grab hinunter, und in Karoline krampfte sich alles zusammen. Das war der Moment, vor dem sie sich am meisten gefürchtet hatte. Er war so endgültig. Sie senkte den Blick. Klaviermusik vom Band setzte ein, ein Tenor sang «Von guten Mächten wunderbar geborgen, erwarten wir getrost, was kommen mag», und Mama fing an zu schniefen. Ganz leise nur, aber Karoline konnte es hören. Sie nahm ihre Hand und drückte sie. Nun war sie doch froh, dass der Friedhof ausnahmsweise einmal nicht in Nebelschwaden gehüllt war. Bei Sonnenschein konnte sie sich leichter einbilden, dass es die guten Mächte, von denen der Tenor sang, wirklich gab.

«Erde zu Erde, Asche zu Asche, Staub zu Staub», sagte der Pfarrer in salbungsvollem Ton. Mit einer kleinen Schaufel hob er etwas Erde mit Blütenblättern aus einem Gefäß und warf sie in das feuchte, dunkle Loch. Anschließend traten Mama und Karoline vor. Sie hatte ihrem Vater noch so viel sagen wollen, aber jetzt, wo sie vor seinem Grab stand, war ihr Kopf wie leer gefegt.

«Leb wohl, Papa!», flüsterte sie deshalb nur mit tonloser Stimme. «Ich hoffe, es geht dir gut, da wo du jetzt bist.» Bis jetzt war es Karoline gelungen, nicht zu weinen, doch nun musste sie sich, blind vor Tränen, abwenden.

Der Strom der Beileidsbekundungen wollte einfach nicht abreißen. Eine der Letzten, die Karoline gegenüber-traten, waren ihre Kommilitonin Evelyn und ihre Eltern. Evelyn nahm Karoline fest in den Arm.

«Wenn ich dir irgendwie helfen kann …» Karoline er-widerte ihre Umarmung, und einen winzigen Moment er-laubte sie sich, sich gegen ihre Freundin sinken zu lassen.

Als alle den Friedhof verließen, blieb Karoline zurück. Sie wollte ein paar Augenblicke allein sein, bevor es zum abschließenden Gottesdienst in die Kirche ging.

Und dann sah sie den Mann. Bekleidet mit dunklen Ho-sen und einem dunklen, knielangen Mantel, stand er im Schatten des Mausoleums. Er hob die Hand, als wollte er ihr winken. Karoline kniff die Augen zusammen, und ihr Herz machte einen Hüpfer.

Alejandro? Karoline fing an zu rennen.

Maya

«Hola!», begrüßte Maya die alte Frau, die in einem Rollstuhl vor ihrem Haus saß. Trotz der Hitze lag eine leichte Decke über ihren Beinen, und sie trug ein altmodisches Angorajäckchen in Pastellblau.

Die Frau reagierte nicht.

«Hola!» Dieses Mal sagte Maya es deutlich lauter. Sie suchte den Blick der Alten, doch der ging durch sie hindurch ins Leere.

«Sie kriegt nichts mehr mit», sagte ein Mädchen, das auf dem Gehweg kniete und mit einer kleinen Katze spielte.

Maya unterdrückte ein Stöhnen. Als sie gesehen hatte, dass Lucias Haus mitten im Ort lag, hatte sie das schon für einen Sechser im Lotto gehalten. Aber dann hatte sie von einer Verkäuferin in einem Obst- und Gemüsegeschäft erfahren, dass inzwischen fast alle Häuser in der Nachbarschaft Ferienhäuser waren ... Die alte Frau war ihre einzige Hoffnung gewesen. Maya ging an ihr vorbei und klingelte an der Tür. *Alfons und Gerti Vogler* stand auf dem Türschild. Dann lebte die Frau also nicht ganz allein hier.

«Ja?» Ein alter Mann mit schlohweißem, schulterlangem Haar öffnete ihr. Sein faltiges Gesicht war sonnengebräunt, und seine dürren Beine steckten in viel zu großen beigen Shorts.

«Sprechen Sie Deutsch?»

Der Mann sah sie verwundert an. «Natürlich. Ich bin Deutscher.»

«Leben Sie schon länger hier?»

«Ja. Schon seit vierzig Jahren.»

Es fiel Maya schwer, nicht laut zu jubeln. «Das ist super!» Sie strahlte ihn an. «Dann haben Sie ja mit Sicherheit Lucia gekannt.»

«Natürlich.» Über das zerfurchte Gesicht des Mannes huschte ein Lächeln. «Wie kann ich dir weiterhelfen?»

«Ich bin auf der Suche nach meiner Mutter, und ich glaube, Lucia war ihre Hebamme.»

«Ach ja!» Er legte den Kopf leicht schief.

«Es tut mir wirklich leid, dass ich Sie damit überfalle...» Maya konnte sich vorstellen, wie seltsam ihre Geschichte auf ihn wirken musste, «aber ich frage mich, ob Sie meine Mutter vielleicht auch gekannt haben.»

Der Mann strich seine Haare zurück. An seinem linken Ohrläppchen blitzte ein goldener Ring. «Hast du eine Ahnung, wie viele Frauen die Jahre über bei Lucia ein und aus gegangen sind, Mädchen?» Er seufzte. «Es waren einige, das kann ich dir sagen. Hast du vielleicht ein Foto von deiner Mutter?»

«Nein, ich... ich habe sie nie kennengelernt. Ich bin adoptiert worden.» Es wäre viel zu kompliziert, ihm die ganze Geschichte zu erzählen. «Sie hat mir dieses Schmuckstück hinterlassen.» Maya zog den Anhänger hervor. «Ich habe zufällig herausgefunden, dass Lucia Anhänger mit der gleichen Signatur besaß. Sie hatte sie von einer Patientin. Haben Sie einen solchen Anhänger schon mal gesehen?»

Er nickte. «Natürlich, die werden hier überall verkauft.»

Das hatte Fabienne auch schon erwähnt.

«Wann bist du denn auf die Welt gekommen?» Der Mann schien ihr ihre Enttäuschung anzusehen.

«1986.»

«Vor 32 Jahren also. Das ist ganz schön lange her.» Er drehte an seinem goldenen Siegelring. «In dem Jahr wurde La Gomera zum UNESCO-Weltkulturerbe erklärt, und die Insel trat als erster Teil Spaniens der EU bei. Nicht jeder hat sich darüber gefreut.»

Oh nein! Hoffentlich kam jetzt kein stundenlanger Monolog über Politik!

«Außerdem fand die Fußball-Weltmeisterschaft statt. Deutschland hat im Finale zwei zu drei gegen Argentinien verloren. Was für eine Schande!»

Oder über Fußball!

«Und es war das Jahr, in dem auf der Insel ein Kind verschwunden ist. Das war eine Aufregung, kann ich dir sagen!»

Was? Maya hatte inzwischen schon halb abgeschaltet, aber jetzt horchte sie auf. Von dem verschwundenen Kind hatte sie doch schon einmal gehört! Fred hatte ihr davon erzählt, als er behauptet hatte, dass auf der Insel noch nie etwas weggekommen sei. Nichts außer einem Kind ... Maya spürte, wie sich Aufregung in ihr breitmachte. «Was ist damals passiert?»

«Eine junge Frau ist eines Morgens tot in ihrem Haus aufgefunden worden. Sie musste ein paar Stunden zuvor entbunden haben. Man vermutete, dass sie bei der Geburt ihres Kindes ums Leben gekommen war. Doch von dem Kind fehlte jede Spur.»

Mayas Kehle schnürte sich zusammen. «Das verschwundene Kind war ein Säugling?»

«Ja.»

«Ist es denn jemals wiederaufgetaucht?»

«Nein, nie wieder.»

Erst jetzt merkte Maya, dass sie die ganze Zeit die Luft angehalten hatte. «Fällt Ihnen sonst noch was ein?», drängte sie den Mann. «Wissen Sie vielleicht noch, wie die Frau hieß oder wo sie gewohnt hat?»

Er schüttelte ratlos den Kopf. «Leider nicht. Soll ich mich für dich umhören?»

«Das wäre total nett von Ihnen», sagte Maya enttäuscht. Aus einem Impuls heraus nahm Maya ihr Handy aus ihrer Umhängetasche. Sie hatte fast alle Fotos von Karoline gelöscht. Nur eins hatte sie behalten, und das zeigte sie ihm. «Kennen Sie diese Frau?»

Der Mann starrte angestrengt auf das Display. «Moment! Ich muss meine Lesebrille holen», sagte er dann und ging ins Haus. «Ja, natürlich!», rief er kurze Zeit später nach einem kurzen Blick auf das Foto. «Das ist Karoline! Sie wohnt in El Guro. Als junges Mädchen hat sie mal einen Urlaub bei guten Freunden von uns verbracht, und danach hat sie eine Zeitlang auf der Insel gelebt. Vor ein paar Jahren ist sie dann ganz hierher zurückgezogen. – Woher kennst du sie?»

«Ich wohne auf der Finca de la Luz», antwortete Maya mechanisch. «Wissen Sie, ob sie als Paartherapeutin zu empfehlen ist?»

«Ich denke schon.»

«Danke. Sie haben mir wirklich sehr geholfen.»

«Nichts zu danken.» Der Blick des alten Mannes lag prüfend auf ihr, und er sah aus, als ob er noch etwas sagen wollte. Doch dann wandte er sich seiner Frau zu. «Komm, meine Liebe!» Er strich ihr über die welken Wangen. «Wir beide machen noch einen kleinen Spaziergang!»

Maya brauchte einen Moment, bis sie sich in der Lage fühlte, sich ebenfalls in Bewegung zu setzen. Obwohl sie es geahnt hatte, tat die Gewissheit doch weh: Ihre Mutter war tot, bei ihrer Geburt gestorben. Eigentlich hätte sie jetzt erleichtert sein können. Schließlich hatte sie sich in den letzten Jahren immer mit dem Gedanken gequält, dass ihre Eltern sie nicht gewollt hatten. Aber in diesem Augenblick verspürte sie keine Erleichterung, sondern nur eine tiefe Trauer über den Verlust dieser Frau, die sie niemals gekannt hatte und niemals kennenlernen würde.

Und was sie beinahe noch mehr bedrückte: Auf irgendeine Weise hatte die Frau, die sie fast ihr ganzes Leben lang für ihre Mutter gehalten hatte, mit den Ereignissen von damals zu tun. Karoline hatte sie bestimmt nicht in Barcelona gefunden, sondern hier auf La Gomera. Sie hatte sie angelogen. Wie so oft. Aber warum? Und was war mit ihrem Vater?

Sie musste zu Fred, um zu versuchen, mehr über dieses verschwundene Kind herauszufinden.

Maya fand Fred ein Stück hinter dem Meditationspavillon. Er stand auf einem schmalen Plateau, das durch Seile von den steilabfallenden Felsen abgetrennt war, und räumte Holz aus einer Feuerstelle in einen Korb.

«Das Zeug muss weg», erklärte er. «Sonst fackelt uns irgendwann noch einer die ganze Bude ab, so trocken, wie es schon die ganze Zeit ist.» Er wies mit dem Kinn auf einen Papierfetzen, der mit Reißzwecken an einem Baumstamm befestigt war. «Ich hab schon überall Schilder aufgehängt», erklärte er, «aber da achtet ja eh keiner drauf. An den Klotüren steht schließlich auch, dass man das Papier nicht ins Klo, sondern in den Mülleimer schmeißen soll, damit die Sickergrube nicht verstopft. Weißt du, wie oft ich die Schweinerei jeden Monat sauber machen muss?» Er sah sie streng an. «Wirfst du das Papier auch immer in den Mülleimer?»

«Äh, ja, klar», sagte Maya schnell. «In der Hinsicht bin ich total gewissenhaft.» Zumindest würde sie es ab jetzt sein. «Du, Fred, du hast mir doch erzählt, dass vor dreißig Jahren oder so mal ein Kind auf der Insel verschwunden ist.»

«Ein Kind?» Fred sah sie verständnislos an.

Maya stöhnte auf. Na toll! Er erinnerte sich nicht!

«Ach ja, das Kind! Klar! Das war ein Aufruhr damals, das kann ich dir sagen.»

Er erinnerte sich doch! «Weißt du, wer seine Eltern waren?»

Sie ballte ihre Hände zu Fäusten, weil sie angefangen hatten unkontrolliert zu zittern.

«Da fragst du mich was! Ich war ja damals noch nicht mal in der Schule.» Fred legte seine Stirn in Ziehharmonikafalten und kratzte sich am Kopf. «Bei dem Vater habe ich echt keinen Plan, aber ich glaube, dass die Mutter so eine Hippiefrau war. Hat früher in der Schweinebucht gelebt.

Frag doch Ramon, wenn es dich interessiert. Der haust doch schon ewig dort. Bestimmt hat er sie gekannt.»

Maya zwang sich zur Ruhe. «Wie komme ich zur Schweinebucht?»

«Siehst du den Weg?» Fred zeigte auf einen schmalen Pfad, der zwischen den Felsen hindurch verlief.

Sie nickte.

«Dem musst du folgen.»

«Lass mich raten! Ich kann mich nicht verlaufen!» Maya spürte, wie sich ihr Grinsen über ihr ganzes Gesicht ausbreitete. Sie hatte eine neue Spur! Und dieses Mal war sie kurz davor, das Rätsel zu lösen, da war sie sich ganz sicher.

«Genau.» Fred grinste zurück.

Man konnte sich wirklich nicht verlaufen. Ohne Umwege schlängelte sich der Pfad durch hohe Steinbrocken zur Bucht. Anders als der Strand vor der Finca war der Boden hier mit feinem Sand bedeckt, und in die zerklüfteten Felswände hatte die Flut im Laufe der Jahrtausende Höhlen gegraben. Zwei Matten und Schlafsäcke lagen in einer davon, außerdem ein Plastikkanister mit Wasser und ein zerlesener Liebesroman von Rosamunde Pilcher. In der Bucht wohnte also wirklich jemand. Doch Maya sah weder Ramon noch sonst jemanden. Ziellos kraxelte sie ein paar Minuten in den Felsen herum, bis sie eine junge Frau entdeckte, die ein wenig versteckt hinter einem Felsen auf dem kiesigen Boden der Bucht kniete und Wäsche wusch.

Maya fragte sie nach Ramon, und die Frau schüttelte den Kopf. «Kein Plan, wo der ist», sagte sie. «Den habe ich schon seit zwei Tagen nicht mehr hier gesehen. Er kommt und geht, wie es ihm gefällt.»

Mann! Maya kickte wütend einen Stein fort, und die Frau sah sie überrascht an.

Maya wandte sich abrupt ab. Es war wie verhext! Ständig bekam sie einzelne Mosaiksteinchen zugeworfen, aber das große Ganze wollte sich ihr einfach nicht erschließen. Es gab nur eine Person, von der sie die ganze Wahrheit erfahren konnte, und zu der würde sie jetzt gehen, beschloss Maya. Und sie würde ihr keine Ruhe lassen, bis sie ihr nicht alles erzählt hatte. Sie lief zurück zur Finca und steuerte das Haupthaus an. Dann klopfte sie an die Tür, hinter der Karoline zuerst mit Fred und dann mit dem Künstler verschwunden war.

Maya

«Maya!» Die Tasse, die Karoline in der Hand gehalten hatte, fiel laut scheppernd zu Boden und zersprang. Doch Karoline achtete überhaupt nicht darauf. Sie stand reglos im Türrahmen und starrte Maya an.

Maya unterdrückte den spontanen Impuls, sich in ihre Arme zu werfen. «Hallo Karoline!», brachte sie mühsam hervor.

«Was machst du denn hier? Ist etwas passiert?»

«Nein.»

Die Sorge in Karolines Augen wich einem Ausdruck, den Maya als eine Mischung aus Ungläubigkeit und Freude bezeichnet hätte. «Aber wieso ...?», stammelte sie. «Du hattest gar nicht geschrieben ...»

«Es sollte eine Überraschung werden.»

«Die ist dir gelungen. Ich hatte keine Ahnung, dass ...»

«Kann ich reinkommen?»

«Natürlich. Was für eine Frage! Lass mich nur ...» Karoline bückte sich und sammelte mit zitternden Händen die Scherben auf. Währenddessen betrat Maya die Praxis. Sie war schlicht und zweckmäßig eingerichtet. Außer einem Schreibtisch, drei Sesseln und einem kniehohen Holzelefanten standen nur zwei strategisch platzierte Pflanzen und ein Zimmerbrunnen darin. Er verströmte einen Duft, den Maya kannte, aber nicht einordnen konnte. An irgendetwas erinnerte er sie ...

«Setz dich doch!» Noch immer starrte Karoline Maya an, als könne sie nicht glauben, dass sie wirklich und wahrhaftig vor ihr stand. Beim Aufsammeln der Scherben hatte sie sich in den Zeigefinger geschnitten. Blut quoll aus der Wunde, aber Karoline schien es nicht einmal zu bemerken. «Möchtest du etwas trinken?», fragte sie unsicher.

Maya schüttelte den Kopf. «Ich möchte nur die Wahrheit.»

Karoline erstarrte.

«Du hast mich schon richtig verstanden», sagte Maya ungehalten, weil sie befürchtete, dass Karoline ihr ausweichen würde. «Ich möchte die Wahrheit. Ich weiß jetzt nämlich, dass ich von hier stamme, und nicht aus Barcelona. Das Kind, das 1986 von hier verschwunden ist, war ich. Wieso hast du mich angelogen?»

Karolines Gesicht wurde von einer Sekunde auf die andere zunächst hummerrot, dann kreideweiß, und das bewies Maya, dass sie ins Schwarze getroffen hatte.

Karoline wendete den Blick ab und sah sich nervös im Raum um. Maya konnte förmlich sehen, wie es in ihr arbeitete. «Ich ... ich ... Wie um Himmels willen kommst du denn darauf?» Sie drehte sich wieder zu ihr. In ihren Zügen lag jetzt so unverhohlenes Entsetzen, dass sie Maya einen Augenblick lang fast leidtat.

Doch ihr aufflackerndes Mitleid legte sich schnell wieder, als ihr klarwurde, dass sie mit ihrer Vermutung richtiglag. Ein wenig hatte sie nämlich gehofft, dass sie sich geirrt hätte. Dass wenigstens die Moses-Geschichte der Wahrheit entsprach. Dass Karoline sie auch in diesem Punkt angelogen hatte, tat weh. «Mein Anhänger hat mich auf die Spur gebracht.» Maya umschloss das Schmuckstück fest mit den Fingern, als könnte es ihr Halt geben. «Das heißt, die Signatur, die darin eingraviert ist. Gestern beim Wasserfall habe ich eine Frau getroffen, die Anhänger mit genau der gleichen Signatur verkauft. Ich habe herausgefunden, dass sie die von ihrer Oma bekommen hat. Einer gewissen Lucia, die leider nicht mehr lebt. Ich gehe davon aus, dass du sie kanntest?» Maya machte eine Pause und sah Karoline fest an. «Ihr früherer Nachbar hat mir erzählt, dass du damals schon ein paar Jahre auf La Gomera gelebt hast.»

«Du warst gestern beim Wasserfall?» Karolines Stimme klang ungläubig.

«Karoline, lenk nicht ab!» Noch weitere Ausflüchte würde sie jetzt nicht mehr ertragen. «Kennst du Lucia? Ich will endlich die Wahrheit wissen. – Findest du nicht, dass es allmählich an der Zeit dafür ist? Das steht mir einfach zu!»

Karoline sank in sich zusammen. Sie erinnerte Maya dabei an eins dieser aufblasbaren Schwimmtiere, aus dem alle Luft entwichen war. Dann holte sie tief Atem und straffte die Schultern. «Gut!», sagte sie, und plötzlich war all ihre Gegenwehr verschwunden. «Aber vorher muss ich die Scherben wegbringen. Und ich brauche ein Glas Wasser. Du auch?»

Maya wäre ein Schnaps lieber gewesen, doch sie nickte, und Karoline verschwand. Am liebsten wäre sie rastlos im Zimmer auf und ab gelaufen, aber sie zwang sich zur

– 208 –

Ruhe und setzte sich in einen der Sessel. Sie wählte den, der neben dem Zimmerbrunnen stand, denn sie hatte das Gefühl, sein Duft würde sie ein wenig beruhigen. Jetzt fiel ihr ein, woran der Geruch sie erinnerte: an den Zypressenwald auf Sardinien, wo Karoline und sie vor vielen Jahren Urlaub gemacht hatten. Dort hatte es genauso gerochen. Nach Sonne und nach frischem Gebäck. Hätte sie damals schon ihre liebsten Erinnerungen in Muscheln festgehalten, dann hätte dieser Duft unbedingt dazugehört.

Maya schloss die Augen und stand wieder in dem Zypressenwald. Die hohen, schlanken Bäume um sie herum ragten in einen Himmel, der so intensiv blau war, als hätte jemand einen Fotofilter darübergelegt. Sie hörte Grillen zirpen und dann ihr eigenes Lachen. *«Fang mich doch! Fang mich, Mami! Ich wette, du fängst mich nicht!»* Ihre langen Zöpfe flogen durch die Luft, als sie sich auf ihren kurzen Beinen in Bewegung setzte und zwischen den Bäumen hindurchstürmte, in dem sicheren Wissen, dass Karoline sie niemals alleinlassen würde. *«Fang mich doch! Fang mich, Mami!»*

Sie trauerte immer noch um das kleine Mädchen, das zwanzig Jahre später erfahren sollte, dass Karoline nicht seine Mami war. Maya presste die Zeigefinger gegen die geschlossenen Lider und zog die Nase hoch. Wieder einmal wünschte sie sich, sie hätte Taschentücher eingesteckt.

Als Karoline wiederkam, hatte sie ihren Zeigefinger mit einem Pflaster verarztet. Ihre Augen waren gerötet. Hatte sie etwa geweint?

«Ich weiß gar nicht, womit ich anfangen soll.» Mit fahrigen Bewegungen stellte Karoline eine Karaffe und zwei

Gläser auf den Tisch und goss sich und Maya ein. Dann erst setzte sie sich.

«Wie wäre es mit meiner Mutter?», schlug Maya vor. «Hast du sie gekannt?»

Karoline schwieg eine ganze Zeitlang mit geschlossenen Augen, bevor sie sie wieder öffnete und nickte. «Ja, aber nicht besonders gut. Lucia habe ich öfter gesehen. In der Nacht, in der du geboren wurdest, waren wir beide bei ihr. Bei deiner Mutter», an der Bewegung ihres Kehlkopfs erkannte Maya, dass sie schluckte. Es fiel ihr sichtlich schwer, über die Ereignisse von damals zu sprechen. Als Karoline fortfuhr, war ihre Stimme brüchig. «Deine Mutter hat bei der Geburt sehr viel Blut verloren, und obwohl Lucia alles unternommen hat, um sie zu retten, hat sie es nicht geschafft.»

Mayas Hände krampften sich um das Wasserglas. «Wie bin ich zu dir gekommen?»

Karoline schloss noch einmal einen Moment die Augen, bevor sie fortfuhr. «Deine Mutter hat mich gebeten, dich zu mir zu nehmen. Sie hatte keine Verwandten, die dich hätten großziehen können, und sie wollte nicht, dass du zu Menschen kommst, die dich nicht gut behandeln.» Ihre Stimme brach, und Maya sah, dass sie mit den Tränen kämpfte. «Sie durfte dich zwar nicht lange im Arm halten, aber ich kann dir versichern, dass sie dich von ganzem Herzen geliebt hat.»

Auch Maya spürte, dass ihre Augen feucht wurden. «Was war mit meinem Vater? Hätte er mich nicht bei sich aufnehmen können?»

Karoline presste die Lippen zusammen und wich ihrem

Blick aus. «Ich weiß es nicht. Und Lucia wusste es auch nicht. Deine Mutter hatte nie über ihn gesprochen.»

«Warum hast du ihr diesen Gefallen getan und mich aufgenommen? Du warst ihr doch nichts schuldig, oder?»

Karoline lachte müde auf. «Glaub mir: Einem Menschen, der im Sterben liegt, schlägst du nichts ab.»

Maya nickte. «Wieso hast du mir das alles nie erzählt?»

«Ich wollte es ja. So oft habe ich mir vorgenommen, mit dir darüber zu sprechen. Aber wir waren so glücklich zusammen, ich wollte das nicht zerstören. Außerdem hatte ich eine Straftat begangen. Ich hatte dich einfach mitgenommen, und ich habe deine Geburtsurkunde fälschen lassen. Ich hatte Angst, dass man dich mir wegnimmt.»

«Aber als ich dich nach dem Besuch beim Arzt damit konfrontiert habe, dass du nicht meine leibliche Mutter bist, da hättest du mir doch alles erzählen müssen!», sagte Maya verzweifelt. «Wieso hast du dir diese absurde Moses-Geschichte ausgedacht?»

Karoline senkte den Blick. «Ich weiß es nicht», flüsterte sie. «In diesem Augenblick hatte ich einfach unglaubliche Angst, dass ich dich verliere.» Sie zog ein Taschentuch aus ihrer weißen Leinenhose. Im Gegensatz zu Maya hatte sie immer eins dabei. «Es tut mir so leid.»

«Es tut dir leid.» Maya lachte bitter auf. «Wie schön! Dann ist ja wieder alles gut. Weißt du eigentlich, wie beschissen es sich anfühlt, wenn man sich Tag für Tag fragt, wieso einen die eigenen Eltern nicht gewollt haben? Wieso sie einen einfach irgendwo abgestellt haben, wie einen Gegenstand, den man nicht gebrauchen kann? Wieso es ihnen total egal war, was aus mir wird?»

Karoline schnäuzte sich. «Ja, ich kann es mir vorstellen. Und bitte glaub mir, dass ich mir aus tiefstem Herzen wünsche, alles wäre anders gekommen.»

Das wünschte Maya sich auch.

«Ich weiß, ich habe eine ganze Menge Fehler gemacht. Aber eine Sache gibt es, die ich niemals bereut habe.»

«Und die ist?», fragte Maya müde. Sie war so erschüttert über das, was sie erfahren hatte, dass sie im Grunde nicht mehr interessierte, was Karoline jetzt noch sagte.

«Dass ich dich damals zu mir genommen habe.» Karoline zerknüllte das Taschentuch in ihren Händen. «Anfangs fühlte ich mich überfordert von der Bürde, die deine Mutter mir durch ihre Bitte auferlegt hatte. Ich war noch so jung und hatte überhaupt keine Erfahrung mit Kindern. Ich habe ja noch nicht einmal jüngere Geschwister. Aber bei der Überfahrt nach Teneriffa hast du in deinem Körbchen auf einmal meinen Finger gepackt und ihn festgehalten. Du hast mich dabei direkt angesehen. Und in diesem Augenblick war ich mir sicher, dass ich mit dir an meiner Seite alles schaffen konnte. Du warst das Beste, Einzigartigste und Wundervollste, was mir hätte passieren können. Das denke ich bis heute ...»

Still saßen sie eine ganze Zeitlang da.

«Du siehst anders aus als vor sechs Jahren», sagte Karoline schließlich. «Deine Haare sind kürzer, du hast dir ein Tattoo stechen lassen ...»

«Ich habe mich nicht nur äußerlich verändert.»

«Ich weiß. Es freut mich, dass dein Blog so erfolgreich ist. Ich habe all deine Einträge gelesen. Auch den letzten. Wieso suchst du diesen Mann?»

Maya war drauf und dran, Karoline barsch zurückzuweisen, ihr zu sagen, dass sie das alles nichts anginge. Überhaupt wollte sie in diesem Moment nur noch weg von hier. Sie musste allein sein, um das alles zu verarbeiten. Aber sie blieb sitzen und sagte: «Wir hatten einen One-Night-Stand, und ich erwarte ein Kind von ihm.»

Karolines Augen wurden groß. Sie öffnete den Mund, als ob sie etwas sagen wollte, doch Maya kam ihr zuvor. «Bevor du dich jetzt schon als Oma siehst: Ich werde das Kind nicht bekommen. Deshalb bin ich hier. Um Tobi das zu sagen. Er macht eine Wandertour über die Insel und kommt in ein paar Tagen zurück.» Doch als sie in Karolines entsetztes Gesicht blickte, bereute sie ihre harten Worte. Es wäre nicht nötig gewesen, sie so zu verletzen. Aber nun konnte sie das Gesagte nicht mehr zurücknehmen. Und hatte Karoline es nicht auch verdient, selbst einmal mit unerwünschten Neuigkeiten überrumpelt zu werden?

Karoline räusperte sich. «Weiß er von dem Kind?»

«Nein.»

«Warum willst du ihm dann unbedingt davon erzählen, wenn du es sowieso nicht bekommen wirst?»

«Er hat ein Recht darauf, es zu erfahren. Wohin Lügen und Heimlichtuereien führen, habe ich ja gesehen.» Maya ignorierte Karolines gequälten Gesichtsausdruck und stand auf. «Ich muss jetzt gehen. Aber vorher will ich von dir noch eins wissen.» Sie suchte Karolines Blick und hielt ihn fest. «Wie hieß meine Mutter?»

«Hannah», sagte Karoline, und ihre Stimme klang genauso leer, wie Maya sich fühlte. «Deine Mutter hieß Hannah.»

Karoline

Hamburg, November 1985

Das Hotel, in dem Alejandro wohnte, befand sich ganz in der Nähe des Hauptbahnhofs. Zwei Frauen standen gelangweilt davor und rauchten. Trotz der Novemberkälte trugen sie Sandalen mit hohen Absätzen und Röcke, die nur knapp ihren Po bedeckten. Die Eingangshalle des Hotels war düster, der moosgrüne Teppich, der weich Karolines Schritte abfederte, wirkte schmierig.

«Es tut mir leid, dass ich dich in eine solche Absteige führe», sagte Alejandro. «Hannah hat das Hotel im Reisebüro für mich gebucht. Sie meinte, es läge genau in der Mitte Hamburgs und von hier aus könnte ich alles leicht erreichen.» Er drückte auf den Fahrstuhlknopf, und die verbeulten Metalltüren glitten rumpelnd auseinander.

«Wer ist Hannah?» Karoline trat ein. «Heißt so nicht Xabis Verlobte?»

«Ja, das ist sie.»

«Und wieso bucht sie dir ein Hotel?», fragte Karoline misstrauisch.

«Ich hatte vor meiner Abreise noch so viel zu organisieren, da wollte sie mir behilflich sein.»

«Du hast gar nicht erwähnt, dass ihr euch näher kennt.»

Er zuckte die Achseln. «Ich dachte nicht, dass es wichtig wäre. Wir sind zusammen aufgewachsen.»

Obwohl er das völlig arglos sagte, versetzte dieser Satz Karoline einen Stich.

Dass Alejandro weibliche Bekannte hatte, konnte sie ja noch tolerieren. Aber wenn eine dieser Bekannten aussah wie ein Model oder wie ein Filmstar, dann gefiel ihr das gar nicht.

«Ach, jetzt schau doch nicht so!», sagte Alejandro und legte ihr eine Hand auf den Arm. «Du musst dir wirklich keine Sorgen machen. Hannah und ich sind nur Freunde. Außerdem weißt du doch, dass sie mit Xabi zusammen ist.» Bei der Erwähnung dieses Namens verdüsterte sich sein Gesicht, und Karoline fragte sich unwillkürlich, ob es etwas mit Hannah zu tun hatte, dass er Juans Sohn überhaupt nicht ausstehen konnte. Die Metalltüren schoben sich wieder zusammen, und der Fahrstuhl setzte sich ächzend in Bewegung.

Das Licht flackerte, ging aus und im nächsten Moment wieder an. «Es tut mir wirklich leid», sagte Alejandro noch einmal.

«Das muss es nicht. Wirklich nicht.» Bevor er noch ein weiteres Wort sagen konnte, lehnte sie sich an ihn und verschloss seine Lippen mit einem Kuss. «Ich bin so froh, dass du hier bist.» Auch wenn Hannah wunderschön war, bestand überhaupt kein Grund zur Eifersucht, sagte Karoline sich fest. Alejandro hatte vermutlich sein ganzes Konto geplündert, um nach Deutschland zu kommen, und das nur, um sie zu trösten. Einen schöneren Liebesbeweis konnte es doch gar nicht geben!

Die folgende Stunde erlebte Karoline wie im Traum. Den langen dunklen Gang, durch den Alejandro sie führte, nahm sie kaum wahr, genauso wenig wie das Zimmer, das sie dann betraten. Die billigen Gemälde an den Wänden, die fadenscheinige Bettwäsche und den langen gezackten Riss in der Wand neben der Badezimmertür. Sie hatte die Augen geschlossen und gab sich ganz dem Fühlen hin. Alejandros Händen, deren raue Innenseiten so zart über ihre Brüste und Schenkel streichelten, seinem Atem, der heiße Spuren über ihre Haut zog, und seinen Lippen, die ihren Mund ganz wund küssten. Ihre Küsse wurden fordernder, ihr Atem flacher, die Bewegungen schneller. Karolines Hände krallten sich in Alejandros Rücken, als er zwischen ihren Beinen zum Liegen kam, um ihn noch näher an sich zu ziehen. Kurz löste er sich von ihr, sah sie an.

Bist du dir wirklich sicher?, fragte sein Blick.

Sie nickte. Ja, sie war sich sicher. Ihre Hände glitten nach unten und verstärkten ihren Druck. Sie wollte ihn, sie wollte ihn spüren, ihn ganz in sich aufnehmen und für einen winzigen Augenblick alles andere vergessen. Ihren Vater, der wie schlafend auf dem Sofa gelegen hatte. Die beiden schwarz gekleideten Männer, die ihn wenig später auf einer Bahre nach draußen gebracht hatten. Die Urne, die viel zu klein für ihn gewesen war. Langsam löste sich das alles auf, wurde erst unscharf und körnig wie bei einem alten Schwarz-Weiß-Fernseher, dann immer blasser, bevor sie schließlich in einer alles überrollenden Welle davongetragen wurden. Seine Lippen auf ihrem Mund dämpften ihren Schrei.

Vollkommen erschöpft lag Karoline anschließend neben ihm. Nur langsam wurde ihr Atem wieder tiefer und regelmäßiger, beruhigte sich ihr Herzschlag. Doch mit der Ruhe kehrten auch ihre Gedanken wieder zurück, und Schuldgefühle stiegen in ihr auf. Wie hatte sie es nur wagen können, mit Alejandro zu schlafen, wo Papa doch gerade erst seit ein paar Stunden unter der Erde lag? Wie konnte sie es wagen, so etwas wie Glück zu empfinden, nachdem sie ihn, der ihr mit das Liebste auf der Welt gewesen war, verloren hatte? Tränen strömten über ihre Wangen und auf Alejandros Brust.

«Hey! *Querida!*» Alejandro rutschte zur Seite und stützte sich auf den Ellbogen, um sie anzuschauen. Er strich ihr mit der Daumenkuppe die Tränen fort.

«Es tut so weh», schluchzte Karoline.

«Ich weiß.» Alejandro strich ihr sanft über das Haar.

«Wird es irgendwann besser?»

«Nein. Aber man gewöhnt sich daran.» Er sah traurig aus. Bestimmt dachte er an seine Mutter. Vielleicht auch an seinen Vater. Von ihm hatte er ihr noch nie etwas erzählt.

«Woran ist deine Mutter gestorben?»

«Sie hatte Krebs.»

Karoline verflocht ihre Finger mit seinen. «Hast du sie nach ihrem Tod noch einmal gesehen?»

Alejandro nickte. «Meine Großmutter fand, dass es wichtig ist, dass ich mich von ihr verabschiede. Sie ist mit mir ins Krankenhaus gefahren.»

«Ich war auch noch mal bei meinem Vater. Es war so schrecklich zu sehen, dass all das, was ihn ausgemacht hat, in einem einzigen Moment einfach verschwunden ist. Ich mache mir solche Vorwürfe, dass ich die Zeit mit ihm nicht genügend ausgekostet habe. Kurz bevor er gestorben ist, hat er mir noch etwas von seinen Studenten erzählt, aber ich weiß überhaupt nicht mehr, über was genau er geredet hat, weil ich mit meinen Gedanken woanders war. Und ich weiß auch nicht, wann ich ihm das letzte Mal gesagt habe, wie lieb ich ihn habe.» Erneut fing Karoline an zu schluchzen.

«Glaub mir, das hat er gewusst. Selbst ich habe es gemerkt. Du warst immer so liebevoll zu ihm.»

«Aber er war so selbstverständlich für mich geworden.» Sie verbarg ihr Gesicht an Alejandros Schulter.

Lange Zeit lagen sie schweigend nebeneinander, und langsam senkte sich der Abend über die Stadt.

«Ich muss nach Hause», sagte Karoline schließlich. Mama hatte sie erzählt, sie wollte nach der Trauerfeier eine Zeitlang allein sein und einen Spaziergang machen. Wenn es dunkel wurde, würde sie sich Sorgen machen.

«Gut.» Er küsste sie auf die Stirn. «Aber vorher musst du dir noch anschauen, was ich dir mitgebracht habe.» Er zog seine Reisetasche zu sich heran. Aus ihr entnahm er einen Karton und reichte ihn ihr.

Karoline zog den Klebestreifen ab, mit dem der Karton verschlossen war, und öffnete ihn. Unter mehreren Schichten Zeitungspapier kam ein tönerner Kopf zum Vorschein.

«Die Büste, die du von mir gemacht hast!» Ehrfürchtig strich Karoline über das Abbild ihres Gesichts, über die fein ziselierten Augenbrauen, an denen man jedes einzelne Härchen erkennen konnte, den weichen Schwung ihrer Lippen. «Sie ist so schön.»

Alejandro nickte. «Das Schönste, was ich je gemacht habe.»

«Also nicht das Schoßhündchen?», neckte sie ihn.

Er lachte. «Nein, aber das kommt gleich danach.» Seine Miene wurde wieder ernst. «Komm mit mir nach Spanien!», sagte er auf einmal unvermittelt.

Karolines Herz machte einen überraschten Hüpfer. «Nach Spanien? Aber ... Wie stellst du dir das vor? Ich studiere hier! Und meine Familie lebt hier.»

«Dann ziehe ich zu dir nach Deutschland. Ich will bei dir sein, wo ist mir egal. Noch nie war ich so glücklich wie in den beiden Wochen mit dir.» Er legte seine Hände auf ihre Schultern und sah sie eindringlich an.

Karolines Blick glitt an ihm vorbei zum Fenster. Der Himmel hatte sich bereits verdunkelt, und erste Nebelschwaden stiegen auf. Sie hüllten die Fassaden der gegenüberliegenden Häuser ein, sodass sie nur noch schemenhaft zu erkennen waren. Die Stadt Hamburg mit all ihren melancholischen Grautönen und dem ständigen Regen war ihr Zuhause und würde immer ein Teil von ihr sein. Hier war sie aufgewachsen, und hier hatte sie so vieles erlebt. Aber vielleicht war es Zeit, aufzubrechen und etwas Neues zu beginnen. Bei Alejandro auf La Gomera.

Das würde dir gefallen, Papa, oder?, flüsterte sie stumm.

Maya

Nach dem Gespräch mit Karoline ging Maya zurück zu ihrer Gartenhütte und schlief lange und tief. Als sie aufwachte, wusste sie im ersten Augenblick nicht, wo sie sich befand. Benommen blinzelte sie. Am Tag zu schlafen hatte ihr noch nie gutgetan. Wie viel Uhr es wohl war? Sie griff nach ihrem Handy. Gleich vier. Das Mittagessen hatte sie verpasst, aber das machte nichts. Fabienne hatte ja gesagt, dass sie sich jederzeit an den Vorräten bedienen konnte.

Auf bloßen Füßen tapste Maya zum Haupthaus. In der Küche nahm sie sich etwas Brot und Ziegenkäse, garnierte das Ganze mit ein paar Oliven und setzte sich damit unter das Dach der Pergola. Sie hatte noch nicht ganz aufgegessen, als Fabienne mit Leon an der Hand vorbeikam.

«Hast du einen Ausflug gemacht?», fragte sie. «Du warst gar nicht beim Mittagessen.»

«Ja, ich bin ein bisschen in der Gegend herumgefahren, und danach habe ich geschlafen. Wollt ihr beiden zum Strand?», fragte sie, weil Fabienne einen Autoschlüssel in der Hand hielt und Leon einen blauen Sandeimer mit Rechen und Schaufel trug.

«Ja, zum Playa de Santiago. Möchtest du mitkommen? Dort werden heute Meeresschildkröten ausgewildert.»

«Ausgewildert? Sind sie verletzt?»

«Nur ein paar. Die meisten von ihnen hat man direkt nach dem Schlüpfen eingesammelt und in ein Aufzucht-becken gebracht. Ohne menschliche Hilfe überleben näm-lich nur knapp zwanzig Prozent die ersten Monate. Erst nach etwa einem Jahr sind sie groß genug, um eine Chance zu haben. Es ist immer ein berührender Moment, wenn sie freigelassen werden. Ich lasse ihn mir nie entgehen.»

«Ich komme mit», entschloss sich Maya. Alles war bes-ser, als hier herumzusitzen und über Karoline und ihre Mutter nachzugrübeln!

Am Playa de Santiago im Süden der Insel hatten sich viele Zuschauer versammelt. Auch Lasse war da. Als Leon ihn bemerkte, löste er sich von der Hand seiner Mutter und lief auf seinen kurzen Beinchen zu ihm.

Fabienne breitete eine Decke aus, und sie setzten sich.

«Er ist ein hübscher Kerl», stellte Maya fest.

«Wer? Lasse?»

Sie lachte. «Der ist auch ganz okay, aber ich dachte eigentlich an Leon.»

Fabiennes Gesicht fing an zu leuchten. «Ja, das ist er. Er kommt ganz nach seinem Vater.»

«Lebt der auch hier?»

«Nein, er lebt in Paris. Wir sind nicht mehr zusammen.»

«Es ist bestimmt nicht leicht, ein Kind allein großzuzie-hen.»

Fabienne winkte ab. «Ach, hier auf der Finca ist das al-les halb so wild. Ich kann Leon ohne Probleme mit in die Küche nehmen, und Lasse und die anderen Angestellten nehmen ihn mir oft ab. In Paris wäre das viel schwieriger gewesen.»

«Bist du wegen Leon von Paris nach La Gomera gezogen?»

«Nein, wegen seines Vaters. Ihm hat das Restaurant gehört, in dem ich Küchenchefin war. Und er ist verheiratet...»

«Ach je.»

«So denke ich inzwischen auch. Er hat immer gesagt, er würde seine Frau verlassen. Aber das tun sie letzten Endes nie, nicht wahr?»

«Mir zumindest ist kein Fall bekannt.»

Fabienne zog eine Grimasse. «Gott! Ich war so ein naives Huhn.»

Maya zögerte ein wenig, bevor sie die nächste Frage stellte, aber dann tat sie es doch: «Hast du jemals darüber nachgedacht, Leon nicht zu bekommen?»

«Nein, niemals.» Fabiennes Blick wanderte zu Leon, der neben Lasse im Sand saß und voller Begeisterung auf die Burg patschte, die sie gerade gebaut hatten, und ihre Züge wurden weich.

Maya seufzte leise. Hätte Fabienne eine andere Antwort gegeben, hätte sie sich besser gefühlt.

«Hello Ladies!» Jemand ließ sich neben ihnen auf die Decke plumpsen. Ein blonder Sunnyboy, dessen sonnengebleichte Haare und tiefbrauner Teint verrieten, dass er sich überwiegend draußen aufhielt. Um die Augen hatte er viele kleine Lachfältchen.

«Hallo Sven!» Fabienne lächelte und stellte ihm Maya vor.

— 222 —

«Ach! Dann bist du die Frau, die eine private Überfahrt nach Teneriffa abgelehnt hat», grinste er.

Das war also Lasses Freund – der Mann, mit dessen Boot sie zum Tauchen gefahren waren. «Ja, ich habe mich dazu entschlossen, noch ein paar Tage zu bleiben.»

«Es ist ja auch schön bei uns», sagte er. «Sonne, Berge und Wasser, was will man mehr?»

«Ein besseres Internet?»

«Stimmt. Das wäre noch ausbaufähig.» Sven schaute in Richtung Straße. «Heute lassen sie sich aber ganz schön Zeit. Dabei waren alle Tiere längst verstaut, als ich losgefahren bin.»

«Sven ist einer der Freiwilligen, die zur Brutzeit Tag und Nacht hier am Strand sind und die ausgeschlüpften Babys einsammeln», erklärte Fabienne. «Und sein Geld verdient er, indem er aus dem Plastikmüll, den das Meer anschwemmt, Pinnen für Surfbretter macht.»

«Das ist sehr nobel von dir», sagte Maya.

Svens blaue Augen blitzten. «Ich bin eben ein hoffnungsloser Weltverbesserer.»

Wenn er sprach, meinte sie, einen vertrauten Einschlag in seinen Worten zu hören. «Kommst du eigentlich auch aus Norddeutschland?»

«Aus Hamburg.»

«Ach!» Maya lächelte. «Genau wie ich. Und Lasse!»

«Dem habe ich es auch zu verdanken, dass ich jetzt auf der Insel lebe. Wir kennen uns noch aus seiner Zeit als Wakeboard-Profi.»

«Lasse war Wakeboard-Profi? Davon hat er mir gar nichts erzählt.»

— 223 —

«Er spricht nicht gerne darüber», sagte Fabienne.

«Wieso nicht?»

Sven grub seine nackten Zehen in den Sand. «Er war nicht nur *ein* Wakeboard-Profi», sagte er. «Eine Zeitlang war er *der* Wakeboard-Profi. Er war *Rider of the Year* 2010 und Platz zwei auf der Weltrangliste. Ein Sieg bei der Weltmeisterschaft hätte ihn ganz nach oben bringen können, und jeder war davon überzeugt, dass er das schaffen würde. Aber zwei Wochen vorher ist er bei einem Trainingssprung gestürzt und hat sich das Kreuzband gerissen. Sponsoren sind abgesprungen, er wurde nicht mehr für Veranstaltungen gebucht. Es war eine beschissene Zeit für ihn damals. Erst nachdem er hierhergezogen ist, ist es wieder aufwärtsgegangen.» Eine Lieferwagenkolonne näherte sich dem Strand, und Sven sprang auf. «Na, endlich!»

Maya schaute zu Lasse, der mit Leon auf den Schultern ebenfalls auf die Ankunft der Wagen wartete. *Heutzutage wird viel zu schnell etwas weggeworfen, weil man es nicht mehr gebrauchen kann*, hatte er gesagt. Hatte er damit nicht nur ihr Baby gemeint? Oder das Holz, mit dem er arbeitete? Hatte er aus eigener Erfahrung gesprochen?

Als Maya merkte, dass ihre Hand schon wieder auf ihrem Bauch lag, nahm sie sie eilig weg.

Die Schildkröten befanden sich in Plastikkisten. Auf ihren Rücken klebten blaue Peilsender, damit später kontrolliert werden konnte, ob sie noch lebten und wo sie sich aufhielten. Eine nach der anderen wurde von Helfern herausgenommen. Vorbei an den Zuschauern, die Spalier standen, traten die Tiere mit den Helfern ihren Weg zurück ins Meer an.

«Möchtest du auch eine tragen?», fragte Lasse, der auf einmal neben ihr aufgetaucht war.

«Wenn ich darf.»

«Aber sicher. Ich habe Sven schon gefragt. Du hast mir doch erzählt, wie gerne du Meeresschildkröten magst.»

Das hatte er sich gemerkt? Maya schaute zu Lasse auf. Seine Haare waren noch feucht, weil er mit Leon schwimmen gewesen war, genau wie sein graues ärmelloses Shirt mit dem verwaschenen Aufdruck, das eng an seinem muskulösen Oberkörper lag. Maya spürte, dass ihr Herzschlag einen Zahn zulegte, und war froh, als Sven kam und sie und Lasse zu einem der älteren und größeren Tiere führte.

«Es ist eine Schildkrötendame», erklärte er ihnen, «und sie ist schon sieben Jahre alt. Touristen haben sie vor ein paar Monaten bei einem Bootsausflug entdeckt. Sie hatte sich in einem alten Fischernetz verfangen und war an der Flosse verletzt. Aber jetzt ist sie wieder topfit.» Er tätschelte dem Tier den Rücken. «Ihr müsst sie zu zweit tragen, für einen allein ist sie zu schwer.»

Er zog das feuchte Handtuch vom Kopf der Schildkrötendame, und als sie ihn hob und Maya mit ihren weisen Augen einen Moment direkt ansah, schien es Maya, als könne das Tier tief in ihr Innerstes schauen. Dabei atmete es tief ein und aus, es klang wie ein Seufzen.

Sven kontrollierte noch einmal den Sitz des Peilsenders, und auf drei hoben Lasse und sie die Schildkröte an ihrem Panzer aus der Kiste. Sie war ganz schön schwer, und sie ruderte wie verrückt mit den Flossen. Maya war froh, dass sie

sie nach ein paar Metern schon in den Sand setzen konnten. Einen Moment lag die Schildkröte da wie ein gestrandeter Wal, dann grub sie ihre Flossen in den Boden und schob ihren großen Körper langsam vorwärts. Erst als die ersten Wellen sie umspülten, beschleunigte sie ihr Tempo. Mit ihrem Sender auf dem Rücken sah sie aus wie ein Miniatur-U-Boot auf dem Weg zu einem unbekannten Ziel.

«Alles Gute!», sagte Maya leise. Die Begegnung mit diesem wunderschönen Wesen hatte sie berührt, und sie schaute dem Tier nach, bis es nicht mehr zu sehen war. Dann bückte sie sich, um eine Muschel aufzuheben, die sie zuvor im Sand entdeckt hatte.

«Schau mal! Was die für eine ungewöhnliche Farbe hat!», sagte sie zu Lasse, der neben ihr stehen geblieben war. Dunkelrote, unregelmäßig geformte Flecken überzogen die cremefarbene Oberfläche der Muschel.

Lasse strich mit dem Zeigefinger über die glatte Schale. «Die Gomanchen nennen sie ‹das Ohr des Meeres›.»

«Das hört sich schön an.» Maya zog ihren Muschel-Beutel aus ihrer Tasche und ließ sie hineinfallen.

«Sammelst du Muscheln?»

«Ich sammele Erinnerungen.» Sie griff in den Beutel, nahm ein paar der größeren Muscheln heraus und zeigte ihm eine davon. «Diese hier habe ich zum Beispiel aus Peru. Sie erinnert mich an eine Busfahrt durch die Wüste. Kilometerlang sieht man nichts als Sand, bis man plötzlich mitten im Nirgendwo einen kleinen grünen Fleck entdeckt. Es ist eine Oasenstadt, und sie heißt Huacachina. Der Sonnenuntergang dort gehört zu den schönsten, die ich je gesehen habe.»

«Hast du deswegen eine Sonne hineingemalt?»

«Ich male in jede Muschel ein kleines Symbol. Sonst könnte ich die Muscheln schon bald nicht mehr auseinanderhalten. Magst du sie dir ansehen?»

Lasse nickte, und sie öffnete den Beutel weit, damit er hineingreifen konnte.

«Was bedeutet der Vogel?»

«Das ist ein Kondor. Die Vögel habe ich bei einer Wanderung durch die Anden gesehen. Sie haben die Morgenthermik für ihre ersten Flüge genutzt, und ich konnte sie beinah spüren, weil sie haarscharf über meinen Kopf hinweggesegelt sind. Ihre Flügelspannweite beträgt fast drei Meter.»

«Hey, du hast ja das Empire State Building in eine hineingemalt! Wo findet man denn in New York Muscheln?»

«Ich habe sie nicht in New York gefunden, sondern auf Staten Island, einer Insel, die direkt vor Manhattan liegt.»

«Kommt man daran vorbei, wenn man mit der Fähre an der Freiheitsstatue vorbeifährt?»

«Genau.»

«Dann kenne ich sie.»

«Du warst auch schon mal in New York? Hat es dir dort gefallen?»

Er nickte. «Ja. Ich war direkt nach dem Abi mit einem Freund dort. Es ist also schon einige Zeit her. Damals hat sogar das World Trade Center noch gestanden.»

«Ich habe mich ziemlich schwer damit getan, die Stadt zu mögen», gab Maya zu. «Vor ein paar Jahren war ich dort, im Advent, und bis zum vorletzten Tag fand ich New York einfach nur laut, hektisch und voller Müll. Ich dachte schon, dass ich ein Bett in die Muschel zeichnen müsste, weil der schönste Moment des Tages für mich derjenige war, wenn ich in mein Hotelzimmer zurückkam.» Maya lachte bei der Erinnerung daran. «Nicht einmal der Baum oder die Eisfläche vor dem Rockefeller Center haben mich besonders beeindruckt. Aber dann bin ich am Morgen vor dem Abflug ganz früh aufgestanden und zum Empire State Building gegangen, und der Anblick von dort oben auf die Stadt war einfach unglaublich. Die Sonne stand noch so tief, dass der Hudson River aussah, als wäre er aus flüssigem Gold, und ich habe mir vorgestellt, auf wie viele Millionen Leben ich gerade hinunterschaue ...» Sie brach ab. «Was ist?», fragte sie Lasse, der sie nun schon seit ein paar Sekunden mit einem ganz merkwürdigen Gesichtsausdruck ansah.

«Nichts.» Er blinzelte. «Ich finde es nur schön, wie du von deinen Reisen erzählst. Weißt du schon, was du in das Ohr des Meeres zeichnest? Eine Schildkröte?»

«Ich bin noch nicht sicher, welche Erinnerung meine schönste wird: die Schildkröte oder unser Tauchgang. Du scheinst ein Händchen für schöne Erlebnisse zu haben.»

Maya lächelte Lasse an, doch der hatte den Kopf abgewandt und schaute aufs Meer hinaus. Maya folgte seinem Blick und sah ein großes Schiff, das in der Ferne die Wellen durchbrach.

«In drei Tagen geht deine Fähre.»

Sie nickte, doch das Hochgefühl, das sie gerade noch verspürt hatte, war plötzlich verschwunden. Nur noch drei Tage. In dieser kurzen Zeit musste sie Tobi finden. Sie musste außerdem Ramon auftreiben und ihn fragen, ob er ihre Mutter gekannt hatte. Und sie musste sich dazu überwinden, noch einmal in aller Ruhe mit Karoline zu sprechen; so viele Dinge waren ungesagt geblieben. Nur noch drei Tage durfte sie auf La Gomera bleiben, auf dieser verrückten Insel, die ihr mitsamt ihren verrückten Bewohnern inzwischen ein wenig ans Herz gewachsen war.

Maya

Fabienne hatte für den Abend ausnahmsweise mal kein Buffet, sondern ein Drei-Gänge-Menü vorbereitet. Gemeinsam mit den Mitarbeitern und den anderen Gästen saß Maya an einer langen Tafel, die unter einem großen Gummibaum aufgestellt worden war. T-Ray lag zu ihren Füßen und gab im Schlaf schmatzende Geräusche von sich. Dabei tapste er mit den Pfoten in die Luft. Auf seinem breiten schwarz-weißen Gesicht lag ein Ausdruck von absolutem Entzücken.

«Bestimmt träumt er von einem saftigen Braten. Genau wie ich.» Bine seufzte.

«Bist du gar keine Vegetarierin?», fragte Maya erstaunt.

«Nein, aber ich tue so, um mir Diskussionen zu ersparen.» Sie kicherte. «Verpetz mich nicht, aber in meinem Kühlschrank horte ich Wurstdosen!»

Maya grinste. «Dein Geheimnis ist bei mir sicher. Ich habe auch schon drüber nachgedacht, mich morgen Abend mal heimlich ins Dorf abzusetzen und mir ein Steak zu bestellen.»

«Das ist eine ganz wundervolle Idee! Ich komme mit!»

Als Vorspeise hatte es heute Abend eine Kaktussuppe gegeben, von der Maya nicht geglaubt hatte, dass sie sie essen könnte, die aber überraschend gut und ein wenig nach Gurken geschmeckt hatte. Es folgten Nudeln in Pilzsoße und die Feigen, die Maya im Garten gepflückt hatte. Das alles war wirklich lecker gewesen, aber nachdem sie mehrere Tage hintereinander rein pflanzlich gegessen hatte, ertappte sie sich dabei, dass sie sogar auf den gutmütigen alten Esel der Finca heißhungrige Blicke warf. Nie hätte sie gedacht, dass es Bine genauso ging.

Auch Karoline saß am Tisch. Sie hatten einander kurz gegrüßt, dann aber nicht weiter miteinander gesprochen. Keiner der Mitarbeiter oder Gäste wäre darauf gekommen, dass sie viele Jahre zusammen unter einem Dach gewohnt hatten. Karoline sah häufig in ihre Richtung, doch Maya drehte immer den Kopf weg. Zu Smalltalk fühlte sie sich bei allem, was im Moment zwischen ihnen stand, nicht in der Lage.

«Wieso bist du gestern eigentlich so schnell aus meiner Meditationsstunde verschwunden?», fragte Bine. Inzwischen waren Palmweinflaschen geöffnet worden, und erste Joints kreisten.

Maya suchte fieberhaft nach einer Ausrede. «Ich musste dringend aufs Klo.»

Bine schaute sie prüfend an.

«Nein, das stimmt nicht», gab Maya zu. Sie senkte die Stimme, weil sie nicht wollte, dass jemand hörte, was sie sagte. «Mir wurde auf einmal alles zu viel, und ich hatte ganz seltsame Gedanken …» Sie brach ab. Bine musste ja nun denken, sie sei völlig überspannt. Dieses ganze esoterische Gedöns fing langsam an, auf sie abzufärben.

Doch Bine nickte nur. «Das passiert bei einer Meditation

oft. Schließlich wirst du mit dir selbst in deiner reinsten Form konfrontiert. Außerdem befinden wir uns auf dieser Insel auf vulkanischem Gebiet. Probleme, die lange unterdrückt wurden, können hier auf einmal hochkochen. Alles wird hier viel intensiver erlebt. Es ist wie ein Verstärker.»

«Ich weiß nicht ... Man kann sich Dinge auch einbilden ...»

«Natürlich. Aber wie schon Agrippa und Paracelsus wussten: *In der Imagination liegt alle Magie.*» Bine nahm einen tiefen Zug von einem Joint und bot ihn dann Maya an, aber sie schüttelte den Kopf. «Glaub mir, es stimmt!», fuhr Bine fort. «Ich lebe jetzt schon so viele Jahre hier, und im Laufe der Zeit habe ich viele Menschen gesehen, die ausgetickt sind. In Deutschland wäre ihnen das vermutlich nicht passiert.»

«Ich denke, dass ich gefestigt genug bin, um so etwas zu vermeiden.» Maya prostete Bine mit ihrem Wasserglas zu. Dabei fiel ihr Blick zufällig auf Karoline, und ein paar Augenblicke schauten sie sich an. Hastig stand Maya auf und verabschiedete sich.

Sie war noch nicht müde. Eine Zeitlang bummelte Maya ziellos durch den Garten, bis sie auf einen Teich stieß, den sie bisher noch gar nicht bemerkt hatte. Ganz verwunschen und ein wenig versteckt lag er inmitten von Bäumen. Eine Fontäne plätscherte. Im Hintergrund hörte Maya leise das Meer rauschen. Hin und wieder quakte ein Frosch. Es war friedlich hier. Doch gleich würden diese Gelbkopfdingsbums-Vögel der Ruhe ein Ende bereiten. Jetzt, wo Maya wusste, dass Vögel die Quelle dieser seltsamen Geräusche waren, freute sie sich jeden Abend richtig auf ihr Kommen.

Sie klangen so fröhlich und voller Leben. Wie sie wohl aussahen? Da sie immer erst nach Einbruch der Dunkelheit herauskamen, würde sie es wohl nie erfahren. Aber auf dieser Insel lag sowieso einiges im Dunkeln ...

Maya setzte sich auf eine Bank und schlug die Beine übereinander. In dieser Stellung spürte sie inzwischen deutlich, wie der Bund ihrer Shorts ihr den Bauch einschnürte. Sie streckte die Beine lang aus. Wenn sie von hier weg war, musste sie unbedingt einen Termin bei einer Beratungsstelle ausmachen. Davor graute ihr fast so sehr wie vor dem Eingriff selbst.

In den letzten Jahren hatte sie fast jeden Tag darüber nachgedacht, was für Menschen ihre leiblichen Eltern wohl gewesen waren. Welche Umstände hatten sie dazu bewogen, sie einem ungewissen Schicksal zu überlassen? In der rosarotesten Version ihrer Vorstellungen waren ihre Eltern bitterarm gewesen und hatten einfach nicht gewusst, wie sie ein Kind ernähren sollten. In der schwärzesten war sie vor der Kirche ausgesetzt worden, weil sie ihren Eltern schlicht und einfach lästig war. Aber selbst in diesem Fall hätten ihre Eltern ihr zumindest die Chance auf ein gutes Leben gegeben. Sie selbst gab dem kleinen Wesen in ihrem Bauch noch nicht einmal die Chance auf überhaupt eins.

Maya rieb sich die Schläfen, weil sie spürte, dass sich ein bohrender Schmerz dahinter auszubreiten begann. Wann tauchte Tobi endlich auf? Sie brauchte seine Bestätigung, musste von ihm hören, dass es in ihrer Situation das Beste wäre, das Baby nicht zu bekommen. Dann würde sie sich besser fühlen. Außerdem war es doch im Moment ohnehin noch nicht mehr als ein Zellhaufen ...

Es raschelte im Gebüsch, dann tauchte Sam auf und kam zu ihr gelaufen. Maya streckte die Hand nach ihm aus. Allmählich musste er sie doch wirklich kennen? Aber der Hund wich wieder einmal vor ihr zurück. Was der arme Kerl wohl Schlimmes erlebt hatte? Sie hatte Lasse nie danach gefragt. Überhaupt hatte sie ihn bisher recht wenig gefragt, obwohl sie sich so oft sahen. In den letzten Tagen waren ihre Gedanken um kaum etwas anderes als um sich selbst gekreist. Genau genommen war das schon seit Jahren so ...

Jetzt hörte sie das Geräusch von Schritten auf dem Kiesweg. Lasse schlenderte am Teich vorbei, die Hände in den Taschen seiner Shorts verborgen. Als er Maya und Sam bemerkte, hielt er einen Moment inne und kam dann zu ihnen.

«Hier bist du also, du Ausreißer!», sagte er zu dem Hund. Dann sah er Maya an.

«Hey!», sagte sie.

«Hey!» Er lächelte.

«Du warst gar nicht beim Essen!», stellte sie fest.

«Ich hatte noch genug im Kühlschrank.» Lasse setzte sich neben sie auf die Bank, und der Hund legte sich vor seine Füße.

«Was ist eigentlich mit seinem Kopf und seinem Auge passiert?»

«Keine Ahnung. Ich habe ihn aus einer Tötungsstation.»

Oh je! «Du scheinst wirklich eine Schwäche zu haben für Dinge, die andere Menschen wegwerfen!» Maya hoffte, dass er das Zittern in ihrer Stimme nicht bemerkte.

«Bisher habe ich es noch nicht bedauert.» Lasse beugte

sich vor und streichelte Sam, der den Kopf auf seine Pfoten gelegt hatte und mit seelenvollem Blick zu ihm aufschaute. Sein Schwanz klopfte auf den Boden, als wollte er die Worte seines Herrchens bestätigen.

Ich schaffe das alles nicht, dachte Maya verzweifelt. Aber sie musste! Etwas anderes blieb ihr ja gar nicht übrig. Mit Sicherheit lag es an der Insel, dass sie so schrecklich dünnhäutig war. Bine hatte ihr ja erklärt, dass sie wegen ihres vulkanischen Ursprungs wie ein Verstärker wirkte. Auch wenn Maya sie gerade noch ausgelacht hatte, hatte sie wahrscheinlich recht. Anders waren die extremen Gefühle, die sie hier überkamen, wirklich nicht zu erklären. Sie richtete sich auf. Sobald sie von hier weg war und den Eingriff hinter sich gebracht hätte, würde sich alles wieder normalisieren. Ihre Entscheidung war richtig. Definitiv! Für Schuldgefühle gab es überhaupt keinen Grund.

«Sven hat mir erzählt, dass du früher Wakeboarder warst?»

Lasse winkte ab. «Ist schon ein paar Jahre her.»

«Ich weiß. Er hat mir auch erzählt, dass du dich kurz vor der Weltmeisterschaft verletzt hast.»

«Ja, dumm gelaufen!» Lasse lehnte sich zurück und schlug ein Bein über das andere.

«Hast du dich nach dem Unfall wieder aufs Board gestellt?»

«Klar. Direkt, nachdem ich aus der Reha kam. Ich wollte wieder ganz nach oben kommen. Aber die Furchtlosigkeit war weg, das Gefühl, unbesiegbar zu sein, und das hat sich auf meine Sprünge ausgewirkt ... Eine Zeitlang hat mir das ziemlich den Boden unter den Füßen weggezogen. Ich hing nur noch auf Partys rum, habe zu viel getrunken ...»

... Frauen gehabt, fügte Maya im Geist dazu, und sie merkte, dass ihr diese Vorstellung überhaupt nicht gefiel.

«Aber ich hatte das große Glück, zur richtigen Zeit den richtigen Menschen zu treffen. Er hat mich dazu überredet, nach La Gomera zu ziehen, mir eine Wohnung besorgt und einen Job.»

«Als Schreiner?»

«Nein. Zuerst habe ich bei jemandem gearbeitet, der Wakeboards baute. Damit kannte ich mich ein bisschen aus. Irgendwann hat mich geärgert, dass bei der Arbeit so viel Holz übrig blieb und einfach weggeworfen wurde. Da habe ich mir überlegt, was ich damit anfangen könnte. Zuerst habe ich nach der Arbeit Bilderrahmen daraus gemacht, später Möbel. Irgendwann konnte ich davon leben.»

«Das ist eine ziemlich coole Geschichte. Fast schon hollywoodreif.» Maya zwinkerte Lasse zu.

«Na ja, es geht so. Aber zumindest zeigt sie, dass es irgendwann immer wieder aufwärtsgeht.»

Oh ja! Maya seufzte leise. Ob ihre Geschichte auch ein solches Happy End bekommen würde? «Fährst du eigentlich hin und wieder noch Wakeboard?»

«Nein.»

«Weil du Angst hast, dich wieder zu verletzen?»

Er schüttelte den Kopf. «Die Zeiten sind einfach vorbei. Vor ein paar Jahren habe ich mit Kickboxen angefangen. Das mache ich immer noch. Aber nur zum Spaß.»

Daher also sein gestählter Body. Es hätte sie auch gewundert, wenn er den nur vom Sägen und Hämmern bekommen hätte. Sie musste sich eingestehen, dass ihr bei der Vorstellung, wie Lasse in Boxermontur und mit Schweißperlen auf dem nackten Oberkörper um einen Gegner herumtänzelte, gleich ein wenig heißer wurde. Auch das hatte bestimmt mit dem vulkanischen Ursprung der Insel zu tun.

Hoffentlich!

Maya

Die Dämmerung hatte eingesetzt, und der erste Gelbschnabel-Sturmtaucher sauste mit lautem *Eiaeia* über Lasse und Maya hinweg. Wie immer löste er eine Kettenreaktion aus, und schon bald ertönte überall Juchzen und Keckern.

«Diese verrückten Vögel!», sagte Lasse. «Ich habe ein wenig gebraucht, um mich an sie zu gewöhnen.»

Maya zog ihre Knie an und umschlang sie mit beiden Armen. «Es ist echt schön hier am Teich. Aber ihr solltet hier ein paar Solarlampen aufstellen.»

«Vielleicht», sagte er, aber dann verzogen sich seine Lippen zu einem provozierenden Lächeln. «Aber vielleicht reicht es auch schon, wenn du dich auf das konzentrierst, was da ist, anstatt auf das, was fehlt.»

Maya wollte schon zu einer spitzen Bemerkung darüber ansetzen, was für ein unglaublicher Idealist er doch war, aber dann lachte sie stattdessen auf. «Du hast recht», sagte sie und zog eine Grimasse. «Ich bin wirklich ein ziemlicher Miesepeter geworden!» An diesem magischen Teich, der zunehmend von tintenblauer Dunkelheit eingehüllt wurde, und mit Lasse neben sich fiel es ihr überraschend leicht, das auszusprechen. «Als ich mit dem Reisen angefangen habe, war das noch anders. Ich wollte einfach nur mög-

lichst viel sehen von der Welt, und es hat mich oft umge-
hauen, wie schön sie ist. Ich habe dir ja von der Wüsten-
stadt erzählt, von den Kormoranen und dem Empire State
Building. Aber es gab noch viel mehr schöne Erlebnisse.
Ich war zum Beispiel zur Kirschblüte in Japan, als alles ein
einziges rosa Feenland war. Ich habe auf dem Basecamp
des Mount Everest in den Nachthimmel geschaut und mir
gedacht, dass ich den Sternen und dem Mond noch niemals so nah gewesen bin. Und ich habe an der Antarktis inmitten von Pinguinen gestanden. Sie waren auf der Suche
nach Brutplätzen und hatten überhaupt keine Angst vor
mir, weil sie mit Menschen gar nichts Böses verbinden.
Aber inzwischen habe ich so viel gesehen, dass ich richtig
abgestumpft bin. Immer, wenn ich irgendwo bin, bin ich
in Gedanken schon bei der nächsten Reise, überlege mir
noch ausgefallenere Ziele und noch krassere Aktionen ...
Es tut mir leid, ich rede zu viel!» Maya setzte sich wieder
gerade hin. «Das ist so eine Reiseblogger-Krankheit, andere mit Erzählungen aus ihrem Leben vollzutexten. Und
du denkst jetzt bestimmt: *Mann, was ist die denn für ein
Jammerlappen! Kann von ihrem Traumberuf leben und ist
trotzdem nicht zufrieden, will immer noch mehr haben ...!*»
Sie seufzte. «Es kotzt mich ja selbst an.»

Lasse schüttelte den Kopf. «Das ist schon okay. Ich
weiß selbst, wie zermürbend es ist, ständig Angst haben
zu müssen, dass einen andere überholen. Dass man Fans
verliert, dass Sponsoren abspringen ... Ich weiß allerdings auch, dass die Leute, für die man sich den Arsch auf-
reißt, einen mit demselben nicht mehr anschauen, wenn
man auf einmal nicht mehr so funktioniert, wie sie es von

einem erwarten.» Er sagte das ohne jede Bitterkeit. «Es ist anstrengend, immer unterwegs sein zu müssen und nicht anhalten zu können.»

«Nicht alle, die wandern, sind verloren ...», sagte Maya. «Das ist von Tolkien, nicht von mir», fügte sie verlegen hinzu. «Und ja, manchmal finde ich es anstrengend. Und ehrlich gesagt auch ein bisschen deprimierend.» Ihr Blick glitt über den Schriftzug auf ihrem Unterarm. «Aber deprimierend ist Stillstand auch. Und dazwischen habe ich noch nichts gefunden.» Maya zog das Knie an und nestelte an ihrem Schnürsenkel. «Wie bist du eigentlich zu deinen ganzen Tattoos gekommen?»

«So ähnlich wie du zu deinem Beutel mit den Muscheln. Als ich noch Wakeboard gefahren bin, kam ich auch unheimlich viel herum, und irgendwann habe ich damit angefangen, mir an Orten, die mir besonders gut gefallen haben, eins stechen zu lassen. Insofern war der Unfall vermutlich das Beste, was mir passieren konnte. Sonst würde ich inzwischen vielleicht schon aussehen wie ein lebendes Gesamtkunstwerk.» Er grinste schief und tippte auf einen stilisierten Anker auf seinem Arm. Er befand sich zwischen einer Uhr und einem mit Blüten und Schnörkeln verzierten Totenkopf. Dieses Motiv hatte Maya in Mexiko schon häufig gesehen. «Den Anker hier habe ich mir als Letztes stechen lassen», sagte Lasse. «Bei einem Tätowierer im Valle, ein paar Wochen nachdem ich hierhergezogen bin. Er steht dafür, dass ich meinen Heimathafen gefunden habe.»

«Dann kannst du dir also nicht vorstellen, wieder von hier wegzugehen?»

«Nein. Ich mag all die verrückten Vögel, die auf der Insel

leben – die tierischen und die menschlichen. Ich mag es, dass hier fast immer die Sonne scheint und dass ich es nur ein paar Schritte bis zum Meer habe...»

Die Begeisterung, mit der er über La Gomera sprach, war schön, aber sie machte Maya auch nachdenklich. «Ich wünschte, ich hätte einen solchen Ort auch schon gefunden.» Sie griff nach dem Anhänger um ihren Hals. «Einen Ort, an dem Stillstand für mich erträglich ist und an dem ich Erinnerungen finde, ohne dafür um die halbe Welt zu reisen. *Bleiben will ich, wo ich nie gewesen bin.* Das hat Thomas Brasch, ein deutscher Dichter, mal geschrieben.» Sie schaute zu Boden. Inzwischen war es so dunkel geworden, dass ihre weißen Turnschuhe auf dem schwarzen Untergrund aussahen wie kleine Eisberge. «Genauso fühle ich, seit ich erfahren habe, dass mein ganzes Leben auf einer einzigen Lüge aufgebaut ist.»

Eine Zeitlang saßen sie still nebeneinander, und das Keckern der Sturmtaucher über ihren Köpfen war das einzige Geräusch. Dann sagte Lasse leise: «Ich bin mir ganz sicher, dass du deinen Hafen irgendwann auch noch finden wirst. Du musst nur noch etwas Geduld haben.»

Maya nickte. «Danke», sagte sie. «Danke, dass du mir zugehört hast und dass du mich mit zum Tauchen und zu den Schildkröten genommen hast. Danke für alles.» Sie hob den Kopf. Seine schönen braunen Augen waren gar nicht so weit von ihr entfernt und auch nicht seine weichen, geschwungenen Lippen. Auf einmal fragte sie sich, wie es wohl war, ihn zu küssen. Sie räusperte sich. «Ähm, ich gehe jetzt am besten in meine Hütte. Es ist schon spät.»

«Ja, das mache ich auch», sagte Lasse. «Also, in meine Hütte gehen, meinte ich.» Er bewegte sich nicht.

«Gut. Bis morgen!» Auch Maya blieb sitzen.

«Bis morgen!»

Ihre nackten Knie berührten einander fast, und immer noch sahen sie einander an. Maya hätte ihre Augen gerne von ihm abgewendet, doch er ließ ihren Blick nicht los. Er hatte so eine ganz spezielle Art, sie anzuschauen, die ihre Knie weich werden ließ, die ihr die Luft nahm, sie komplett verwirrte...

Ach, was soll's!, dachte Maya. Sie wollte heute Nacht nicht allein sein, und wenn er es auch nicht sein wollte, was sprach dann dagegen?

«Weißt du, eigentlich bin ich noch gar nicht müde», sagte sie.

«Ich eigentlich auch nicht.» Lasses Shirt spannte sich über seinem Brustkorb.

«Na, dann ...» Maya legte eine Hand in seinen Nacken und zog ihn zu sich herunter. Einen Moment zögerte er, doch dann erwiderte er ihren Kuss. Maya blendete alle Gedanken aus, dass es falsch war, was sie gerade tat, dass sie sich damit Schwierigkeiten einhandelte und dass sie noch mehr Chaos in ihrem Leben wirklich nicht gebrauchen konnte. Was in diesem Augenblick zählte, waren nur Lasses Lippen auf ihren, seine Hände in ihrem Haar und auf ihrem Rücken. Als er sie unter ihr Top schob, stöhnte sie leise auf. Er fühlte sich so gut an, er schmeckte so gut, und er roch so gut. Sie konnte überhaupt nicht damit aufhören, ihn zu küssen und zu berühren.

Irgendwann taumelten sie eng umschlungen zu seiner

Hütte hinüber. Kaum war die Tür hinter ihnen ins Schloss gefallen, zerrte Maya ihm sein Shirt über den Kopf, er befreite sie von ihrem Top, und als seine Finger ihren Bauch hinunterglitten, um den Knopf ihrer Shorts zu öffnen, spannte sich ihr ganzer Körper vor Begehren an. Maya schob Lasse auf sein Bett, das sich mit einem empörten Ächzen zu Wort meldete. Plötzlich hielt er inne, hob den Kopf und sah sie an.

«Was ist?», keuchte Maya.

«Kann ich ... ähm ... ich kann doch nichts ... kaputt machen, oder?»

«Nein, das kannst du nicht.» Maya nahm sein Gesicht in ihre Hände und sah ihm in die Augen. Zumal sowieso bald nichts mehr da sein wird, dachte sie. Für einen Moment spürte sie das überwältigende Gefühl des Verlusts. *Hör auf zu denken!*, befahl sie sich und küsste Lasse erneut.

Langsam und vorsichtig drang er in sie ein. «Hey! Ich bin nicht aus Zucker!», wollte sie protestieren, aber sie tat es nicht. Denn wenn sie ganz ehrlich war, dann fand sie es schön, wie behutsam Lasse sich in ihr bewegte und wie zärtlich er sie dabei küsste. In diesem Augenblick konnte sie sich einbilden, dass das, was gerade geschah, nicht nur Sex war, sondern dass es eine Bedeutung hatte. Für sie beide. Was natürlich Blödsinn war ... Sie kannten sich schließlich kaum, und wenn sie sich in ein paar Tagen voneinander verabschiedet hätten, würden sie sich nie wiedersehen. Aber manchmal tat es einfach gut, sich beschützt, umsorgt und begehrt zu fühlen. Maya zog Lasse noch ein wenig enger an sich.

Als sie später völlig außer Atem nebeneinanderlagen, kuschelte sie sich an ihn, und während sich ihr Herzschlag langsam beruhigte, schlief sie in seinen Armen ein.

Karoline
El Guro, April 1986

Die Glocke ertönte. Karoline legte seufzend ihren Stift weg und stand vom Schreibtisch auf. Wenn das so weiterging, würde sie wohl niemals mit dem Psychologiestudium fertig werden. Seit sie Hamburg verlassen hatte, führte sie es als Fernstudium weiter. Das bezahlte sie von dem Geld, das sie von Papa geerbt hatte. Genau wie die Miete für den kleinen Laden im Valle, wo Alejandro nun seine Keramiken und Plastiken verkaufte. Hier hatte sie sich im Hinterzimmer ein Arbeitszimmer eingerichtet.

Überrascht stellte sie fest, dass es kein Tourist war, der den Laden betreten hatte, sondern Xabi.

«Was kann ich für dich tun?», fragte sie ihn.

«Ich möchte mich ein bisschen umsehen.» Lässig schlenderte er durch den Laden. Obwohl Karoline ihn nicht besonders mochte, musste sie zugeben, dass er mit seinem schlanken, drahtigen Körper und den ebenmäßigen Gesichtszügen ein bemerkenswert gutaussehender Mann war. Er blieb vor einer Vitrine mit Wandtellern stehen. «Ich habe gehört, das Geschäft läuft gut?»

«Ja, das tut es.» Es könnte sogar noch viel besser laufen, dachte sie. Aber dazu müsste Alejandro endlich seine Stelle als Gärtner bei Xabis Vater aufgeben und sich ganz seiner Kunst widmen. Allerdings würde das bedeuten, sich von ihr unterstützen zu lassen, bis seine Plastiken und Keramiken genug einbrachten, um ausschließlich davon zu leben. Und dazu war dieser spanische Macho zu stolz. Den Laden hatte sie nur mieten dürfen, weil sie ihn auch für sich nutzte.

«Suchst du etwas Bestimmtes?» Die Auswahl an Vasen, Schüsseln und Tellern war über die Sommermonate ziemlich zusammengeschrumpft, weil Alejandro gar nicht so schnell neue töpfern konnte, wie sie ihm die Touristen aus den Händen rissen.

Xabi blieb vor der Büste stehen, die Alejandro von ihr angefertigt hatte. Karoline hatte sie nur als Musterstück ausgestellt, weil alle anderen wieder einmal verkauft waren. Nie würde sie sich von ihr trennen.

Xabi betrachtete sie lange. «Du bist wirklich eine schöne Frau», stellte er dann fest. «Wie viel kostet sie?»

«Sie ist unverkäuflich.»

«Wieso steht sie dann im Laden?»

«Betrachte sie als Dekorationsstück.»

Er nickte. «Du bist also jetzt mit unserem Gärtner zusammen. Ich habe gehört, du wohnst auch bei ihm.» Seine Lippen kräuselten sich.

«Ja, und?», fragte Karoline gereizt. Sein herablassender Tonfall ging ihr auf die Nerven.

«Es muss eine ganz schöne Umstellung sein, wenn man bedenkt, wie du vorher gelebt hast.»

Dieser Ansicht war Mama auch. Sie war außer sich gewesen, als Karoline ihr eröffnet hatte, dass sie gleich nach dem Grundstudium zu Alejandro nach La Gomera ziehen würde. Sie sah ihre Tochter schon mittellos und schwanger auf der Straße sitzen. Wenn Karoline ehrlich war, hatte sie selbst Angst vor dieser Vorstellung. Wenn Alejandro doch nur etwas ehrgeiziger wäre! Sie musste unbedingt schneller studieren, um endlich selbst etwas zu ihrem Lebensunterhalt beitragen zu können. Im Moment arbeitete sie samstags an einem Marktstand. Aber das, was sie dort verdiente, war viel zu wenig, um dauerhaft über die Runden zu kommen, und selbst wenn Alejandro seinen Touristenkitsch weiterhin so gut verkaufte, würde das Geld, das Papa ihr vererbt hatte, nicht ewig reichen.

Xabi hatte seinen Rundgang beendet und trat nun nahe an sie heran.

«Ich möchte deinem Alejandro ein Angebot machen», sagte er, und Karoline nahm überrascht den Alkoholgeruch seines Atems wahr. Sie hatte ihn nicht als jemanden eingeschätzt, der um diese Uhrzeit schon etwas trank.

«Und das ist?», fragte sie.

«Ich möchte sein Mäzen werden.»

Karoline schnappte nach Luft. «Du möchtest ihn finanzieren?»

«Ja, aber natürlich nicht ohne Entgelt. So selbstlos bin ich nicht.» Xabi lachte auf. «Ich möchte an seinen Verkäufen beteiligt werden. Im Gegenzug dazu werde ich ihn mit einer monatlichen Summe unterstützen, bis er als Künstler bekannt ist.»

«Ich wusste gar nicht, dass du dich für Kunst interessierst.»

«Ich interessiere mich für alle Dinge, die Geld bringen.

Und hier sehe ich Potenzial. Zumindest, wenn er bereit ist, nach Barcelona zu gehen. Auf der Insel kann nichts aus ihm werden.»

Nach Barcelona! Karoline horchte auf. Bevor sie nach La Gomera gezogen war, hatten Alejandro und sie dort einige Tage verbracht. Die Stadt am Meer hatte sie sofort für sich eingenommen. Nicht nur, weil Barcelona wunderschön und voller Geschichte war. Die Stadt besaß auch eine sehr lebendige Kunstszene. Und eine Universität.

«Ich werde Alejandro von deinem Angebot erzählen», sagte sie.

Nachdem Xabi gegangen war, fiel es Karoline schwer, ruhig auf dem Stuhl sitzen zu bleiben und sich auf ihr Studium zu konzentrieren. Immer wieder wanderten ihre Gedanken zu dem, was Xabi gerade gesagt hatte. Dass Alejandro nach Barcelona gehen müsse. Dann könnte sie mit ihm gehen, und sobald ihr Spanisch gut genug wäre, könnte sie sich dort an der Uni einschreiben!

Nur zu gern hätte Karoline ihren Studierraum im Hinterzimmer dieses Ladens gegen einen Hörsaal eingetauscht! Sosehr sie es liebte, mit Alejandro zusammen auf La Gomera zu leben, sie vermisste den Austausch mit Professoren, Dozenten und Kommilitonen. Sie faltete die Hände und presste sie fest zusammen. Hoffentlich gelang es ihr, Alejandro davon zu überzeugen, Xabis Angebot anzunehmen!

Maya

Maya spürte etwas Feuchtes an ihrer Hand. Sie blinzelte. Sam stand neben dem Bett, schnüffelte an ihren Fingern und schaute sie aus seinem einen Auge an.

«Na du!», sagte sie verschlafen. Erst im nächsten Moment realisierte sie, wo sie war.

Maya drehte sich um. Lasse lag neben ihr auf dem Bauch. Ein Bein hatte er angewinkelt, sein Kopf lag entspannt auf seinem Arm. Oh nein! Sie rutschte ein Stück zur Seite, um Abstand zwischen sich und ihn zu bringen. Der süße Rausch der gestrigen Nacht war fort, und zurück blieb kalte Ernüchterung.

Was hatte sie sich nur dabei gedacht, mit ihm zu schlafen? Hatte ihr der One-Night-Stand mit Tobi – und seine Folgen – nicht gereicht? Maya vergrub ihr Gesicht in den Kissen. Dann stand sie so leise wie möglich auf und sammelte ihre Kleider ein. Überall auf dem Boden lagen sie verstreut. Sam schaute sie fragend an.

«Psst.» Maya legte einen Zeigefinger an ihre Lippen und schlich hinaus. Am indigofarbenen Nachthimmel zeigten sich bereits erste helle Schlieren, und es würde nicht mehr lange dauern, bis die Sonne aufging. Im Schutz des Paravents zog Maya sich an.

Lasse kam aus der Hütte, als sie gerade ihren BH geschlossen hatte. Mist!

«Was machst du hier draußen?» Er rieb sich mit einer Hand den Nacken. Seine Haare waren vom Schlaf ganz zerzaust.

«Ich konnte nicht schlafen. Tut mir leid, dass ich dich geweckt habe. Ich habe versucht, leise zu sein.»

«Das warst du. Aber ohne dich war es auf einmal so kalt.» Er lächelte schief. «Komm wieder rein! Ich bin jetzt sowieso wach.»

Sie schüttelte den Kopf. «Ich gehe lieber zu mir rüber.»

«Okay», sagte Lasse nur, aber er sah sie weiter abwartend an.

Maya senkte den Blick. «Tut mir leid, aber ich bin nicht so der häusliche Typ.»

Sam winselte, als würde er die Anspannung spüren, die in der Luft lag. Die Stirn hatte er in kummervolle Falten gelegt. «Was machst du denn nur für Sachen?», schien er mit seinem Blick zu sagen.

«Schon gut, du bist mir keine Rechenschaft schuldig», sagte Lasse kühl.

«Ich weiß. Und es ist auch echt nicht so, dass ich die letzte Nacht nicht schön gefunden hätte. Sie *war* schön. Aber ... aber ich möchte mich an nichts und niemanden binden. Das macht vieles einfacher.»

«Und einsamer.»

Maya zuckte mit den Schultern. «Vielleicht.» Aber zumindest konnte man nicht verletzt werden.

Zurück in ihrer eigenen Hütte, kroch Maya unter die Decke und rollte sich zusammen. Vielleicht konnte sie gleich wieder einschlafen. Mit etwas Glück würde sie dann aufwachen und feststellen, dass sie die letzten Stunden nur geträumt hatte. Aber es gelang ihr einfach nicht. Ihre Gedanken drehten sich wie ein buntes Windrad, dessen Farben bei zunehmender Geschwindigkeit miteinander verschmolzen. Irgendwann war alles nur noch ein einziger Strudel. Resigniert schlug Maya die Bettdecke zurück. Sie musste aufstehen, und am besten musste sie raus aus dieser engen Hütte, sonst würde sie verrückt werden. Wie von selbst schlugen ihre Füße den Weg zum Meer ein.

«Guten Morgen!», rief Bine ihr zu. Sie saß auf der Mauer, die die Finca vom Strand trennte, und T-Ray lag neben ihr. «Es gibt also noch andere Frühaufsteher als uns. Ich gebe gleich eine Meditation.»

Maya stöhnte. Sie wäre jetzt gerne ein bisschen allein gewesen. Aber sie wollte die ältere Frau nicht vor den Kopf stoßen, deshalb ging sie zu ihr, um zumindest ein paar Worte mit ihr zu wechseln. Vielleicht konnte sie Bine auf Karoline ansprechen und sie fragen, woher sie sich kannten. Allerdings wusste sie nicht, wie sie das Thema darauf bringen sollte.

«Ich habe mir gerade mein Frühstück gepflückt.» Bine hielt ihr eine Schüssel mit Obst hin. «Möchtest du auch etwas?»

Maya griff zu. «Schmeckt ein bisschen wie Popcorn», sagte sie, nachdem sie eine rote Beere gekostet hatte.

«Das sind Jamaica Cherrys. Sie sind köstlich, nicht wahr?» Bine nahm sich selbst auch eine. «Ein paar Dinge vermisse ich an Deutschland, Schnee zum Beispiel, aber das Obst vermisse ich nicht. Das, was dir dort im Supermarkt als Mangos und Bananen verkauft wird, ist eine Zumutung. Möchtest du dich ein bisschen zu T-Ray und mir setzen?» Sie klopfte auf die Mauer neben sich.

Maya nickte – wenn sie so darüber nachdachte, wollte sie momentan doch lieber nicht allein mit ihren Gedanken sein. Sie setzte sich, und dann schauten sie zu, wie der Himmel am Horizont immer heller wurde.

«Lebst du eigentlich schon immer hier?», fragte sie Bine.

«Nein, erst seit mein Mann gestorben ist. Aber das ist schon lange her. Er hatte Alzheimer, und das letzte Jahr musste er in einem Pflegeheim verbringen. Nach seinem Tod wollte ich nicht länger in Deutschland bleiben.»

«Das tut mir sehr leid.»

«Mir auch. Der arme Toni! Es war nicht schön anzusehen, wie er immer weniger wurde. Wir kannten uns schon seit unserer Schulzeit, und später haben wir uns ein kleines Unternehmen aufgebaut. Toni und ich haben Mode aus Naturfasern hergestellt. Dieses Kleid hier stammt aus einer meiner früheren Kollektionen.» Bine zupfte an dem zarten Stoff ihres Kleides. Er war mit einem wilden Dschungelmuster bedruckt. «Ich habe die Entwürfe angefertigt, er hat sie fotografiert und die Kataloge gemacht.»

«Ihr hattet Kataloge! Dann könnt ihr aber so klein nicht gewesen sein.»

«Du hast recht.» Bine strich ihr Kleid glatt. «Unsere Mode wird inzwischen in fast siebzig Länder verkauft.»

«Wow! Dann hast du ja ein richtiges Imperium erschaffen.» Dieser Frau gelang es doch immer wieder, sie zu überraschen. Gestern schon mit ihrem unerwarteten Geständnis, dass sie Lust auf ein Steak hatte. Damit, dass sie in ihrem früheren Leben eine erfolgreiche Geschäftsfrau gewesen war, hatte Maya ebenfalls überhaupt nicht gerechnet.

«Ja, das stimmt», sagte Bine, «aber die meiste Zeit verdränge ich es. Viel lieber denke ich an unsere Anfangszeit zurück, als ich noch alle Kleider selbst genäht habe und Toni und ich nur einen einzigen, winzigen Laden hatten.» Sie lächelte ein wenig traurig. «Zum Glück ist unser Sohn in die Firma eingestiegen, als mein Mann nicht mehr dazu in der Lage war, sich um das Geschäft zu kümmern. Als dieses Internet aufkam, ist uns alles über den Kopf gewachsen.» Bine warf T-Ray eine Beere zu, die der Hund mit seinem gigantischen Maul geschickt auffing. «Wir wurden größer und größer. Ich fühlte mich, als würde ich in einem Schneeball feststecken, der mit rasender Geschwindigkeit einen Abhang hinunterrollt und zu einer riesigen Lawine wird. Auf einmal hatte sich alles verselbständigt.»

«Das kann ich gut nachvollziehen. Es ist wie mit meinem Reiseblog. Zuerst war er nur eine Art Internet-Tagebuch, damit ich mich auf meinen Reisen nicht so allein fühlte. Aber inzwischen ist er einer der größten in Deutschland, und ich bekomme fast alle meine Reisen gesponsert. Dadurch ist jetzt alles extrem durchgeplant. Ich weiß zum Beispiel jetzt schon, dass ich dieses Silvester auf Föhr verbringen werde. Der Besitzer eines Wellnesshotels hat mich eingeladen.»

«Ach! Ein Silvester an der Nordsee, das hört sich doch wunderbar an. Und wie schön, dass du überhaupt nichts dafür bezahlen musst», sagte Bine. «Du musst sehr gut sein in dem, was du tust.»

Maya zuckte mit den Schultern. «Am Anfang fand ich das alles super, endlich keine Geldsorgen mehr, und ich konnte unheimlich viel erleben ...» Sie seufzte. Und dann erzählte sie Bine von den Muscheln, die sie von überall auf der Welt als Erinnerung mitnahm. «Aber inzwischen ist mir dieser Beutel fast ein bisschen zu schwer geworden», endete sie.

«Dann wirf die Muscheln ins Meer zurück», riet ihr Bine, «und mach einfach was anderes!»

Maya schüttelte den Kopf. «Das ist nicht so einfach.»

«Ach, Liebes, wann ist es das jemals.» Bine hatte eine Banane hervorgeholt, schälte sie und gab die Hälfte davon T-Ray. «Was mich nach dem Tod meines Mannes getröstet hat, war der Gedanke, dass wir – wenn wir ganz ehrlich sind – doch meistens alle Trümpfe in der Hand haben. Wir müssen sie nur ausspielen! Wir können weggehen, Umwege machen, stolpern, fallen, wieder aufstehen und weitergehen. Letztendlich ist es immer möglich, neu anzufangen.» Eine Feder wehte heran, vielleicht stammte sie von einem dieser Gelbschnabel-Sturmtaucher. «Und ich bin fest davon überzeugt, dass der Wind dafür sorgt, dass wir letztendlich an genau den Ort gelangen, der in diesem Moment der richtige für uns ist.» Bine fing die Feder auf und gab sie ihr.

Maya fuhr mit dem Finger über ihren Schaft und betrachtete sie versonnen. Auf diese Finca hatte der Wind eine ganze Menge Menschen geweht. Bine, Fabienne, Lasse, Karoline ... Alle hatten ihre Päckchen zu tragen. Und alle hatten es geschafft weiterzumachen ... Sie steckte die Feder ein.

«Huhu!», rief Bine auf einmal und winkte jemandem zu.

Maya schaute auf. Am Strand wanderte eine einsame Gestalt. Dreadlocks baumelten ihr fast bis zur Taille, und sie trug nichts außer einem roten Rucksack.

Maya sprang auf. «Ramon! Warte! Ich muss mit dir reden.»

Der Hippie blieb stehen und beobachtete, wie Maya über die Felsen auf ihn zulief. Dann drehte er sich abrupt um und fing an zu rennen.

Maya

Oh nein! So ein Mist! Sie war zu forsch vorgegangen. Dabei hatte Bine ihr doch gesagt, dass Ramon sehr schüchtern war. Dass sie aus ihrer ersten Begegnung überhaupt nichts gelernt hatte ... Auch Maya setzte nun ebenfalls zum Sprint an.

«Bleib stehen, Ramon! Ich möchte dich doch nur etwas fragen!», schrie sie. Was zum Teufel hieß das auf Spanisch? *«Quiero preguntarte algo?»* War das richtig? Sie hatte keine Ahnung. Ihre Lunge war bereits nach wenigen Metern kurz vorm Platzen, ihr Herz raste. Maya wusste nur eins: dass sie ihn einholen musste.

Doch obwohl sie Turnschuhe trug und er barfuß war, war das nicht so einfach. Ramon musste Hornhaut wie ein Elefant an den Füßen haben. Er rannte über spitze Steine und kantige Felsbrocken, als wären sie feinster Südseesand. Sein Vorsprung wurde immer größer. Mit Sicherheit wäre er ihr entwischt, doch kurz bevor er die Straße erreichte, drehte er sich noch einmal, ohne anzuhalten, nach ihr um und blieb dabei mit dem Fuß zwischen zwei Steinen hängen. Mit einem Schmerzensschrei hielt Ramon jetzt an und umfasste seinen Knöchel.

Auch Maya blieb stehen. «Ramon, bitte lauf nicht weg!

Ich tu dir auch nichts», sagte sie, die Hände beschwörend erhoben.

Ramon stellte seinen Fuß wieder ab. Den Blick hielt er starr auf sie gerichtet, jede Muskelfaser seines Körpers war angespannt. Maya hoffte, dass er nicht noch einmal wegrennen würde. Sie konnte sich doch nicht auf einen älteren Mann stürzen und ihn festhalten! Schon gar nicht, wenn er nackt war. Aber zur Not würde sie es tun.

Behutsam fragte sie: «Verstehst du mich, Ramon?»

Der Mann nickte kaum merklich.

Maya stieß den angehaltenen Atem aus. «Gut. Ich möchte dich nämlich nur fragen, ob du jemanden gekannt hast. Eine Frau. Sie hieß Hannah, und sie ist bei der Geburt ihres Babys gestorben.»

«Hannah!», wiederholte er. Seine Stimme klang brüchig, als ob er sie nicht besonders oft benutzen würde.

«Ja. Fred … du weißt doch, wen ich meine, oder? Das ist dieser bekiffte Typ mit der Nickelbrille … Fred hat gesagt, dass sie früher in der Schweinebucht gelebt hat. Wie du. Hast du sie gekannt?»

Ramon stand einen Moment lang ganz still da. Dann nickte er wieder. «Sie war meine Freundin», flüsterte er, und eine Träne rollte über seine Wange.

Ramon führte Maya zu dem Friedhof, auf dem Hannah beerdigt worden war. Er lag auf der anderen Seite von El Guro, inmitten eines Palmentals. Bevor sie in den Bus stiegen, der sie dort hinbringen sollte, zog er zu Mayas Erleichterung ein verblichenes Achselshirt aus seinem Rucksack und dazu die pinkfarbene Caprihose, die er laut Bine und

Fred von einem Wäscheständer auf der Finca entwendet hatte. Als sie nebeneinander auf den rissigen roten Kunstledersitzen des Busses saßen, erzählte ihr Ramon, wie Hannah und er sich kennengelernt hatten.

Seine Eltern waren Guanchen, so nannte man die Ureinwohner von La Gomera, und er war in den Höhlen der Schweinebucht geboren worden. Hannahs Eltern gehörten zu den ersten deutschen Aussteigern, die sich Ende der sechziger Jahre auf der Insel niedergelassen hatten. Ihren ersten Sommer auf La Gomera verbrachten sie in den Höhlen der Schweinebucht, wo Ramon mit seiner Familie schon seit seiner Geburt lebte. Erst in dem Herbst, als Hannah zur Schule musste und ihre Eltern beschlossen, in El Guro ein Geschäft aufzumachen, in dem sie ihren selbstgemachten Schmuck verkauften, zogen sie in ein Haus. Aber in den nächsten Sommerferien kamen sie wieder, und auch sonst besuchten Hannah und ihre Eltern die Schweinebucht oft, um dort mit den anderen Höhlenbewohnern in der Sonne zu liegen, Musik zu machen oder im Mondschein zu tanzen. Für Ramon war die Zeit mit Hannah die allerschönste in seinem Leben gewesen.

Die anderen Hippies kamen und gingen, und nur die wenigsten hatten Kinder, sodass er die meiste Zeit ganz allein war. Auch später, nachdem Hannahs Eltern bei einem Steinschlag im Gebirge getötet worden waren und sie selbst längst erwachsen war, besuchte sie ihn noch gelegentlich. Vor allem, wenn sie etwas auf dem Herzen hatte. Und irgendwann hatte sie ihm erzählt, dass sie heiraten würde. Daraufhin war Ramon nach El Guro gefahren, um sich ihren künftigen Mann anzusehen.

«Ich mochte ihn nicht. Wenn er lächelte, dann tat er es nicht mit den Augen», sagte er. «Aber Hannah meinte, er würde sich gut um sie kümmern. Und sie mochte das schöne Haus, in dem sie von nun an lebte, und die vielen bunten Kleider, die er ihr kaufte. Richtig glücklich war sie aber erst, als sie erfahren hat, dass sie ein Baby erwartete. – Dich.» Ramon schenkte ihr ein sanftes Lächeln.

«Das hast du erraten?»

«Ja. Sie hatte ein Muttermal über ihrer Oberlippe, das hast du nicht. Aber abgesehen davon siehst du genauso aus wie sie. Du hast ihre wunderschönen grauen Augen. Auch die Art, wie du dich bewegst, wie du lachst und wie du, so wie jetzt, die Augenbrauen zusammenziehst – all das erinnert mich an meine Hannah.»

Gerührt erwiderte Maya sein Lächeln. Gleichzeitig fühlte sich ihr Herz an, als hätte jemand mit einer Schrotflinte darauf geschossen. Sie hätte Hannah so gern kennengelernt. Aber ihre Mutter war bei ihrer Geburt gestorben. Auch ihre Großeltern lebten nicht mehr, das wusste sie nun. Und das Lächeln des Mannes, der höchstwahrscheinlich ihr Vater war, erreichte seine Augen nicht. Dass sie im Familienlotto den Jackpot geknackt hatte, konnte man wirklich nicht behaupten.

Hannahs Grab befand sich im älteren Teil des Friedhofs, und anders als bei vielen anderen Gräbern war das steinerne Kreuz, auf dem ihr Name stand, frei von Flechten. Ein Strauß verblühter Wiesenblumen steckte in einer Vase. Ramon nahm sie heraus.

«Kümmerst du dich um ihr Grab?»

«Ja. Ich bringe ihr jede Woche Blumen.»

Er verfiel wieder in Schweigen, und auch Maya war nicht nach Reden zumute. Zu sehr bewegte sie der Tod ihrer Mutter, die laut Ramon so lebenslustig und fröhlich gewesen war und die ihrem Todesdatum nach nur 21 Jahre alt geworden war.

«Mein Vater ... lebt er noch?», fragte sie Ramon nach einer Weile und hielt die Luft an.

Ramon schüttelte den Kopf. «Er ist auch hier auf dem Friedhof begraben worden.» Sein Gesichtsausdruck war voller Mitleid.

«Zeig mir bitte das Grab!», bat Maya beklommen.

Xabi Suarez war im neueren Teil des Friedhofs beerdigt worden. Er war erst vor neun Jahren gestorben, und anders als Hannah schien er niemanden zu haben, der sich um seine letzte Ruhestätte kümmerte. Maya zog zwei Disteln aus dem dürren, rissigen Boden.

«Kennst du Karoline?», fragte sie Ramon. «Sie arbeitet auf der Finca.»

Er dachte einen Augenblick nach. «Nein», sagte er dann, «wer ist das?»

«Sie hat blonde Haare und ist ganz schlank. Sie ist so alt wie du, denke ich.»

«Du meinst die Therapeutin.»

Maya nickte.

«Sie ist sehr nett. Manchmal kommt sie zu den Höhlen und bringt mir etwas zu essen mit.»

«Sie hat früher schon einmal hier gelebt.»

Ramon schien mit dieser Information nichts anfangen zu können. Maya stöhnte innerlich auf. So viele Puzzleteile hatte sie inzwischen gesammelt, aber sie ergaben immer noch kein vollständiges Bild.

Maya bat Ramon noch, ihr das Haus zu zeigen, in dem Hannah und Xabi in El Guro gelebt hatten. Anschließend würde sie bei Karoline vorbeigehen. Sie verstand nicht, wieso sie nicht gewusst hatte, dass Hannah mit Xabi verheiratet gewesen war. Das war doch kein großes Geheimnis gewesen. Oder hatte sie Maya auch in dieser Hinsicht angelogen? Und wenn ja, wieso? Maya steckte die Hände tief in die Taschen ihrer Shorts. Das ergab alles keinen Sinn!

Sie hatten die Straße schon erreicht, die vom Palmental zum Künstlerdorf führte, als Ramon plötzlich stehen blieb und die Nase hob, als wäre er ein Tier, das eine Witterung aufnimmt.

«Der böse Geist ist wieder da», flüsterte er mit tonloser Stimme.

Maya runzelte die Stirn. «Was für ein böser Geist?»

«Wir müssen weg!» Ramon griff aufgeregt nach ihrem Arm. «Vor sieben Jahren hat er sich schon einmal heimlich in die Dörfer geschlichen, und da hat er sie in nur wenigen Augenblicken zerstört!»

Nun roch Maya den Rauch auch. «Bestimmt werden nur Gartenabfälle verbrannt.»

«Nein.» Ramons braune Augen waren vor Entsetzen geweitet. «Der Geist. Er ist wieder da. Und dieses Mal will er mich holen.» Ohne ein weiteres Wort drehte er sich um und rannte davon.

Karoline

El Guro, April 1986

Karoline konnte kaum abwarten, bis es endlich Abend war, sie den Laden schließen und Alejandro von Xabis Angebot erzählen konnte. Mit dem kleinen Fiat 500, den sie sich gleich nach ihrer Ankunft auf der Insel vom Geld ihres Vaters gekauft hatte, fuhr sie nach El Guro hinauf. Sie mochte das Dörfchen in den Bergen. Unangenehm war nur, dass man nicht vor dem Haus parken konnte und Einkäufe deshalb stets mühsam zu Fuß transportieren musste. Karoline hatte Alejandro schon angedroht, sich einen Esel zuzulegen.

In El Guro kam ihr Hannah entgegen. Der weite Rock ihres gepunkteten Kleides schwang bei jedem Schritt um ihre schlanken Beine. Es war beneidenswert, wie sie es schaffte, sich in ihren hohen Sandaletten auf dem unebenen Kopfsteinpflaster so elegant zu bewegen, ohne sich den Knöchel zu brechen.

Von Alejandro wusste Karoline, dass Hannahs Eltern zu den ersten Hippies gehört hatten, die sich auf La Gomera niederließen. Bevor sie nach El Guro gezogen waren, hatten sie jahrelang in der Schweinebucht gelebt. Wenn Karoline sich die elegant gekleidete Frau so anschaute, fiel es ihr schwer, das zu glauben. Nur der Holzschmuck, den Hannah mit Vorliebe trug und auch selbst anfertigte, war noch ein Relikt dieser Zeit.

«Hallo Karoline!», begrüßte Hannah sie. «Mein Liebster hat mir erzählt, dass er heute in der Galerie war. Ich hatte ihm gesagt, dass er sich endlich die Zeit nehmen muss, um sich Alejandros Kunstwerke einmal anzuschauen.»

Dann war es also Hannah, der sie Xabis Angebot zu verdanken hatten! Nun, es konnte Karoline egal sein, was dahintersteckte. Solange Alejandro es nur annahm.

«Er ist übrigens ganz begeistert von der Plastik, die Alejandro von dir gemacht hat», erzählte Hannah. «Muss ich eifersüchtig sein?», fügte sie dann schelmisch hinzu.

«Nein. Du weißt doch, dass er dich anbetet.»

Das tat er wirklich. Karoline hatte Xabi immer für einen Lebemann gehalten. Für jemanden, der sich nicht festlegen wollte, auch nicht, was Frauen anging. Aber inzwischen wohnten die beiden sogar zusammen – in einem großen Haus mit eigener Auffahrt. Immer wenn Karoline die beiden zusammen sah, fiel ihr auf, dass er Hannah keinen Moment aus den Augen ließ.

Alejandro behauptete, Hannah hätte Xabi nur geheiratet, um aus dem Hippiemilieu herauszukommen. Anders als ihre Eltern hätte sie sich dort nie wohl gefühlt. Ganz abwegig fand Karoline diesen Gedanken nicht. Xabi musste an die zehn Jahre älter als Hannah sein, und im Gegensatz zu ihr, die immer so fröhlich und lebendig war, hatte er unter seiner glatten Oberfläche manchmal – wenn er sich unbeobachtet fühlte – etwas Düsteres an sich. Nie hätte Karoline sich für einen Mann wie ihn entschieden. Aber um die hübsche Villa mit den Säulen, die etwas oberhalb von El Guro lag, beneidete sie Hannah. Und auch darum, dass sie sich an Xabis Seite um Geld überhaupt keine Gedanken machen musste.

«Ich hoffe so sehr, dass Alejandro sich von Xabi unter die Arme greifen lässt», fuhr Hannah fort. «Er ist unglaublich talentiert. Seit Jahren erzähle ich ihm, dass es eine unglaubliche Zeitverschwendung ist, dass er seine Plastiken nur hier im Valle anbietet. Aber er ist ja leider so ein Sturkopf! Das war er schon immer. Rede ihm gut zu, auf dich hört er. Wenn er ja sagt, dann feiern wir das in dem neuen Restaurant, das im Mirador de Palmajero eröffnet wurde. César Manrique hat es entworfen, und es ist herrlich dort. Ich bin gerade auf dem Weg dorthin.»

Als Karoline zu Hause ankam, saß Alejandros Oma Nuria mit der Hebamme Lucia im Garten. Obwohl die alte Frau im Nachbarort El Calero wohnte und nicht mehr sonderlich gut zu Fuß war, kam sie mehrmals in der Woche hierher, um mit ihrer Freundin bei einer Tasse Milchkaffee, *Café con leche* – und manchmal auch bei einem Gläschen Wein – den neuesten Tratsch auszutauschen. Nun, da Karoline schon recht gut Spanisch verstand, wusste sie das.

Als Nuria Karoline sah, verstummte sie und schaute finster drein. Sie war nicht begeistert davon, dass Karoline bei ihr und Alejandro eingezogen war, und ließ sie das deutlich spüren. Karoline seufzte. Am liebsten wäre sie ins Valle hinuntergezogen. Aber Papas Geld würde nicht bis in alle Ewigkeit reichen, und es war besser, sparsam zu sein.

Aber vielleicht konnten sie die Insel ja wirklich schon bald verlassen und aufs Festland ziehen.

Alejandro war in seinem Schuppen. Als Karoline eintrat, drückte er Ton in eine kleine halbrunde Form. Er war dabei, eine Tasse zu machen.

«Du errätst nie, wer heute im Laden war», platzte Karoline heraus.

«Omar Sharif?» Er grinste.

«Scherzkeks.»

«Sag es mir!»

«Xabi war da.»

Alejandro runzelte die Stirn. «Und was ist so Außergewöhnliches daran?»

«Ich weiß, dass du ihn nicht leiden kannst, ich mag ihn ja auch nicht besonders», sagte Karoline, «aber er hat mir etwas vorgeschlagen.»

«Und was?» Alejandro sah nicht sonderlich begeistert aus.

«Er wäre bereit, dein Mäzen zu werden.»

Alejandros Kopf fuhr hoch. «Du machst einen Witz!»

«Nein! Du weißt doch, dass er durch und durch Geschäftsmann ist. Ihm gefällt, was du machst. Er glaubt, dass du damit eine Menge Geld verdienen kannst, und will dich dabei unterstützen.»

«Und dabei natürlich sein Stück vom Kuchen abbekommen.»

«Ja. Aber so läuft das nun mal in der Geschäftswelt.»

«Die Geschäftswelt ist nichts für mich», erklärte Alejandro barsch.

Karoline stemmte die Hände in die Seiten und reckte das Kinn. «Willst du denn auf ewig so weitermachen? Dich tagsüber für Juan krummlegen und abends bis spät in die Nacht deine Keramiken machen, ohne dass jemals etwas dabei rumkommt?»

«Es kommt etwas dabei rum, denn wir können davon leben, oder?» Alejandros Augen blitzten gefährlich, und Karoline wusste, dass sie jetzt besser nicht weiter in ihn dringen sollte, aber sie konnte sich nicht zurückhalten.

«Aber das kann dir doch nicht reichen!», rief sie aufgebracht. «Möchtest du nicht irgendwann mit dem Touristenkitsch aufhören und dich auf deine Kunst konzentrieren? Du hast so viel Talent.»

«Wenn ich mich dafür von einem Großmaul wie Xabi abhängig machen muss, dann möchte ich das nicht», entgegnete Alejandro fest.

«Momentan bist du von seinem Vater abhängig. Ist das so ein großer Unterschied?»

«Für mich schon. Denn im Gegensatz zu seinem Sohn ist Juan ein netter Mensch.»

«Aber du musst doch wollen, dass deine Plastiken auch einmal von Leuten bewundert werden, die wirklich Ahnung von Kunst haben! Würdest du nicht gerne mal eine Ausstellung geben? Du musst dich doch danach sehnen, endlich die Beachtung zu finden, die du verdient hast», startete Karoline einen letzten, verzweifelten Versuch.

Alejandro stand auf und kam auf sie zu. «Vielleicht reicht mir ja das, was ich habe», sagte er. Als Karoline nichts erwiderte, fügte er scharf hinzu: «Ich bin nicht so ehrgeizig wie du. Finde dich am besten so schnell wie möglich damit ab!»

Karoline drehte sich wortlos um und ging. Mit Sicherheit würde sie sich damit nicht abfinden! Denn sie konnte und wollte sich nicht vorstellen, noch jahrelang mit Nuria zusammen in einem Haus zu leben, neben ihrem Studium Alejandros Keramikzeug an Touristen zu verscherbeln und zusätzlich am Wochenende auf dem Markt zu arbeiten. Heute würde sie nicht weiter zu Alejandro durchdringen. Aber vielleicht morgen. Oder übermorgen. So schnell würde sie nicht aufgeben.

Maya

Ein bisschen überspannt war Ramon ja schon. Kopfschüttelnd stieg Maya weiter die Treppe hinauf. Bei ihrem letzten Besuch in El Guro hatte das Künstlerdörfchen wie ausgestorben gewirkt, jetzt aber herrschte ein ganz schöner Tumult. Was war hier los? Maya sah sich um. Männer und Frauen kamen aus ihren Häusern gerannt, einige hatten Eimer oder Feuerlöscher bei sich. Sie hörte aufgeregte Stimmen, schnappte deutsche und spanische Wortfetzen auf.

«Du bleibst hier, bis ich wiederkomme», herrschte ein Mann mit mächtigem Schnauzbart seinen halbwüchsigen Sohn an, der ihm aus dem Haus gefolgt war. «Und pass auf deine Geschwister auf!»

«Maya! Was machst du denn hier?»

Maya drehte sich um und sah Karoline vor sich stehen. Sie war ungeschminkt und hatte ihre blonden, schulterlangen Haare zu einem unordentlichen Zopf am Hinterkopf zusammengefasst.

«Ich war früh auf und gehe ein bisschen spazieren. Weißt du, was hier los ist?»

«Es brennt in einem Garten am Hang», antwortete Karoline. «Ich bin gerade auf dem Weg dorthin. Bei der Trockenheit, die im Moment herrscht, ist das eine Katastrophe!» Maya konnte die Angst in ihrer Stimme hören. Inzwischen stiegen schon dunkle Rauchschwaden in den türkisblauen Sommerhimmel. Das war ganz sicher nicht der richtige Moment, um Karoline auf ihre leiblichen Eltern anzusprechen. Schon rannte sie den Berg hinauf, und Maya folgte ihr.

Das Feuer war im Garten der Künstlervilla ausgebrochen. Ein Baum stand in Flammen; auch auf das Vordach der Villa war das Feuer schon übergesprungen. Anwohner hatten Eimerketten gebildet, um den Brand zu löschen, andere versuchten es mit Feuerlöschern. Hatte denn niemand die Feuerwehr gerufen?

Karoline marschierte zu dem Mann mit Schnauzbart, der inzwischen am Anfang der Kette stand und Eimer mit einem Gartenschlauch befüllte. «Wie in Gottes Namen ist das passiert?», rief sie.

«Die Kleine, die für Alejandro arbeitet, hat im Garten geraucht und die Zigarette nicht richtig ausgedrückt», antwortete er wütend. Er zeigte mit einem Kopfnicken auf Selma, die nur wenige Meter entfernt von ihnen stand. Sie sah völlig aufgelöst aus. Eine ältere Frau hatte den Arm um sie gelegt und redete beruhigend auf sie ein.

«Wo ist Alejandro?»

Der Mann zuckte mit den Schultern. «Keine Ahnung. Der wird hier irgendwo rumlaufen.»

In der Ferne hörte Maya Sirenen. Nur leise erst, aber schnell wurden sie lauter. Endlich, die Feuerwehr!

«Habt ihr überprüft, ob noch jemand im Haus ist?», rief Karoline aufgeregt. Als der Mann nicht gleich antwortete, eilte sie zu Selma und packte sie an den Schultern. «Wo ist

Alejandro? Jetzt sag schon!» Karoline schüttelte sie. «Ist er noch im Haus?»

«Ich glaube nicht.» Selmas Augen sahen glasig aus. Anscheinend stand sie unter Schock.

«Was heißt das, *du glaubst*?»

Selma blickte an ihr vorbei und stieß einen schrillen Schrei aus. «Da! Da ist er! Gott sei Dank!»

Karolines Kopf fuhr herum, und einen Augenblick lang dachte Maya, dass sie sich in die Arme des Künstlers stürzen würde. Doch Selma war schneller. Sie drängte sich an Karoline vorbei und hängte sich an Alejandros Hals. «Es tut mir so leid, ich wollte das nicht», schluchzte sie. Ihre Stimme ging in den immer lauter werdenden Sirenen unter. «Ich war mir ganz sicher, dass die Zigarette aus ist, aber ...»

Er befreite sich unsanft aus ihrem Griff. «Nicht jetzt, Selma! Ich muss da rein, bevor die ganze Bude in Flammen steht.»

«Bist du verrückt geworden?», herrschte Karoline ihn an. «Was willst du denn holen? Du bist doch bestimmt versichert!»

«Das, was ich holen will, kann man nicht versichern», erklärte Alejandro und ließ sie stehen.

«Bleib hier, du alter Idiot!», rief Karoline aufgebracht. «Du kannst doch wegen ein paar Papieren nicht dein Leben riskieren!» Karoline machte einen schnellen Schritt nach vorn und wollte ihm nacheilen, doch Maya hielt sie fest.

«Jetzt dreh du nicht auch noch durch, Mama!» Das Wort war ihr völlig unbeabsichtigt herausgerutscht.

Karoline schluchzte. Ihr Gesicht war unnatürlich bleich.

So fassungslos hatte Maya sie bisher noch nie erlebt. Auch wenn sie gestern alles andere als freundlich zu ihm gewesen war – gleichgültig war dieser Mann ihr nicht. Sie fragte sich, was zwischen den beiden vorgefallen war … Wann tauchte denn endlich diese blöde Feuerwehr auf?

Auf einmal sah Maya, wie sich Lasse durch die Menge drängte. Er trug Schutzkleidung und Helm der Feuerwehrleute. Bine war bei ihm.

Auch Karoline hatte ihn gesehen. «Lasse!», rief sie schrill. Mayas Augenbrauen schossen in die Höhe. Obwohl es natürlich logisch war, dass sie sich auf der Finca gelegentlich über den Weg liefen, war ihr nie in den Sinn gekommen, dass die beiden sich kannten. «Ich bin so froh, dass du da bist!» Karoline hängte sich an seinen Arm. «Alejandro ist im Haus!»

Lasse warf einen Blick zur Villa, deren Dach inzwischen lichterloh brannte, und stieß einen Fluch aus. «Ich hol ihn! Er muss sofort da raus!», rief er.

«Nein, hör auf mit dem Blödsinn!», protestierte Maya. War denn auf dieser Insel jeder lebensmüde? «Die Feuerwehr kommt doch gleich.» Zumindest hoffte sie es. Die Sirenen waren inzwischen so laut, dass sie sich alle nur noch schreiend verständigen konnten.

Lasse beachtete sie nicht. War es wirklich erst ein paar Stunden her, dass sie engumschlungen miteinander im Bett gelegen hatten?

«Lass ihn, Liebes!», sagte Bine. «Er ist bei der Freiwilligen Feuerwehr. Die haben die jungen Männer im Valle nach dem letzten Feuer gegründet. Er weiß, was er tut.»

Das hoffte Maya sehr.

Endlich kam der Löschzug. Da die Straßen von El Guro zu schmal waren, hatte sich das Feuerwehrauto von der Bergseite her dem Dorf genähert. Sieben Männer rannten auf die Villa zu. Sie zogen Schläuche hinter sich her und hatten Leitern und Äxte bei sich. Karoline rannte sofort zu ihnen und redete aufgeregt auf einen der Feuerwehrleute ein. Der winkte einen Kollegen heran, und die beiden verschwanden ebenfalls im Haus. Maya atmete auf. Hoffentlich holten sie Lasse und auch diesen Alejandro so schnell wie möglich raus!

«Hey, Mädchen!» Der Mann mit dem Schnauzbart stieß sie an. «Komm her, Nelly muss mal abgelöst werden!» Eine Frau mit wildzerzausten Haaren war aus der Kette getreten und rieb sich die Arme. Maya gehorchte. Ohne die Villa auch nur einen Moment aus den Augen zu lassen, reihte sie sich in die Kette ein und reichte mechanisch die vollen Eimer weiter.

«Rück mal ein Stück zur Seite, Liebes!» Bine stellte sich neben sie und packte ebenfalls beherzt mit an. Selbst als Maya einen Moment Pause machen musste, weil ihre Arme sich verkrampft hatten, machte sie unermüdlich weiter. Inzwischen wunderte Maya sich nicht mehr, dass Bine es von der kleinen Näherin und Boutiquebesitzerin zur Herrin über so viele Filialen geschafft hatte. Sie war viel mehr als nur die verschrobene Meditationslehrerin, für die Maya sie anfangs gehalten hatte. Und viel tougher, als man auf den ersten Blick vermutete.

Das Feuer wütete weiter, und über dem Haus hingen dichte Rauchwolken. Ein ganzer Schwung Dachziegel fiel scheppernd herunter und entblößte nacktes Gebälk. Eine der Fensterscheiben im Dachgeschoss zerplatzte mit ohrenbetäubendem Knall, und Flammen züngelten heraus.

Mayas Kehle schnürte sich zusammen. Lasse und Alejandro waren immer noch im Haus. Was machten sie denn nur dadrin?

Sie hatte diesen Gedanken noch nicht zu Ende gedacht, als sie Alejandro auch schon sah. Die beiden Feuerwehrmänner brachten ihn gerade aus dem Haus. Er trug einen vielleicht dreißig Zentimeter großen Gegenstand, den er in ein Tuch gewickelt hatte, und er hielt ihn so vorsichtig, als wäre er aus Glas. Aber wo war Lasse?

Maya spürte, wie ihr Herz anfing zu rasen. Er musste immer noch im Haus sein! Ohne lang zu überlegen, kippte sie sich einen Eimer Wasser über den Kopf und rannte los.

Maya

Bereits als sie sich der Eingangstür näherte, kratzte der Rauch so sehr in ihrem Hals, dass sie anfing zu husten.

Der Feuerwehrmann, der Alejandro gerade nach draußen gebracht hatte, riss sie zurück und schrie sie auf Spanisch an. Als sie nicht reagierte, schimpfte er auf Deutsch: «Was machst du denn für Sachen, Mädchen? Du kannst da nicht mehr rein!» Er zerrte sie zurück zur Straße.

«Aber ein Freund von mir ist noch im Haus», keuchte Maya. «Er ist bei der freiwilligen Truppe.»

«Hier ist niemand mehr drin.»

«Doch! Ich habe selbst gesehen, wie er reingegangen ist!»

«Er ist nicht mehr drin», beharrte der Feuerwehrmann. «Wir haben überall nachgeschaut!»

«Dann habt ihr das nicht gründlich genug getan! Lasse!», brüllte Maya, so laut sie konnte, gegen das prasselnde Feuer an. «Jetzt komm endlich raus!»

«Beruhig dich mal, Mädchen!»

«Nein! Bestimmt ist er verletzt!» Maya kämpfte gegen den Griff des Mannes an, aber er ließ sie nicht los. Das durfte doch nicht wahr sein! Wieso glaubte er ihr denn nicht?, dachte sie verzweifelt. «Sie sind schuld, wenn er stirbt!», schrie sie.

Im Gesicht des Feuerwehrmanns zuckte es. «Gut, ich schaue noch einmal nach», gab er nach. «Aber du bleibst hier!»

«Ja, ich verspreche es!» Inzwischen schluchzte Maya. «Schnell, machen Sie schon!»

Die Hände ineinander verkrampft, blickte Maya zum Dachstuhl hinauf. Obwohl inzwischen noch drei weitere Löschzüge aufgetaucht waren und an die zwanzig Einsatzkräfte ihre Schläuche auf die Flammen richteten, brannte es immer noch lichterloh. Im Garten dagegen war das Feuer zum Glück fast vollständig gelöscht. Der Baum, mit dem das Feuer seinen Anfang genommen hatte, war nur noch ein schwarzes, qualmendes Skelett. Ein paar Feuerwehrmänner schöpften mit Eimern Wasser aus dem Pool und kippten es auf die restlichen Brandherde. Einer der Feuerwehrleute sah aus wie Lasse. Maya kniff die Augen zusammen. Moment! Das *war* Lasse!

Im ersten Augenblick war Maya so erleichtert, dass sie sich ganz schwindelig fühlte. Dann stieg Wut in ihr auf.

Sie stürmte auf ihn zu. «Sag mal, spinnst du!», schrie sie und versetzte ihm einen Stoß gegen die Brust. «Was machst du denn hier draußen? Du warst doch im Haus, um nach Alejandro zu sehen?»

Er sah sie perplex an. «Das hab ich doch. Aber der ist längst wieder draußen.»

«Und wann wolltest du mir das sagen?» Maya stemmte die Fäuste in die Seiten.

«Hast du ihn nicht gesehen? Er ist durch die Haustür raus.»

«Und wo warst du?»

«Ich bin durch die Terrassentür gegangen. Im Garten wurde noch Hilfe gebraucht. – Was regst du dich denn so auf? Und wie siehst du aus?»

«Was meinst du?»

«Du bist ganz nass. Und voller Ruß …»

Maya schaute an sich herunter. Tatsächlich, ihr Shirt und ihre Arme waren schwarz. «Ich war auch im Haus.»

«Du?» Lasse riss erstaunt die Augen auf. «Wieso das denn?»

«Wieso? Was ist denn das für eine bescheuerte Frage?» Maya reckte das Kinn. «Weil das Dach brennt wie eine Fackel und ich mir Sorgen um dich gemacht habe! Ich dachte, du wärst noch dadrin! Ich dachte, du liegst bewusstlos irgendwo rum, weil dir ein Balken auf den Kopf gefallen ist oder weil du keine Luft mehr bekommen hast!»

«Du bist wegen mir ins Haus?»

«Wegen wem denn sonst? Ich hatte Angst um dich, du Idiot!»

So lange war Maya tapfer gewesen. Sie hatte keine Träne vergossen, als sie von ihrer Schwangerschaft erfahren hatte, und auch nicht, als sie am Grab der Frau gestanden hatte, die ihre Mutter war und die sie nie hatte kennenlernen dürfen. Aber nun war all ihre Kraft aufgebraucht. Tränen strömten über ihre Wangen.

Wortlos zog Lasse Maya an sich, und inmitten von Flammen, Feuerwehrleuten und Glutnestern standen sie da und hielten sich fest in den Armen.

Erst Stunden später war das Feuer vollständig gelöscht und auch die letzten Glutnester beseitigt worden. Alle waren erschöpft. Die beiden Frauen aus Alejandros Nachbarhaus saßen auf einer Treppenstufe und hielten sich weinend in den Armen. Ein Mann hatte sich eine Verbrennung zugezogen und musste behandelt werden. Doch plötzlich kam Leben in die Menge, als eine ältere Frau aufstand und den Leuten zurief: «Was sitzt ihr alle hier rum und blast Trübsal? Es ist doch alles gut ausgegangen! Jetzt wird gefeiert!» Es dauerte nicht lange, da fingen die Leute an, Tische und Stühle herbeizutragen und Vorräte aus ihren Kühlschränken zu holen.

Je mehr Wein floss, desto ausgelassener wurde die Stimmung. Die Angst, die alle in den vergangenen Stunden durchlebt hatten, machte Erleichterung und Dankbarkeit Platz.

«Es hätte schlimm ausgehen können», sagte Bine. Wie sich zu Mayas Überraschung herausgestellt hatte, lebte sie gar nicht dauerhaft auf der Finca, sondern zusammen mit Karoline in El Guro. «Bei dem Brand vor sieben Jahren hat das Feuer auf seinem Weg ins Tal 46 Häuser komplett zerstört, und fast hundert sind beschädigt worden.»

Karoline fehlte auf dem Fest, sie hatte sich mit Kopfschmerzen entschuldigt und verabschiedet. Auch Selma konnte Maya nirgendwo entdecken – dafür aber Alejandro. Als sie sich gerade ein Stück Melone mit Schinken nehmen wollte, stand er plötzlich neben ihr. Maya fand, dass er im Vergleich zu ihrem ersten Treffen wie um Jahre gealtert aussah.

«Es tut mir so leid», sagte sie zu ihm. Sein Haus würde auf Wochen unbewohnbar sein. Das Dachgeschoss, wo er einen Großteil seiner Kunstwerke gelagert hatte, war komplett ausgebrannt. «Das ist wirklich ein großer Verlust.»

Alejandro winkte ab. «Das, was mir wichtig war, konnte ich noch rechtzeitig rausholen, und der Rest ...» Er schnaubte. «Im Grunde waren das alles nur Tonklumpen. In den letzten Jahren habe ich nichts Nennenswertes mehr zustande gebracht. Ich bin also ganz froh, dass ich all den Krempel los bin und noch mal von vorne anfangen kann.» Sein Lächeln fiel etwas gezwungen aus.

Erst als es dämmerte, löste sich die ausgelassene Feier nach und nach auf.

«Wir sollten auch allmählich aufbrechen», sagte Lasse zu Maya. Seit ihrer Umarmung waren sie keine Sekunde mehr miteinander allein gewesen.

«Es war ganz schön leichtsinnig von dir, ins Haus zu gehen, um Alejandro rauszuholen», sagte Maya, als sie eine Zeitlang schweigend nebeneinander im Wagen gesessen hatten. «Das hättest du den hauptberuflichen Feuerwehrleuten überlassen sollen.»

Lasse schüttelte den Kopf. «Das konnte ich nicht», sagte er. «Alejandro ist der Mann, von dem ich dir erzählt habe», fuhr er fort, als er Mayas fragenden Blick sah. «Er hat mich auf die Insel geholt, hat mir die Hütte auf der Finca und den Job besorgt.»

Ach! Es war schon seltsam, wie auf dieser Insel jeder mit jedem verbunden zu sein schien. «Wo habt ihr beide euch denn kennengelernt?», fragte Maya.

«In Barcelona. Ich war dort mit ein paar Kumpels im Urlaub und bin an einem Abend total abgestürzt. Irgendwann sind alle ins Hotel zurück, nur ich war noch in der Kneipe.

Irgendwann hat mich der Besitzer rausgeschmissen. Weil ich viel zu besoffen war, um mir ein Taxi zu rufen, habe ich mich einfach in den nächsten Hauseingang gelegt. Wie ein Penner!» Am Spiel seiner Wangenknochen sah Maya von der Seite, dass er die Zähne zusammenbiss. «Dort hat Alejandro mich am nächsten Tag gefunden. Er hat mich mit in sein Haus genommen, mir Kaffee gekocht und sich mein ganzes Gejammer über mein verkorkstes Leben angehört ...» Kurz löste er seinen Blick von der Straße und sah Maya an. «Ich konnte heute nicht einfach darauf warten, bis die Feuerwehr kam.»

«Das verstehe ich.» Maya überlegte, ob sie nach seiner Hand greifen sollte, aber sie traute sich nicht, den ersten Schritt zu machen. Bestimmt war Lasse ihr immer noch böse, weil sie aus seinem Schlafzimmer geflohen war. Er hatte sie nur deshalb so lange und fest im Arm gehalten, weil sie geweint hatte – oder aus Erleichterung, weil die Sache mit dem Feuer noch einmal glimpflich ausgegangen war.

Lasse parkte den Wagen vor der Finca, und gemeinsam liefen sie durch den Garten. Für die *Eiaeias* waren sie zu spät dran, über ihnen spannte sich bereits der Nachthimmel, ein samtblaues Tuch, auf dem erste Sterne funkelten. Nur wenige Fenster im Haupthaus waren erleuchtet, und auch die meisten Hütten lagen im Dunkeln. Es war still. Zu still für Mayas Geschmack. Bestimmt hörte Lasse, wie schnell sie atmete. Und wie aufgeregt ihr Herz klopfte.

Als sie die Weggabelung erreicht hatten, an der sie sich auf dem Weg zu ihren Hütten trennen mussten, blieben sie stehen. Lasse strich ihr mit dem Daumen über die Wange, und allein diese leichte Berührung reichte, um Maya das Gefühl zu geben, gleich in Ohnmacht fallen zu müssen.

«Du musst dringend unter die Dusche», schmunzelte er. «Du siehst aus wie ein Erdferkel.»

Maya nahm ihren ganzen Mut zusammen und hielt seine Hand fest. «Das ist keine gute Idee», sagte sie.

«Nein?»

Sie schüttelte den Kopf.

«Und wieso nicht?»

«Weil ich schon immer mal unter dem Sternenhimmel baden wollte.»

«Wirklich!» Er lächelte, und sein Lächeln wurde immer breiter. «Was für ein Zufall! Ich habe eine Freiluftwanne bei mir im Garten stehen ...»

«Ich weiß.» Vor Erleichterung fühlten sich Mayas Knie plötzlich ganz weich an. «Und ich hoffe sehr, dass du mich dorthin einlädst.» Sie stellte sich auf die Zehenspitzen, schlang ihre Arme um seinen Hals, und als ihre Lippen sich berührten, fühlte sich zum ersten Mal seit langer Zeit etwas genau richtig an.

Später lagen sie gemeinsam in der Badewanne. Lasse hatte seine Arme von hinten um sie geschlungen, und Mayas Kopf ruhte auf seiner Schulter. Besonders warm war das Wasser nicht, aber das machte nichts – sie wollte noch nicht aufstehen. Maya schaute in den Himmel hinauf. Inzwischen war er schwarz wie Tinte und von Millionen winziger Leuchtsplitter übersät, alle in unergründlicher Entfernung. Ein Flugzeug zog vorbei, ein unruhig blinkender Punkt im ansonsten so stillen Universum. Maya stellte sich vor, wie Lasse und sie wohl von da oben betrachtet aussahen. Zwei winzige Menschen in einer Badewanne auf einer kleinen Insel mitten im riesigen Atlantik. Aus irgendeinem Grund war das die Stelle, an die der Wind sie getragen hatte. In diesem Moment konnte sie sich fast vorstellen, dass alles, was passiert war, einen Sinn gehabt hatte.

Lasses Fingerspitzen strichen ihren Arm hinunter bis zu ihrer Hand, die sie mal wieder unwillkürlich auf ihren Bauch gelegt hatte.

«Maya?»

«Ja.»

«Das Baby ... ist es von diesem Tobi, auf den du wartest?»

Mit Mayas Entspannung war es schlagartig vorbei. «Ja», antwortete sie. «Aber er weiß noch nichts davon.»

Lasse schwieg.

«Bitte denk jetzt nicht, dass ich mit jedem ins Bett gehe!», bat sie.

«Das denke ich nicht. Wieso willst du es nicht bekommen?»

«Es ist einfach nicht der richtige Zeitpunkt.» Maya strich erneut über ihren Bauch. *Es tut mir so leid*, flüsterte sie stumm.

Karoline
El Guro, Juni 1986

Alejandros erste Vernissage war ein voller Erfolg. Zwar fand sie nicht in Barcelona statt, sondern in einem Seitentrakt von Juans weitläufiger Villa, aber es waren dennoch so viele Menschen anwesend, dass der Sektempfang in den Garten ausgelagert wurde. Xabi hatte es so geschickt verstanden, Alejandro als neuen aufstrebenden Stern am Kunsthimmel darzustellen, dass nicht nur die lokale Prominenz versammelt war, sondern auch Gäste von den anderen Inseln und sogar vom Festland gekommen waren. Jetzt plauderte der Mäzen galant mit der Frau des Bürgermeisters, die ihr Schoßhündchen auf dem Arm trug und vor Stolz fast platzte, weil die Büste ihres Lieblings eines der – natürlich unverkäuflichen – Ausstellungsstücke war.

Das andere Ausstellungsstück, das nicht verkauft werden würde, war die Büste, die Alejandro von Karoline angefertigt hatte. Mit einer langbeinigen Schönheit und deren konservativ gekleidetem Mann stand er nun davor und unterhielt sich, wobei die brünette Frau immer wieder mit klimpernden Armreifen in Richtung der Büste gestikulierte. Karoline beobachtete die Szene von der anderen Seite des Raumes her.

Endlich verabschiedete sich Alejandro von dem Paar und kam zu ihr. Sein Gesicht wirkte erhitzt, seine gelockten Haare, die er am Morgen mit viel Pomade zu bändigen versucht hatte, standen schon wieder in alle Richtungen, und Karolines Herz schlug vor lauter Liebe zu ihm ein wenig schneller. Er sah so gut aus in dem neuen Anzug, den sie mit ihm zusammen ausgesucht hatte.

«Vier der Plastiken sind schon verkauft, und ich habe zwei Aufträge für weitere. Dabei hat die Vernissage erst vor einer Stunde begonnen. Verrückt!» Alejandro strahlte.

Es hatte zwei Wochen gedauert, bis Karoline ihn dazu überredet hatte, Xabi doch zumindest hier auf der Insel eine Vernissage organisieren zu lassen, wenn er schon nicht nach Barcelona gehen wollte. Jetzt schienen all seine Einwände und Proteste vergessen.

Fröhlich legte er seine Hände auf ihre Taille. «Heute Abend müssen wir feiern», raunte er ihr ins Ohr und küsste sie zärtlich. «Dahinten steht übrigens Miguel Losa, der Chefredakteur eines Kunstmagazins.» Er zeigte unauffällig auf einen Mann in lilafarbenem Anzug und gelber Fliege, der ein Glas Sekt in der Hand hielt und abwartend in ihre Richtung blickte. «Ich soll ihm ein Interview geben. Ist das nicht unglaublich?»

Karoline nickte.

«Ich bin gleich wieder bei dir.»

«Du musst dich nicht um mich kümmern. Genieße deinen großen Tag und unterhalte dich mit deinen Fans», ermutigte sie ihn, auch wenn sie sich ohne ihn an ihrer Seite gleich wieder ein wenig verlorener fühlte.

Ihr Spanisch war inzwischen leidlich gut, und im Valle

lebten sowieso fast mehr Deutsche als Einheimische. Trotzdem hatte sie bisher nur wenige Kontakte knüpfen können. Tagsüber saß sie in ihrem Studierzimmer oder bediente Kunden in der Galerie, und die Abende verbrachte sie mit Alejandro. Sie sollte sich wirklich mehr unter die Leute mischen. Am besten fing sie gleich damit an.

Suchend schaute sie sich nach einem bekannten Gesicht um. Ihr Blick fiel auf Hannah, die in einem bunten Sommerkleid zwischen den Gästen umherlief, Küsschen verteilte und Hände schüttelte. Anders als sie selbst schien sie die meisten Anwesenden zu kennen – oder sie hatte einfach eine natürliche Begabung für Plaudereien. Karoline wünschte sich, nur einen Bruchteil ihres Charmes und ihres Selbstbewusstseins zu besitzen. Sie überlegte, ob sie sich zu Juan und Deborah gesellen sollte, doch die unterhielten sich bereits mit ihren Freunden Alfons und Gerti.

Sie kam sich ganz verloren vor, als sie ziellos durch den Raum wanderte und hin und wieder so tat, als würde sie sich eine Plastik anschauen, obwohl sie jede von ihnen schon hundertmal gesehen hatte.

«Wieso steht eine so schöne Frau wie du ganz allein hier?» Plötzlich stand Xabi mit einem charmanten Lächeln vor ihr. «Na, was meinst du? Ich wusste, dass ich einen guten Riecher fürs Geschäft habe. Am Ende der Vernissage werden fast alle Skulpturen verkauft sein. Darauf würde ich meinen Alfa Romeo verwetten.» An seiner leicht undeutlichen Aussprache merkte sie, dass das Glas Sekt, das er in der Hand hielt, nicht sein erstes war.

«Dann solltest du dich besser schon mal nach einem neuen Wagen umsehen», sagte Karoline. «Hier stehen nämlich nur Plastiken. Müsstest du als Schirmherr dieser Vernissage das nicht wissen?»

«Nein, das muss ich nicht. Ich muss nur Kontakte zu den richtigen Leuten haben und wissen, wie man die Werbetrommel rührt. Und das ist mir offenbar gelungen.» Selbstzufrieden schaute Xabi sich um. Doch auf einmal hielt er mitten in seiner Bewegung inne. Sein Gesichtsausdruck verdüsterte sich, und Maya folgte seinem Blick. Er war an Alejandro und Hannah hängengeblieben. Die beiden standen etwas abseits und tuschelten miteinander. Dabei lag Hannahs Hand auf Alejandros Oberarm, und er hatte seine Hand auf ihre Hüfte gelegt. Ihre Gesichter waren nur wenige Zentimeter voneinander entfernt.

Es hatte Karoline schon bei früheren Gelegenheiten einen Stich versetzt, wenn sie sah, wie nah die beiden sich waren. Doch nie zuvor hatte sie gesehen, wie sie sich berührt hatten.

Xabi wandte sich brüsk ab und ging auf die beiden zu. Er sagte etwas zu Hannah, dann packte er sie unsanft am Arm und zog sie mit sich. Karoline sah, wie sie Alejandro einen entschuldigenden Blick zuwarf.

«Es gefällt Xabi nicht, wenn die beiden miteinander sprechen», hörte sie hinter ihrem Rücken jemanden auf Spanisch sagen. Es war Nuria, Alejandros Oma. In ihrem hochgeschlossenen schwarzen Kleid sah sie unter all den bunt gekleideten Frauen wie eine trauernde Witwe aus.

Karoline drehte sich um. «Die beiden sind nur gute Freunde», sagte sie und fragte sich im selben Augenblick, wieso um Himmels willen sie diesen Satz laut geäußert hatte.

«Ja, *inzwischen* schon!» Nuria kicherte.

«Was meinst du damit?», fragte Karoline.

«So, wie ich es gesagt habe.» Ein boshaftes Lächeln huschte über das Gesicht der alten Frau. «Vor ein paar Jahren waren die beiden ein Paar. Hat Alejandro dir das nicht erzählt?»

Nein! Karoline schluckte. «Natürlich hat er das.» Selbst in ihren eigenen Ohren hörten sich diese Worte hohl an.

«Unser kleines Hippiemädchen», sagte Nuria. «Sie passt gar nicht zu Xabi. Wenn sie mit ihm zusammen ist, erinnert sie mich immer an einen dieser hübschen bunten Singvögel, die sich einfach nicht an ein Leben im Käfig gewöhnen können. Dass sie sich von meinem Alejandro getrennt hat, war wohl der Preis dafür, dass sie nun einen auf große Dame machen darf.» Mit diesen Worten ließ die alte Frau Karoline stehen.

Es war schon spät, als der letzte Gast die Ausstellungseröffnung verlassen hatte und auch Alejandro und Karoline nach Hause gehen konnten. Wie Xabi prophezeit hatte, waren alle Plastiken verkauft worden. Auf dem Weg nach El Guro zurück redete Alejandro in einer Tour. Lange Zeit schien ihm gar nicht aufzufallen, wie schweigsam Karoline war.

«Hast du was?», fragte er, als sie den Fiat 500 an der Straße abgestellt hatten und zu Fuß zu Alejandros Haus gingen.

«Nein, ich bin nur müde. Es war ein langer Tag.»

«Der noch nicht zu Ende ist!» Alejandro blieb stehen und wirbelte sie herum. «Habe ich dir eigentlich schon einmal gesagt, wie glücklich du mich machst?», fragte er, nachdem er sie wieder abgestellt hatte. Er küsste sie stürmisch, und Karoline spürte, wie sich ihre Anspannung ein wenig löste. Sie legte ihre Arme um seinen Nacken und erwiderte seinen Kuss, bis sie aus einem der Gärten einen Vogel zwitschern hörte. Es musste eine Nachtigall sein, denn er sang mehr, als dass er pfiff. Karoline musste unweigerlich an das denken, was Nuria über Hannah gesagt hatte. Sofort verkrampfte sie sich wieder.

Sie löste sich aus Alejandros Umarmung. «Wieso hast du mir nicht gesagt, dass du und Hannah mal ein Paar wart?»

Alejandro schaute sie verdutzt an.

«Nuria hat es mir erzählt», setzte sie erklärend hinzu.

Er senkte den Blick. «Hannah und ich kannten uns schon als Kinder. Nachdem ihre Eltern von der Schweinebucht in unser Nachbarhaus gezogen waren, haben wir fast jeden Tag miteinander gespielt. Erst kurz vor dem Schulabschluss ist mehr daraus geworden. Aber es hat nicht lange gehalten. Es funktionierte einfach nicht. Ich mag Hannah, so wie ich eine Schwester mögen würde, und sie mag mich wie einen Bruder. Mehr ist nicht mehr zwischen uns.»

«Du hättest es mir sagen müssen.»

Er nickte. «Ja, das hätte ich wohl. Aber ich wollte nicht, dass du dir wegen etwas Sorgen machst, was mir überhaupt nichts mehr bedeutet. Ich liebe dich, und nicht Hannah. Ich habe dich von dem Moment an geliebt, als ich dich das erste Mal gesehen habe.» Er nahm ihr Gesicht in seine Hände und sah sie ernst an. «Das musst du mir glauben.»

Karoline schloss die Augen und lehnte ihre Stirn gegen seine. Sie wollte es ja glauben, aber die beiden hatten so vertraut miteinander gewirkt ... Ein Rest Zweifel blieb. Auch später, als sie längst neben Alejandro im Bett lag und darauf hoffte, dass sich ihr Herzschlag dem ruhigen, gleichmäßigen Geräusch seiner Atemzüge anpasste, konnte sie das Bild von seiner Hand auf Hannahs Hüfte nicht abschütteln.

Maya

Am nächsten Tag machte Maya etwas, das sie schon ewig nicht mehr getan hatte: gar nichts. Während Lasse sich am späten Vormittag in seine Schreinerei verzog, legte sie sich mit einem Krimi, den sie bei ihm im Regal gefunden hatte, in den Liegestuhl im Garten. Sie verließ ihn nur, um aufs Klo zu gehen oder sich etwas zu essen zu holen. Nicht einmal Kathi rief sie zurück. Inzwischen hatte sie ihr schon mehrere Male auf die Mailbox gesprochen mit der Bitte, so schnell wie möglich zurückzurufen, sie müsse etwas mit ihr besprechen. Auch den Blogbeitrag über La Gomera schrieb Maya nicht zu Ende.

Als Lasse gegen sechs Uhr Feierabend machte, zog sie sich einen Bikini an und schlenderte mit ihm zum Meer hinunter. Obwohl sie nun schon ein paar Tage auf La Gomera war, war sie immer noch nicht darin geschwommen.

«Wem gehört die Finca eigentlich?», fragte sie Lasse unvermittelt. «Fabienne?»

«Nein, sie gehört Bine», antwortete er.

Das hätte sie sich eigentlich denken können! «Wieso wohnt Bine dann nicht dort, sondern in El Guro?»

«Ich denke, sie will Geschäftliches und Privates nicht

miteinander vermischen. Sie wohnt mit Karoline zusammen. Die beiden sind gut befreundet.»

Das wusste Maya inzwischen. Sie presste die Lippen zusammen und schwieg eine ganze Weile. «Ich muss dir was sagen», gab sie schließlich zu. «Karoline ist die Frau, die mich gefunden und großgezogen hat.»

«Ich weiß», antwortete er nur.

Maya sah ihn verblüfft an. Ach!

«Sie hat es mir erzählt», erklärte er. «Und auch, wie traurig sie darüber ist, wie es in den letzten Jahren zwischen euch gelaufen ist.»

Maya schnaubte empört. «Die Ärmste! Ich war auch nicht gerade glücklich, als ich erfahren musste, dass mein ganzes Leben auf einer Lüge aufgebaut ist. Von einem Moment auf den anderen hatte ich keine Familie mehr.»

Er schüttelte den Kopf. «Natürlich hast du eine.»

«Wen denn? Ich weiß jetzt, dass meine richtigen Eltern tot sind und meine Großeltern auch. Andere Verwandte scheine ich auch nicht zu haben.»

«Du hast Karoline.»

«Aber die ist nicht meine Mutter!»

Lasse stöhnte auf. «Bist du wirklich so naiv zu glauben, dass Menschen nur als Familie verbunden sein können, wenn sie blutsverwandt sind?»

«Was sollte sie denn sonst miteinander verbinden?» Maya erschrak selbst darüber, wie bitter ihre Stimme bei diesen Worten klang.

«Liebe?!» Er blieb stehen. «Ich erzähl dir jetzt mal was: Meinen Eltern ist es total egal, ob ich auf La Gomera, auf den Bahamas oder irgendwo am Nordpol hocke. Sie sind

nämlich beide viel zu sehr mit ihrer Zahnarztpraxis beschäftigt. Was glaubst du, wieso ich jahrelang nur an der
Wakeboard-Anlage rumhing? Weil zu Hause nie jemand
auf mich gewartet hat. Meinen ersten Haustürschlüssel
habe ich bei meiner Einschulung bekommen, und mit
acht konnte ich mir selbst Spiegeleier braten und Nudeln
kochen. Weil ich irgendwann keine Lust mehr hatte, mir
jeden Tag was beim Bäcker oder in der Imbissbude zu holen.» Er lachte freudlos auf. «Ich gehe davon aus, dass bei
dir immer Essen auf dem Tisch stand, wenn du von der
Schule nach Hause kamst.»

Maya zögerte «Schon, aber ...» Sie brach ab. Du verstehst das alles nicht, hätte sie ihm gerne an den Kopf ge-
schleudert. Doch sie war vernünftig und sagte stattdessen:
«Bitte lass uns deswegen nicht streiten! Es ist mein letzter
Tag auf der Insel.» Die Fähre, mit der sie morgen nach Teneriffa fahren würde, lag schon im Hafen und wartete auf
die Fahrgäste.

Lasse atmete tief aus. «Du hast recht!», sagte er dann.
Nach einer Pause fügte er hinzu: «Du könntest noch ein
paar Tage länger bleiben ...»

Maya schüttelte den Kopf. «Das geht nicht. Ich muss
nach Dänemark. Diese Reise bekomme ich gesponsert,
und es ist alles schon organisiert.» Als Lasse die Augen verdrehte, versetzte sie ihm einen Rippenstoß. «Hey, das ist
mein Job! Ich muss schließlich auch sehen, wie ich an mein
Geld komme, und Möbel bauen kann ich leider nicht.»

«Das könnte ich dir beibringen.»

«Scherzkeks!» Maya seufzte. «Nein, es geht wirklich
nicht. Ich kann die Sponsoren nicht einfach hängenlassen.»

«Okay, das verstehe ich. Aber vielleicht kommst du ja mal wieder.» Lasse griff nach ihrer Hand.

«Ja, vielleicht ... Und jetzt lass uns endlich schwimmen gehen.»

Hand in Hand wateten sie ins Meer. Es war warm, viel wärmer als das Wasser in Lasses Badewanne, und Maya spürte, dass sich ihre Anspannung ein wenig legte.

Als sie später über den schmalen Streifen Felsstrand kletterten, der die Finca vom Meer trennte, rumpelte gerade ein Taxi die Fahrstraße entlang.

«Schau mal! Neue Gäste», sagte Maya.

Lasse nickte. «Die müssen dem Fahrer eine ganze Menge bezahlt haben. Normalerweise fährt kein Taxi bis hierher, weil keine Versicherung zahlt, wenn der Wagen in einen Steinschlag gerät oder einen Schaden am Unterboden hat. Fabienne und Bine holen die Gäste immer ab.»

Das Taxi hielt an, und ein Mann mit dunklen Haaren stieg aus. Er hatte ein Grübchen am Kinn und Schultern, die so breit waren wie die von Meister Proper ... Maya ließ Lasses Hand los.

Der Taxifahrer holte einen Koffer aus dem Kofferraum, und der Mann drückte ihm ein paar Scheine in die Hand. «Danke. Der Rest ist für Sie», sagte er. Dann erst bemerkte er Maya.

«Hallo!» Tobi lächelte sie an. «Du bist bestimmt überrascht, mich zu sehen.»

Ja, das konnte man so sagen ...

«Hat Fred dich hergeschickt?», fragte Maya mit belegter Stimme.

«Fred?»

«Na, der Typ, bei dem du den Kurs machen wolltest. Der mit den halblangen Haaren und der Nickelbrille.» Was für eine furchtbare Situation! Maya hielt den Blick starr geradeaus gerichtet, um Lasse nicht ansehen zu müssen.

«Welchen Kurs?»

«Den Trommelkurs ...!»

Tobi sah sie verständnislos an. «Ich weiß gar nicht, wovon du sprichst. Deine Freundin hat mich angerufen und mir erzählt, dass du mich suchst.»

«Kathi?»

Er nickte. «Ja.» Sein Blick wanderte zwischen Lasse und ihr hin und her. «Ich war gerade beruflich in Lissabon, und da das nur knapp zwei Flugstunden von Teneriffa entfernt liegt, dachte ich ...»

«Du warst in Portugal?» Jetzt verstand Maya gar nichts mehr. «Aber ... ich ... ich ...» Hilfesuchend blickte sie zu Lasse, aber der senkte den Kopf und wich ihrem Blick aus. Was zum Teufel war hier los? Sie räusperte sich. «Sorry! Ich bin gerade etwas verwirrt. Fangen wir noch einmal von vorne an. Na so was, du auf La Gomera. Damit habe ich ja wirklich nicht gerechnet.» Sie rang sich ein falsches Lächeln ab. «Weißt du schon, wo du heute Nacht schläfst?»

«Ja, hier auf dieser Finca.» Tobi zeigte auf seinen Koffer.

«Äh, klar», stotterte Maya. «Dann lass uns doch mal zur Rezeption rübergehen.»

«Cool.» Tobi wandte sich an Lasse. «Ich bin übrigens Tobias», sagte er und streckte ihm die Hand hin.

«Lasse.» Mit versteinerter Miene ergriff er sie.

Ohne Lasse noch eines Blickes zu würdigen, griff Maya

— 293 —

sich Tobis Koffer und marschierte auf die Rezeption zu. Lasse würde sie sich später vorknöpfen. Vorher allerdings musste sie noch hören, was Kathi zu dem Ganzen zu sagen hatte.

Maya

«Na, endlich!», meldete sich Kathi am anderen Ende der Leitung. «Ich muss dir unbedingt was sagen.»

«Das brauchst du nicht mehr. Tobi ist schon da.»

«Oh nein!», rief Kathi entsetzt. «Wieso hast du mich denn nicht zurückgerufen? Ich habe den ganzen Tag versucht, dich zu erreichen. Ich wollte dich vorwarnen...»

«Ich bin noch nicht dazu gekommen.» Maya setzte sich auf ihr Bett. «Wie hast du Tobi gefunden?»

«Ha! Da bist du platt, oder?» Kathis Stimme klang triumphierend. «Sein Bruder war der Schlüssel. So viele Ulfrieds gibt es nämlich nicht. Auf Facebook gab es sogar nur einen. Und der war gleich ein Treffer! Allerdings hat es ein bisschen gedauert, bis er auf meine Nachricht geantwortet hat. Hast du schon mit Tobi gesprochen?»

«Nein. Ich habe ihm sein Zimmer gezeigt und mich dann verdrückt, um dich anzurufen.» Sie spielte nervös mit dem Kabel ihrer Nachttischlampe. «Als du mit ihm telefoniert hast... hast du ihm gesagt, wieso ich ihn finden muss?»

«Klar. Sonst hätte er sich vermutlich nicht in den nächsten Flieger nach Teneriffa gesetzt.»

«Wie hat er reagiert? Also auf meine Schwangerschaft, meine ich.»

«Gefasst, würde ich sagen. Durch seinen Bruder wusste er aber schon Bescheid.»

«Hat er ... etwas über das Baby gesagt? Also, wie er dazu steht ...» Maya hielt den Atem an.

«Nein, warum auch? Das ist doch eine Sache zwischen euch beiden.»

«Ich weiß. Ich dachte nur ...»

«Sprich einfach mit ihm. Er scheint ein anständiger Kerl zu sein. Komisch, dass dieser Schreiner so sicher war, ihn auf La Gomera gesehen zu haben. Er muss einen Doppelgänger haben.»

«Angeblich hat jeder Mensch mindestens einen.» Maya rieb sich die Schläfen.

Sie schwiegen eine Weile. «Hast du dich eigentlich mal mit Karoline getroffen?», fragte Kathi dann.

Maya nickte. «Ja», setzte sie dann nach, als ihr bewusst wurde, dass Kathi sie ja nicht sehen konnte.

«Wie ist es gelaufen?»

Auch dieses Thema war nicht besonders dazu geeignet, die bohrende Verzweiflung zu mindern, die sich gerade in Maya breitmachte. «Ich erzähle es dir später, okay?», wich sie aus. «Ich muss jetzt zu Tobi. Kann ihn ja schlecht ewig allein auf seinem Zimmer sitzenlassen.»

«Oh! Ja, klar. Melde dich! Wann immer dir nach reden ist.»

«Mach ich. Kathi?»

«Ja?»

«Danke. Ich bin froh, dass ich dich habe.» Maya räusperte sich. «Du bist der einzige Mensch auf der Welt, der mich noch nie enttäuscht hat.»

– 296 –

«Ach, Maya!» Kathi klang gerührt. «Das ist doch selbstverständlich. Ich bin auch froh, dass ich dich habe. Und jetzt geh zu deinem Tobi!»

Maya hatte lange überlegt, wo sie das Gespräch mit *ihrem* Tobi führen sollte. Sein Zimmer oder ihre Hütte kamen nicht in Frage, das war zu persönlich. Ebenso wenig eigneten sich der Garten, die Küche oder der Essbereich, denn da lief man Gefahr, anderen Gästen zu begegnen. Letztendlich schien Maya nur der Strand ein ausreichend neutraler und ungestörter Ort zu sein, und sie fragte ihn, ob er Lust hätte, einen Spaziergang zu machen. Er hatte, und sie marschierten los.

Als sie die Finca hinter sich gelassen hatte, warf Maya Tobi einen verstohlenen Seitenblick zu. Es fühlte sich wirklich ausgesprochen seltsam an, dass er nun hier war. Das Laternenfest und das kleine Hotelzimmer in Taipeh schienen Lichtjahre entfernt, und das Gefühl von Nähe, das damals für ein paar Augenblicke zwischen ihnen aufgeflackert war, war verschwunden. Obwohl er nicht anders aussah als damals und sich auch nicht anders verhielt, kam er ihr vor wie ein völlig Fremder.

Maya schlug den Weg zur Schweinebucht ein. Da gerade Flut herrschte, war vom Sandstrand nur ein schmaler Kiesstreifen übrig geblieben. Ramon war nicht da, aber dafür sah sie die Frau, die sie schon bei ihrem ersten Besuch hier getroffen hatte, und zwei andere langhaarige Männer. Die drei hatten Fische auf Stöcke gespießt und brieten sie über einem Feuer. Tobi nickte ihnen zu und setzte sich ein Stück entfernt auf einen Felsbrocken. Maya setzte sich neben ihn.

«Ich habe gelesen, dass in den siebziger und achtziger Jahren Hippies hier gelebt haben», sagte Tobi, und Maya war ihm dankbar dafür, dass er anfing zu reden.

«Wie du siehst, gibt es sie noch immer. Einen habe ich sogar kennengelernt. Er heißt Ramon und ist in der Bucht aufgewachsen.»

«Dafür, dass du mir in Taipeh erzählt hast, dass du nicht nach La Gomera möchtest, hast du dich aber gut hier eingelebt», stellte er fest.

Dass er sich das gemerkt hatte! Fast war Maya ein wenig gerührt. «Na ja, es geht ...», murmelte sie verlegen. «Sorry übrigens, dass ich so komisch reagiert habe. Ich habe wohl einen Schock bekommen, als du auf einmal aus dem Taxi gestiegen bist.»

«Ich dachte, dass deine Freundin dir Bescheid sagt.»

«Das wollte Kathi auch, aber ich habe sie blöderweise nicht zurückgerufen.»

Eine Weile blickten sie schweigend auf das weite Meer hinaus. Dann räusperte sich Tobi. «Für mich ist das auch eine etwas ... ungewöhnliche Situation.»

Maya nickte. «Danke, dass du hergekommen bist. Das ist nicht selbstverständlich. Ich hätte mich schon über einen Anruf gefreut.»

«Manche Dinge klärt man besser persönlich», erwiderte er.

Puh! Sie redeten miteinander, als würden sie gleich ein Immobiliengeschäft abwickeln ... Maya holte tief Luft. «Dann lass uns über das Baby sprechen!», platzte es aus ihr heraus.

«Ja ... okay. – Wow!» Tobi strich sich mit den gespreizten Fingern die Haare aus der Stirn. «Das war ganz schön direkt!»

«Mir ist keine elegante Überleitung eingefallen», erklärte Maya. «Und bevor wir noch länger um das Thema herumeiern, dachte ich, es wäre am besten, direkt zum Punkt zu kommen.»

«Das stimmt. Und deshalb komme ich auch am besten direkt zum Punkt: Das Kind ... Ich kann verstehen, wenn du das jetzt unverschämt findest, aber ... Bist du dir ganz sicher, dass es von mir ist?»

Maya atmete tief durch. Sie konnte ihm keinen Vorwurf machen, schließlich kannte er sie gar nicht. Dennoch tat diese Frage weh. «Ja, ganz sicher. Tut mir leid.»

«Es muss dir nicht leidtun», sagte Tobi, nachdem er ein paar Sekunden geschwiegen hatte. «Ich war ja genauso beteiligt wie du.» Er schob seine Hände in die Taschen seiner Shorts, und Maya sah, dass sich sein Brustkorb schwer hob und senkte. «Ich will, dass du weißt, dass ich deine Entscheidung akzeptieren werde, egal, wie sie ausfällt.»

«Ich möchte das Baby bekommen», erklärte Maya mit fester Stimme. Bereits gestern Nacht hatte sie sich dazu entschieden. Seitdem war die Bowlingkugel, die sie schon seit Tagen in ihrem Magen mit sich herumtrug, zwar nicht verschwunden, aber immerhin auf Tennisballgröße geschrumpft. «Ich habe keine Ahnung, wie alles gehen soll», fuhr sie fort. «Aber ich kann es nicht wegmachen lassen. Glaub mir, ich habe mir diese Entscheidung nicht leicht gemacht, und du musst mich und das Baby auch gar nicht unterstützen. Wir schaffen das schon.»

Tobi atmete tief ein und mindestens doppelt so lange

wieder aus. «Natürlich werde ich dich unterstützen, das ist doch klar. Es ist ja auch mein Kind.» Mit der Fußspitze hob er einen Stein vom Boden auf und kickte ihn fort. «Hast du dir schon mal überlegt, wie du deinen Job und das Kleine miteinander vereinbaren kannst? Ich meine ... wirst du weiterhin reisen?»

«Nein, zumindest nicht in der Schwangerschaft und in den ersten Monaten nach der Geburt. Ich muss regelmäßig zu Untersuchungen, längere Flüge sind auf Dauer auch nicht gut ... Ich suche mir irgendwo eine Wohnung.» Vielleicht könnte sie zurück nach Hamburg gehen, überlegte Maya, vielleicht aber auch aufs Land, irgendwo in die Nähe von Kathi.

Wieder schwieg Tobi eine ganze Weile. «Du könntest auch erst mal in meine Wohnung nach München ziehen, wenn du magst», sagte er schließlich. «Da ich so oft unterwegs bin, steht sie sowieso die meiste Zeit leer.» Er sah sie direkt an. «Ich würde das Kind wirklich gerne regelmäßig sehen, wenn es auf der Welt ist.»

Karoline

Valle Gran Rey und El Guro, Oktober 1986

Der Himmel war bereits in leuchtendes Rot getaucht, als Karoline den Laden abschloss. *Die Engel backen Plätzchen*, hatte Papa über dieses Abendrot immer gesagt. Ein Jahr war er nun schon tot, und er fehlte ihr mehr denn je. Denn Karoline fühlte sich einsam.

In den hellen Sommermonaten hatte sich alles noch neu und aufregend angefühlt. Jetzt aber war Herbst, und auch wenn die Tage noch warm und sonnig waren, kühlte es abends nun deutlich ab. Die Dunkelheit kam mit jedem Tag früher und damit auch die dunklen Gedanken.

Da Karoline sich in Nurias Gegenwart einfach nicht wohl fühlte, hatte sie versucht, Alejandro zu überreden, nach Barcelona zu ziehen. Das war ihr zwar nicht gelungen, aber immerhin hatte er zugestimmt, eine kleine Wohnung im Valle zu mieten. Seitdem hasste Nuria sie noch mehr.

Obwohl sie zusammenlebten, hatte Karoline Alejandro in den letzten Wochen nicht sonderlich oft zu sehen bekommen. Seit der Ausstellung gingen so viele Aufträge bei ihm ein, dass er gar nicht mehr hinterherkam. Die Gärtnerstelle bei Xabis Eltern hatte er aufgegeben. Und obwohl sich Karoline all das für ihn gewünscht hatte, dachte sie

voller Sehnsucht an die Zeit zurück, als sie in den Abendstunden miteinander im Meer gebadet hatten oder mit
dem Auto ins Landesinnere gefahren und durch die Nebel-
wälder gestreift waren.

Tagsüber saß Alejandro nun den ganzen Tag in seiner
Werkstatt und töpferte Schalen und Teller, da diese immer noch den größten Teil seines Verdiensts ausmachten.
Gegen Abend kamen oft Kunden bei ihm vorbei. Meist
waren es Frauen. Da Karoline sich nur zu gut an das auf-
regende Kribbeln erinnern konnte, das sie verspürt hatte,
als Alejandros Blick so intensiv auf ihr gelegen und dabei
seine Hände den feuchten Ton bearbeitet hatten, war sie
immer ein bisschen eifersüchtig auf sie. Im Moment hatte
er eine Kundin, bei der es besonders schlimm war, denn
sie hatte darum gebeten, dass Alejandro ihre Büste bei ihr
zu Hause modellierte, weil sie sich in seiner Werkstatt un-
wohl fühlte.

Karoline seufzte. Sie mussten unbedingt mehr Zeit miteinander verbringen. Zum Glück würde Alejandro in zwei
Tagen mit diesem Auftrag fertig werden, und er hatte ihr
versprochen, sich danach einen ganzen Tag freizunehmen.
Karoline freute sich schon sehr darauf, ihm Lepe zu zeigen,
das Dorf, zu dem Papa mit ihr gefahren war, weil er davon
geträumt hatte, dort ein Häuschen zu kaufen. Das Dorf
war so klein und lag so versteckt, dass Alejandro es vielleicht noch gar nicht kannte. Ihr gefiel der Gedanke, dass
sie ihn auf seiner Heimatinsel mit etwas Unbekanntem
überraschen konnte. Abends wollte sie ihn in das César-
Manrique-Restaurant einladen, in dem Hannah und Xabi
vor kurzem gewesen waren. Sie beschloss, bei Hannah

vorbeizufahren und sie nach der Nummer des Restaurants zu fragen, damit sie einen Tisch reservieren konnte.

Xabi war zurzeit nicht da, das wusste Karoline. Alejandro hatte sich endlich von ihm überreden lassen, seine Werke auch auf dem Festland auszustellen, und Xabi war gleich hingeflogen, um alles zu organisieren. Nach wie vor widerstrebte es Alejandro, von dem Geschäftsmann abhängig zu sein. Karoline war froh, dass er inzwischen eingesehen hatte, dass ihm keine andere Wahl blieb.

Als Karoline El Guro erreicht hatte, brannten an der Auffahrt, die zu Xabis und Hannahs Haus führte, bereits die Laternen. Auch die Fenster im Untergeschoss waren erleuchtet. Karoline klingelte, doch niemand machte auf. Vielleicht war Hannah noch im Garten und hörte sie nicht? Sie saß gerne bis spätabends draußen, trank ein Glas Wein und las bei Kerzenlicht, hatte sie Karoline erzählt. Auf den Wein musste sie allerdings schon seit einiger Zeit verzichten. Kurz nach der Ausstellung war es offensichtlich geworden: Hannah und Xabi erwarteten ein Kind. Inzwischen stand sie kurz vor der Entbindung.

Karoline ging um das Haus herum, um in den Garten zu gelangen. Sie kam dabei an dem Fenster vorbei, hinter dem das Schlafzimmer lag. Als sie durch einen Spalt im Vorhang eine Bewegung sah, trat sie neugierig näher. Und dann sah sie Hannah. Sie kniete auf ihrem Bett, eine Hand lag auf ihrem runden Bauch, und sie war nackt. Wie peinlich, Hannah in diesem intimen Moment erwischt zu haben! Karoline wollte sich schon zurückziehen, da bemerkte sie, dass sich noch jemand im Zimmer befand.

– 303 –

Es war ein Mann. Im Halbdunkel des Zimmers sah Karoline, wie er auf Hannah zuging, sich neben sie auf das Bett setzte und ihr zärtlich die langen, dunklen Haare hinter die Schultern strich. Hannah sagte etwas, der Mann lachte auf und wandte Karoline dabei ein wenig das Profil zu.

Die Welt, die sich gerade noch so munter gedreht hatte, schien stehenzubleiben. Karolines Lippen öffneten sich zu einem lautlosen, verzweifelten Schrei. Der Mann war Alejandro. Oh Gott! In diesem Moment drehte Alejandro sich vollständig um, und ihre Blicke kreuzten sich. Hätte er ihr das Herz aus dem Leib gerissen, wäre ihr Schmerz nicht größer gewesen.

Karoline sah, wie Alejandros Lippen sich bewegten und dass Hannah hektisch das Laken vor ihre nackten Brüste zog. Ein Schluchzen drang aus ihrer Kehle, und sie drehte sich um und fing an zu rennen. Dieser Mistkerl! Dieser verdammte Mistkerl! Sie hätte es wissen müssen!

Alejandro holte Karoline ein, als sie das Auto erreicht hatte und hektisch in ihrer Tasche nach dem Schlüssel kramte.

«Karoline, lass mich das erklären ...», stieß er hervor. «Ich ...»

«Halt den Mund!», schnitt sie ihm das Wort ab. «Ich will nichts hören!» Endlich hatte sie den Schlüssel gefunden und versuchte, ihn ins Schloss zu stecken. Doch ihre Finger zitterten so sehr, dass es ihr nicht gelang.

Alejandro hielt ihre Hand fest. «Karoline, bitte! Hannah hat mich darum gebeten, dass ich eine Plastik von ihr anfertige. Als Überraschung für Xabi.»

«Natürlich.» Karoline glaubte ihm kein Wort. Und sie

wollte nichts mehr hören. Sie zerrte ihre Hand aus seiner und wich zurück. «Deshalb hast du mir diesen Auftrag ja auch verschwiegen!» Ihre Stimme war scharf wie eine Rasierklinge.

Alejandro blickte zu Boden. «Ich wollte dich nicht damit belasten», sagte er. «Weil ich wusste, dass du dir dann Sorgen machen würdest. Sorgen, die völlig unbegründet gewesen wären.»

«Oh, wie selbstlos von dir!», fauchte Karoline. «Für wie dumm hältst du mich eigentlich? Ich hasse dich!» Endlich hatte sie das Schlüsselloch getroffen und öffnete den Wagen.

«Karoline, nein, fahr nicht!», rief Alejandro verzweifelt. «Du musst mir glauben ...»

«Ich glaube dir gar nichts mehr», erwiderte sie kalt. Sein Gesicht verschwamm vor ihren Augen.

«Jetzt beruhige dich bitte!»

«Ich will mich nicht beruhigen! Das Einzige, was ich will, ist, dass du aus meinem Leben verschwindest.» Karoline setzte sich ins Auto und wischte sich die Tränen aus den Augenwinkeln. «Ich fahre jetzt eine halbe Stunde spazieren, und in der Zeit packst du deine Sachen zusammen. Wenn ich zurückkomme, will ich nichts mehr davon sehen.»

Alejandro sah sie schockiert an. «Das ist nicht dein Ernst?»

«Doch, das ist es.» Karoline zog die Tür zu und trat aufs Gaspedal.

Nachdem sie ein paar Minuten den Berg hinaufgefahren war, hielt sie am Straßenrand an und ließ den Kopf auf das

Lenkrad sinken. Sie schluchzte verzweifelt. Was sollte sie denn jetzt nur tun?

Die Wohnung lag im Dunkeln, als Karoline den Wagen davor parkte. Über eine Stunde war sie ziellos herumgefahren, bevor sie sich getraut hatte, zurückzukehren. Sie holte tief Luft und schloss die Tür auf.

Alejandro war schon da gewesen. Sein Aftershave, die Zahnbürste und das Duschgel waren aus dem Bad verschwunden, seine Kleider aus ihrem gemeinsamen Schrank. Lediglich die Büste, die er vor über einem Jahr von ihr gemacht hatte, stand noch auf der Kommode im Schlafzimmer. Karoline hob sie hoch und betrachtete ihr tönernes Gesicht. Die Büste lag kühl und schwer in ihren Händen. Einen Moment lang dachte sie darüber nach, sie mit voller Kraft gegen die Wand zu werfen und zuzusehen, wie sie zersprang. Sie wollte sie nicht mehr sehen. Doch dann hatte sie eine bessere Idee. Karoline ging in den Keller, fand einen alten Karton – den von der Kaffeemaschine, die Alejandro erst vor ein paar Tagen gekauft hatte – und packte die Büste hinein.

Maya

Maya fand Lasse am Teich. Sam saß neben ihm und hatte seine Schnauze auf sein Knie gelegt. Mit der einen Hand streichelte Lasse seinen Kopf, in der anderen Hand hielt er eine Bierflasche. Sie hatte ihn noch nie etwas trinken sehen.

«Hey!», sagte Maya, als sie nahe genug herangekommen war. Lasse schaute auf. Er sah schlecht aus, stellte sie fest – blass, müde, deprimiert. Doch Mitleid hatte sie nicht. Sie baute sich vor ihm auf und verschränkte die Arme vor der Brust. «Du hast mich angelogen», sagte sie. «Tobi war nie auf der Insel.» Beinahe hoffte sie, er würde abstreiten, dass er sie auf die Insel gelockt hatte. Vielleicht hatte er eine gute Erklärung dafür, dass er sie angelogen hatte? Aber er nickte. Und Maya konnte sich denken, warum er das getan hatte. «Es ging die ganze Zeit nur darum, Karoline und mich wieder zusammenzubringen, oder? Hat sie dich dazu angestiftet?»

Lasse schüttelte den Kopf. «Sie weiß überhaupt nichts von allem.»

Maya sah ihn fassungslos an. «Wer hat sich diesen Mist denn dann ausgedacht? Fabienne? Nein, bestimmt war es Bine? Oh Mann! Und du hast bei dieser Farce auch noch mitgemacht! Genau wie Fred.» Nun wusste sie auch, dass Karoline nicht zufällig am Wasserfall aufgetaucht war und wieso Bine sich so seltsam verhalten hatte. Fred hatte Maya dorthin gelockt, und Bine hatte sie gesucht ... «Ihr habt sogar den Funkmast zerstört!», sagte sie anklagend.

Lasse stellte die Bierflasche neben sich auf dem Boden ab. «Mit dem Funkmast hat niemand von uns etwas zu tun. Irgendein Einheimischer muss ihn kaputt gemacht haben. So etwas ...»

«... kommt öfter vor, ich weiß. Aber dass kein Platz auf der Fähre mehr für mich frei war, das habe ich euch zu verdanken.»

Er nickte zerknirscht. «Ja.»

«Ich fasse es nicht.» Maya schlug sich mit der flachen Hand gegen die Stirn. «Du hast mir die ganze Zeit nur etwas vorgespielt, und ich blöde Kuh merke es nicht! War es auch Teil deines Plans, mich ins Bett zu kriegen?»

«Ich denke, diese Frage kannst du dir selbst beantworten», sagte Lasse ruhig.

«Nein, das kann ich nicht, denn inzwischen weiß ich nicht mehr, wem ich überhaupt noch etwas glauben kann!»

«Es tut mir leid.» Er stand auf. «Ich habe mich dazu überreden lassen, bei dem Spielchen mitzuspielen, weil ich Karoline mag. Ich wusste, wie viel es ihr ausmacht, dass ihr in den letzten Jahren kaum noch Kontakt hattet. Ich dachte, ich tue ein gutes Werk. Als du dann erst einmal hier warst ... Ich wusste einfach nicht, wie ich aus der Nummer wieder rauskommen soll.»

«Mir die Wahrheit zu sagen, wäre eine Option gewesen ...»

«Ich weiß. Aber die ganze Sache hat sich irgendwie verselbständigt.»

«Verselbständigt?» Am liebsten hätte Maya ihm eine geklebt. «Du hättest sie jederzeit beenden können.»

Sam winselte und schob seine Schnauze unter ihre Hand. Na toll! Ausgerechnet jetzt ließ sich dieser verdammte Hund das erste Mal von ihr anfassen. Sie schob ihn weg.

«Du bist so ein Arsch, Lasse! Du wusstest, dass ich schwanger bin. Und du wusstest auch, dass ich das Baby nicht behalten wollte. Und obwohl die Zeit gedrängt hat, hast du mich trotzdem auf dieser Scheißinsel festgehalten.» Trotz ihrer Wut fiel es Maya schwer, die Tränen zurückzuhalten.

Lasses Gesichtsausdruck wurde trotzig. «Vielleicht wollte ich ja, dass du noch mal über alles nachdenkst. Und dass du es behältst.»

Maya hielt seinem Blick stand. «Dann wird es dich ja freuen zu hören, dass ich das tue. Aber nicht wegen eures beschissenen Schmierentheaters, sondern weil ich mich selbst dafür entschieden habe.»

«Du lässt es nicht abtreiben?» Lasse hörte sich ungläubig an.

«Nein! Ich ziehe zu Tobi nach München.»

«Ach! Zu dem Tobi, den du über das Internet gesucht hast, weil du weder E-Mail-Adresse noch Handynummer von ihm hattest? Und den du heute zum zweiten Mal in deinem Leben gesehen hast?»

«Ja, zu genau dem.» Maya versuchte, seinen Sarkasmus an sich abprallen zu lassen.

«Interessant!» Lasses Augen wurden schmal. «Ich dachte, dass du dich an nichts und niemanden mehr binden
willst. Weder an Orte noch an Menschen. Dieser Typ hat
dich ja schnell dazu gebracht, deine Meinung zu ändern.»

«Was hast du denn erwartet?» Nun begehrte Maya doch
auf. «Wir bekommen immerhin ein Kind. Und ich will
nicht, dass dieses Kind ohne Vater aufwächst. So wie ich.»

«Und deshalb ziehst du mit jemand zusammen, den du
nicht liebst?»

«Woher willst du das wissen, dass ich ihn nicht liebe?»

«Ihr kennt euch doch gar nicht!»

«Schon mal was von Liebe auf den ersten Blick gehört?»,
gab Maya bissig zurück. «Außerdem ... Selbst wenn ich
Tobi nicht lieben würde ... Liebe kann wachsen!» Sie fun-
kelte ihn an. «Und jetzt hör auf, dich ständig in mein Leben
einzumischen! Was ich mache und was nicht, kann dir
nämlich total egal sein.»

«Das ist es aber nicht», sagte Lasse. Jeglicher Sarkasmus
war aus seiner Stimme verschwunden. «Du bist mir nämlich nicht egal», fügte er leiser hinzu.

Maya schluckte. Selbst jetzt, nachdem er sie so boden-
los enttäuscht hatte, konnte sie nicht verhindern, dass ihr
Herz bei diesen Worten schneller schlug ... und dass sie
beim Blick in seine braunen Augen immer noch Magen-
flattern bekam.

«Tja, Pech für dich!» Maya drehte sich um und ging davon.

Maya

An Mayas letztem Tag auf La Gomera war der Himmel grau, und ein scharfer Wind blies. Vielleicht würde er endlich den Regen bringen, nach dem sich jeder auf der Insel verzweifelt sehnte.

Anders als an den Tagen zuvor waren deshalb die Tische beim Mittagessen nicht draußen am Pool gedeckt, sondern drinnen. Während Maya ohne Appetit an ihrem Avocadobrot knabberte, verdrückte Tobi gigantische Portionen von dem gomerischen Ziegenkäse, den sie normalerweise auch so gern mochte. Nebenbei zeigte er ihr Fotos von seiner Wohnung in München. Sie war groß und hell und lag gleich neben dem Zoo.

«Es wird dir dort bestimmt gefallen», sagte er. «München ist zwar nicht so großstädtisch wie Hamburg, aber man kann dort auch eine ganze Menge unternehmen. Vor allem bei gutem Wetter...»

Einen Tisch weiter saß Bine und legte für Fabienne Tarotkarten.

«Ah, du hast den Buben der Stäbe gezogen», rief sie jetzt. «Das ist toll! Der Bube steht für das Neue, das in dein Leben getreten ist oder noch treten wird. Ihm solltest du deine ganze Aufmerksamkeit widmen.»

«Ich wüsste nicht, was das sein sollte», sagte Fabienne unbeeindruckt. «Ein Urlaub steht zumindest nicht an, und einen Umzug habe ich auch nicht geplant.»

«Die Umgebung ist unwichtig. Das Neue kann auch einfach nur ein neuer Gedanke sein. Auf jeden Fall wird es dir viel Energie geben, das zeigen die Feuersalamander in der Kleidung des Buben.» Bine tippte auf die Karte. «Vielleicht tritt ja auch ein neuer Mann in dein Leben ...»

Fabienne lachte auf. «Das wäre schön, aber momentan habe ich mit dem alten genug zu tun. Wenn mein Geruchssinn mich nicht täuscht, hat der nämlich gerade in die Hose gemacht.» Sie hob Leon hoch, der neben T-Ray auf dem Boden saß, schnüffelte an seiner Windel und verzog das Gesicht. «Puh! Dich werde ich jetzt gleich mal wickeln, mein Freund.» Als Fabienne sah, dass Maya sie beobachtete, zwinkerte sie ihr zu. Im Gegensatz zu Bine schien sie die Tarotkarten nicht besonders ernst zu nehmen.

Maya lächelte zurück.

Obwohl auch Bine und Fabienne bei dem ganzen Theater mitgespielt hatten, konnte Maya ihnen nicht böse sein. Bei Lasse war das anders. Mit ihm hatte sie sich so verbunden gefühlt. Sie war ihm so nah gewesen ... Aber alles, was sie zusammen erlebt hatten, war nur ein abgekartetes Spiel gewesen, um sie wieder mit Karoline zu versöhnen. Abgesehen von Karoline selbst fiel Maya niemand ein, der sie jemals so enttäuscht hatte.

Als Fabienne aufstand, wischte sie aus Versehen eine Tarotkarte vom Tisch. Maya hob sie auf und betrachtete einen Moment den prächtig gekleideten Buben der Stäbe und seine Feuersalamander. Fabienne mochte mit dem

Buben der Stäbe nichts anfangen können – zu Mayas Situation passte er. In ihrem Leben stand gerade ziemlich viel Neues an. Energie gab ihr das allerdings momentan nicht. Schon allein bei dem Gedanken an die Wohnung in München wurde sie nervös. Jahrelang war sie herumgereist. Nun sollte sie die nächste Zeit in einer Stadt verbringen, in der sie bisher erst ein einziges Mal gewesen war, mit Kathi direkt nach dem Abitur. Ihre einzigen Erinnerungen an München waren eine Blasmusikkapelle, Krüge voller Bier und ein Mädchen, das sich mitten im Zelt hingehockt und auf den Boden gepinkelt hatte.

Maya ließ die Karte sinken, als Karoline den Speisesaal betrat. Sie begrüßte Tobi, dann wandte sie sich an Maya. «Ich habe gehört, dass du heute abreist», sagte sie.

«Stimmt.» Maya schluckte den letzten Bissen Brot hinunter. «Heute Abend geht die Fähre.»

«Können wir vorher miteinander reden?» Karoline sah sie bittend an.

«Jetzt?» Maya stand auf.

Karoline nickte.

«Du hast also mit Tobi gesprochen», begann Karoline, als sie Tobi am Pool zurückgelassen hatten und durch den Garten spazierten.

«Ja», bestätigte Maya. «Und wir haben uns dazu entschieden, das Baby doch zu bekommen.» Sie sah Karoline von der Seite an. «Du siehst nicht besonders erfreut darüber aus.»

«Natürlich freut mich das, aber ...», Karoline zupfte einen imaginären Fussel von ihrem weißen Leinenshirt, «... ich hatte den Eindruck, dass du und Lasse ...»

«Das war ein kurzes Intermezzo, weil ich mir die Zeit vertreiben wollte, mehr nicht», unterbrach Maya sie.

Karolines Lippen kräuselten sich ironisch. «Ja, so sah das aus, als ich euch beide zusammen gesehen habe ...»

Die Ironie in ihrer Stimme entging Maya nicht. «Ich mochte Lasse gern», gab sie zu, und dann legte auch sie eine gehörige Portion Zynismus in ihren Tonfall: «Aber leider war er es, der mir erzählt hat, Tobi sei auf La Gomera. In Wahrheit wollten er und deine Freundinnen mich aber nur auf die Insel locken, damit wir beide uns wieder näherkommen. Alles war genau geplant!» Ihre Stimme wurde hart. «Dieser Arsch hat mich die ganze Zeit belogen. Und das, obwohl er als Einziger genau wusste, wie wichtig es mir war, Tobi zu finden. Ihm hatte ich nämlich erzählt, dass ich schwanger bin. Trotzdem hat er es nicht für nötig gehalten, mir zu sagen, dass das alles nur eine einzige große Inszenierung war. Weißt du, wie schrecklich es ist, wenn man niemandem mehr vertrauen kann?» Vor Wut schossen Maya die Tränen in die Augen. «Nicht einmal hier hast du mir die ganze Wahrheit gesagt. Von dem Hippie, der in der Schweinebucht lebt, weiß ich nämlich mittlerweile, dass mein Vater kein Unbekannter war. Ich war sogar an seinem Grab. Er hieß Xabi Suarez. Und das hast du garantiert auch gewusst, oder?» Maya blieb neben einem hohen Mangobaum stehen und packte Karoline an den Schultern. «Sag mir verdammt noch mal, was damals wirklich passiert ist!»

«Gut!», sagte Karoline nach einem unendlich langen Atemzug. Obwohl sich jetzt dunkle Wolken am Himmel ballten und offensichtlich ein Sturm heranzog, stiegen sie zu dem Plateau hinauf, das hoch über der Bucht lag. Hier hatte Maya sich ein paar Tage zuvor mit Fred unterhalten. Die Feuerstelle war nun leer geräumt, und zwei blaue Plastikstühle standen davor. Sie setzten sich darauf, und Karoline fing endlich an zu erzählen.

Karoline
El Guro, Oktober 1986

Alejandro war nicht wieder zu Nuria gezogen. Das erzählte die alte Frau Karoline, als sie ihr auf dem Markt zufällig über den Weg lief. Bereits am Tag nachdem sie ihn rausgeworfen hatte, war er auf die Fähre gestiegen, nach Teneriffa gefahren und von dort weiter nach Barcelona geflogen. Und Karoline sei schuld daran, schob sie mit unheilvollem Grollen in der Stimme nach.

Auch Karoline wollte nicht weiter auf der Insel wohnen. Sie würde nach Hamburg zurückgehen. Auch wenn es ihr schwerfiel, Mamas triumphierendes «Ich habe es dir doch gleich gesagt...» zu ertragen – sie hatte keine andere Wahl. Was sollte sie ohne Alejandro auf La Gomera? Sie blieb nur deshalb ein paar weitere Tage, weil sie vor ihrer Abreise noch etwas zu erledigen hatte.

Ein letztes Mal setzte Karoline sich ins Auto und fuhr zu Hannahs und Xabis Haus. Erst heute Nachmittag war Xabi aus Barcelona zurückgekehrt, und selbst wenn Alejandro und er sich dort getroffen hatten, wusste er bestimmt nichts davon, dass seine Frau ihn betrogen hatte. Ein paarmal war Hannah zu ihr nach Hause gekommen und hatte Karoline angefleht, mit ihr zu reden. Sie wollte ihr alles erklären, hatte sie gesagt. Doch Karoline hatte ihr nie aufgemacht. Sie hätte es nicht ertragen, dieser Frau noch einmal ins Gesicht sehen und sich ihre Lügenmärchen anhören zu müssen.

Als sie vor der Villa stand und auf den Klingelknopf drückte, war sie angespannt. Zum Glück war es Xabi, der die Tür öffnete. In der Hand hielt er eine Zigarette.

«Karoline! Was verschafft uns die Ehre?»

Karoline streckte ihm den Karton hin, den sie in den Händen hielt. «Hier! Wenn du sie noch möchtest, schenke ich sie dir.»

«Deine Kaffeemaschine?»

«Nein.» Sie öffnete die Schachtel und zeigte ihm die Büste.

Xabi betrachtete sie eine Weile. «Ich habe gehört, dass Alejandro und du euch getrennt habt. Wie kommt es?»

«Das musst du deine Frau fragen!», entfuhr es ihr, ohne groß zu überlegen.

Xabis Augen verengten sich. «Warum sollte sie mir darüber Auskunft geben können?» Er trat einen Schritt näher an sie heran. Der Alkoholdunst in seinem Atem traf sie im Gesicht, und reflexartig wich Karoline zurück.

Sie stellte den Karton mit der Büste neben sich auf den Boden, um Zeit zu gewinnen. Noch konnte sie einen Rückzieher machen. Aber wieso sollte sie das? Atemlos stieß sie hervor: «Als du in Barcelona warst, habe ich Alejandro und Hannah miteinander im Bett erwischt. In eurem Ehebett … Ich finde, es ist nur fair, wenn du das weißt.»

Das spöttische Grinsen, das wie so oft auf Xabis Gesicht gelegen hatte, verschwand, und seine Züge wurden ausdruckslos. «Hannah!», rief er laut.

Karoline atmete scharf ein. Dass sie Hannah, dieser verlogenen Schlange, noch einmal gegenübertreten musste, war ihr alles andere als recht. «Ich fahre jetzt wieder», sagte sie schnell. «Du und deine Frau, ihr habt bestimmt einiges zu klären.»

«Bleib!», befahl Xabi mit schneidender Stimme, und Karoline begann zu ahnen, dass sie die Situation unterschätzt hatte.

«Was ist denn, Liebster?», rief Hannah aus dem hinteren Teil des Hauses. «Ich liege schon im Bett.»

«Komm zur Tür! Wir haben Besuch!»

Hannah erschien in einem seidenen Morgenmantel, den sie locker über ihrem Babybauch zusammengebunden hatte. Als sie Karoline sah, wurde sie blass. «Nein!», murmelte sie tonlos.

«Dann ist es also wahr.» Die Zigarette in Xabis Hand zitterte, als er Hannah ansah. «Du Hure!», zischte er. Seine Faust hatte er so fest geballt, dass jede einzelne Ader auf seinem Handrücken hervortrat.

Karolines Herz fing an zu rasen, und ihre Beine drohten unter ihr nachzugeben. Was hatte sie nur angerichtet?

«Bitte, du musst mir glauben!», keuchte Hannah. «Alejandro und ich haben nicht miteinander geschlafen. Das ist alles ein furchtbares Missverständnis!» Sie griff nach seinem Arm.

«Fass mich nicht an!» Xabi stieß sie mit voller Kraft von sich.

Hannah taumelte zurück. Dabei verfingen sich ihre nackten Füße im Saum ihres langen Morgenmantels, und sie stürzte zu Boden. Hart prallte sie an die Garderobe. Mit schmerzverzerrtem Gesicht griff sie sich an den Kopf, und als sie ihre Hand wegnahm, war sie blutverschmiert.

Aber etwas anderes entsetzte Karoline noch viel mehr. Wie erstarrt stand sie da und sah zu, wie sich auf Hannahs Morgenmantel ein dunkler Fleck ausbreitete.

«Meine Fruchtblase», schrie Hannah. «Sie ist geplatzt.»

Oh Gott! Nein! «Du musst sie sofort ins Krankenhaus bringen, Xabi!» Karoline wusste nicht viel über Babys und Geburten, aber ihr war klar, dass jetzt Eile geboten war.

Doch Xabi rührte sich nicht vom Fleck. «Ich muss gar nichts mehr», sagte er.

«Aber das Baby ... Tu es doch bitte deinem Kind zuliebe!», flehte Hannah.

«Wer sagt mir, dass das Balg überhaupt von mir ist?» Xabis Augen funkelten hasserfüllt. Die Kälte in seinem Blick ließ Karoline frösteln. Einen Moment lang fürchtete sie, er würde Hannah schlagen oder ihr in den Bauch treten. Doch er drehte sich einfach um und ging davon.

Karoline warf sich neben Hannah auf den Boden. «Es tut mir leid», stammelte sie. «Das habe ich nicht gewollt!» Draußen heulte der Motor von Xabis Sportwagen auf. «Ich rufe einen Krankenwagen. Oder soll ich dich fahren?»

Hannah schüttelte den Kopf. «Dazu ist es zu spät. Das nächste Krankenhaus ist in San Sebastián. Bis dorthin brauchen wir über eine Stunde.» Sie umklammerte mit beiden Händen ihren Bauch. «Geh und hol Lucia!»

Karoline hämmerte verzweifelt an die Tür. Gott sei Dank, die alte Hebamme war zu Hause! Als Karoline ihr erzählte, dass bei Hannah die Wehen eingesetzt hatten, holte sie wortlos ein kleines Köfferchen und folgte ihr.

Bitte lass ihr in der Zwischenzeit nichts passiert sein!, flehte Karoline stumm, während sie die kurze Strecke von La Calera nach El Guro raste, Lucia neben sich auf dem Beifahrersitz. Wenn Hannah etwas passiert war, würde sie sich das nie verzeihen. Erleichterung machte sich in ihr breit, als sie sah, dass Hannah immer noch in ihrem Bett lag. Aber ihr Gesicht war schmerzverzerrt.

Lucia nahm ein kleines Fläschchen aus ihrem Koffer und träufelte Hannah ein paar Tropfen auf die Zunge. «Hier! Nimm das, *querida*. Dann wird es dir gleich etwas besser gehen.» Sie strich ihr die schweißnassen Haare aus der Stirn. Dann legte sie eine Hand auf ihren Bauch und schaute auf ihre Armbanduhr. «Ich brauche Handtücher und eine Schüssel mit Wasser. Und bring ihr etwas zu trinken!», wies sie Karoline an, während sie gleichzeitig ein Hörrohr herausholte und es auf Hannahs Bauch hielt.

Karoline machte sich auf die Suche. Handtücher fand sie im Bad, eine große Schüssel in der Küche. Sie nahm sie gerade aus dem Schrank, als ein Schrei von Hannah sie zusammenfahren ließ. Fahrig füllte sie die Schüssel und ein Glas mit Wasser und lief ins Schlafzimmer zurück.

Lucia zog Karoline zu sich hinunter. «Die Wehen sind sehr heftig, und sie folgen sehr schnell aufeinander», flüsterte sie ihr zu.

«Dann ist das Baby gleich da?»

«Das hoffe ich. Aber die Herztöne sind sehr schlecht, Hannahs Angst überträgt sich auf das Kleine. Aber sie ist entkräftet und macht nicht richtig mit. Wir müssen sie aufrichten, vielleicht fällt es dir dann leichter.»

Mit vereinten Kräften zogen sie Hannah hoch, bis sie völlig apathisch in Karolines Armen hing.

«Es tut so weh!», schluchzte sie.

«Bald ist es vorbei», versuchte Karoline sie zu trösten. «Bald ist das Baby da. Aber du musst mithelfen und pressen.»

Die nächste Wehe rollte heran, und Hannah schrie erneut auf. Ihre langen Fingernägel krallten sich so fest in Karolines Haut, dass sie die Zähne zusammenbeißen musste, um nicht selbst vor Schmerz aufzuschreien. Kaum war die Wehe abgeebbt, folgte die nächste. Und so ging es weiter…

Hoffentlich kam das Baby bald! Hannahs Schreie, die immer lauter wurden, machten Karoline Angst.

«Ich kann nicht mehr», wimmerte Hannah.

«Doch, du kannst», sagte Lucia streng. «Ich sehe schon das Köpfchen!»

«Das Köpfchen!» Hannahs glasiger Blick klärte sich ein wenig. Karoline merkte, wie sich ihr Körper unter ihren Händen anspannte, und dann entlud sich ihre Anspannung in einem gigantischen Schrei, der noch um vieles lauter war als alle anderen zuvor. Ein Schrei, dem ein empörtes Wimmern folgte…

Endlich! Karoline schossen die Tränen in die Augen, als sie das rote, runzlige, schimpfende Wesen in Lucias Händen sah. Sofort ließ Hannah Karoline los und streckte die Arme danach aus.

«Ist es nicht unglaublich, wie perfekt sie ist?» Hannahs Augen leuchteten. Das Baby lag in eine dicke Decke gehüllt an ihrer Brust, und ganz verzückt betrachtete sie seine zu Fäusten geballten Fingerchen.

Obwohl sie selbst das Kind eher unansehnlich fand, nickte Karoline. Sahen alle Neugeborenen so aus? Die Babys, die ihr bisher begegnet waren, waren pausbackig und drall gewesen. Dieses Baby sah aus wie ein verhungertes Äffchen. Es hatte keine Wimpern und keine Augenbrauen, und seine Haut war von einer schmierigen weißen Schicht bedeckt. Trotzdem schien Hannah selig. Ganz anders als Lucia.

Karoline beugte sich zu ihr. «Was ist los?», flüsterte sie. «Wieso schaust du so besorgt?»

«Sie blutet sehr stark», antwortete Lucia genauso leise.

Karolines Pulsschlag beschleunigte sich um ein Vielfaches. «Und was können wir dagegen tun?», fragte sie angstvoll.

«Ich brauche mehr Handtücher, und schau, ob du irgendwo im Haus Eis findest», wies Lucia sie an.

«Eis?»

«Ja. Oder etwas Ähnliches. Jetzt mach schon!», fuhr die alte Frau sie an. «Wir müssen die Blutung so schnell wie möglich stoppen.»

Karoline rannte in die Küche und öffnete den Kühlschrank, doch der hatte kein Gefrierfach. Sie stieß einen Fluch aus. Wo konnte sie sonst suchen? Vielleicht im Keller? Gott sei Dank, dort stand eine Gefriertruhe. Eis fand sie zwar nicht, aber dafür einen Beutel mit Erbsen. Als sie den Deckel wieder zuzog, blieb ihr Blick an einem alten

Wäschekorb hängen. Er war voll von leeren Schnapsfla-schen. Karoline biss sich auf die Unterlippe. Dass Xabi ein Trinker war, hatte er bis zum heutigen Tag gut verborgen.

«Ich habe kein Eis gefunden, nur Erbsen», keuchte Karo-line, als sie hinkend das Schlafzimmer erreichte. Sie war so schnell die Treppe hinaufgerannt, dass sie gestolpert war und sich das Knie aufgeschlagen hatte.

«Die sind genauso gut.» Lucia presste den Beutel gegen Hannahs Unterleib, und die zuckte zusammen.

«Was machst du?»

«Du blutest ein wenig, *querida*, und ich stoppe diese Blutung mit Eis. – Du musst dir keine Sorgen machen.» Sie tätschelte Hannahs Oberschenkel. «Konzentrier du dich auf das kleine Mädchen in deinem Arm. Sie hat bei der Ge-burt prima mitgemacht.»

«Das hat sie. – Du bist eine kleine Kämpferin, nicht wahr?», sagte Hannah zu ihrer Tochter.

«Hast du schon einen Namen für sie?», fragte Karoline.

«Ja, sie heißt Maya. Nach der schönsten der sieben Plejaden.» Hannah lächelte verzückt, doch ihre Haut war unnatürlich blass, und ihr Atem ging flach. Schon wieder hatte sich ein feiner Schweißfilm auf ihrer Stirn und ihren Schläfen gebildet. Karoline tauchte erneut ein Tuch in die Wasserschüssel und wischte ihn fort. «Fühlst du dich nicht wohl?», fragte sie Hannah.

«Doch, natürlich.» Hannah küsste das kleine Mädchen auf den dunklen Schopf. «Ich bin nur erschöpft, und mir ist etwas schwindelig.»

«Möchtest du etwas zu trinken?»

Sie nickte.

Während Hannah trank, schaute Karoline zu Lucia. Das Handtuch zwischen Hannahs Beinen, das die Hebamme gerade erst gewechselt hatte, war schon wieder voller Blut. Sie versuchte, Blickkontakt zu ihr aufzunehmen, doch Lucia war zu sehr damit beschäftigt, mit kräftigen Bewegungen Hannahs Bauch zu massieren. Fünf blutgetränkte Tücher lagen inzwischen auf dem Boden neben dem Bett, und es fiel Hannah zunehmend schwerer, ihre Panik zu unterdrücken. Wenn sie doch nur kurz mit Lucia unter vier Augen sprechen könnte!

Nach einer Weile wurden Hannahs Augenlider schwerer. «Ich bin müde, so müde», sagte sie leise.

«Dann schlaf. Wir bleiben bei dir», sagte Karoline.

Hannah schloss die Augen. Doch einen Moment später öffnete sie sie wieder. «Karoline!»

«Ja?» Karoline beugte sich zu ihr hinunter.

«Bitte glaub mir: Alejandro und ich hatten kein Verhältnis. Er war wirklich nur bei mir, um eine Plastik von mir zu machen. Sie sollte eine Erinnerung sein ...» Ihre Zunge wirkte schwer, es klang, als ob sie getrunken hätte. Karolines Magen krampfte sich zusammen.

«Ich glaube dir. Es tut mir so unendlich leid ...»

«Das muss es nicht.» Hannahs Finger umklammerten Karolines Handgelenk. «Aber du musst mir etwas versprechen!» Auf einmal wirkte sie hellwach.

«Was denn?», fragte Karoline beunruhigt.

«Bitte nimm Maya zu dir, wenn mir etwas passieren sollte.»

Was? Sie schnappte nach Luft, und auch Lucia unterbrach einen Moment ihre Massage und richtete sich auf.

«Red keinen Unsinn!», sagte Lucia barsch. «Und wieso sollte Karoline das Kleine zu sich nehmen? Das Kind hat einen Vater!»

«Ja! Aber Xabi darf sie nicht haben.» Nun wirkte Hannah fast panisch. «Du hast ihn gehört, er glaubt nicht, dass sie von ihm ist, und er wird sie niemals annehmen. Und selbst wenn ...» Hannah schluckte schwer, und es sah aus, als hätte sie Mühe, die Augen offen zu halten. «... Xabi ... ist kein sonderlich guter Mensch.» Der Griff um Karolines Handgelenk verstärkte sich. «Bitte! Bitte versprich mir, dass du dich um sie kümmerst. Nur für den Fall ...» Ihre Stimme erstarb.

«Ich verspreche es!», sagte Karoline mit trockenem Mund.

Lucia rief den Notarzt. Es kam Karoline vor wie eine Ewigkeit, bis er endlich erschien, und während Lucia und der Mann alles taten, um die Blutung zu stoppen, betete sie stumm zu Gott, dass er Hannahs Leben rettete. Doch er erhörte ihre Gebete nicht.

Maya

Nachdem Karoline ihre Erzählung beendet hatte, saßen sie eine Zeitlang stumm auf den verblichenen Plastikstühlen und schauten auf das wilde Meer hinaus.

«Kannst du jetzt verstehen, wieso ich Angst hatte, dir die Wahrheit zu sagen?», brach Karoline schließlich das Schweigen. «Ich bin daran schuld, dass deine Mutter gestorben ist. Wie hätte ich dir das erklären sollen?»

Damit hatte sie sich also all die Jahre gequält! «Es war nicht deine Schuld», sagte Maya sanft. «Es war ein Unfall!»

«Ein Unfall, den ich verschuldet habe. Wenn ich Xabi nicht gesagt hätte, dass Hannah ihn betrogen hat, wäre das alles nicht passiert.» Karoline presste sich ein Taschentuch vor den Mund.

«Wenn überhaupt jemand schuld war, dann mein ...» Nach allem, was Maya gehört hatte, brachte sie das Wort *Vater* nicht über die Lippen. «... Xabi. Er hat sie gestoßen und einfach liegen lassen. Du bist bei ihr geblieben und hast ihr geholfen.»

«Hasst du mich denn nicht deswegen?» Karoline sah sie aus müden, geröteten Augen an.

«Nein. Warum sollte ich das tun?»

«Wenn ich dir von Anfang an gesagt hätte, dass ich nicht deine leibliche Mutter bin, hätte ich dir so viel Kummer ersparen können.»

«Du hast doch nur das Versprechen gehalten, das du meiner Mutter gegeben hast», sagte Maya. «Du hast ihr versprochen, dass du es nicht zulässt, dass Xabi mich bekommt. Jetzt, wo ich weiß, was für ein Mensch er war, kann ich verstehen, wieso du mir nicht die ganze Wahrheit gesagt hast. Und ich bin dir über alle Maßen dankbar dafür, dass ich nicht bei ihm aufwachsen musste, sondern bei dir sein durfte.» Maya griff nach Karolines Hand.

«Aber wenn du an seinem Grab warst, hast du auch sein Sterbedatum gesehen. Er ist vor neun Jahren an Leberkrebs gestorben. Spätestens da hätte ich dir alles sagen sollen.» Karoline schniefte. «Aber ich war selbstsüchtig! Ich habe mir eingeredet, dass meine Liebe dir genügt. Und später, als du alles herausgefunden hattest, habe ich dich weiter belogen. Ich dachte, ich könnte es nicht ertragen, wenn du weißt, welche Rolle ich beim Tod deiner Mutter gespielt habe. Du hättest allen Grund, mich zu hassen.»

«Manchmal macht man eben Fehler», sagte Maya leise.

«Aber ich habe sie auch noch aus den falschen Gründen gemacht. Weil ich egoistisch war ...» Ihre Finger verflochten sich mit denen von Maya. «Lasse war das nicht ...», setzte sie leise nach.

Maya schluckte. Das stimmte, Lasse hatte sie nicht aus Egoismus angelogen, sondern weil er Karoline helfen wollte. Aber ihr Vertrauen hatte er trotzdem missbraucht. «Alejandro war der Mann, wegen dem du damals nach La Gomera gegangen bist, oder?» In ihrer Erzählung hatte

Karoline nie einen Namen erwähnt, sondern immer nur
«der Bildhauer» oder «mein Freund» gesagt.

Karoline wirkte überrascht. «Woher weißt du das?»

«Ich bin zufällig vorbeigekommen, als er vor ein paar
Tagen bei dir war», gestand Maya. «Und da habe ich euch
zusammen beobachtet. Außerdem habe ich mich bei dem
Feuer gewundert, dass du so außer dir warst, als er noch
einmal ins Haus ging.»

Karoline senkte die Lider. «Ich habe ihn sehr geliebt»,
sagte sie. «Aber durch mein Misstrauen und meine Eifersucht habe ich alles zerstört. Unsere Beziehung, Hannahs
Leben ...» Sie putzte sich die Nase.

«Du hättest zu ihm fahren und mit ihm reden können»,
sagte Maya.

«Und wie hätte ich ihm alles erklären sollen? Nein.»
Karoline schüttelte den Kopf. «Nein. Ich konnte ihm nicht
sagen, was passiert war. Deshalb dachte ich damals, dass
es besser wäre, wenn wir uns nicht mehr sehen würden.»

«Und was denkst du jetzt?»

«Jetzt denke ich, dass es besser gewesen wäre, auf
mein Herz zu hören.» Karoline suchte Mayas Blick. «Sagt
dir dein Herz, dass du mit Tobi nach München gehen
sollst?»

Einen Augenblick zögerte Maya, doch dann antwortete
sie fest: «Ja, genau das sagt es.»

«Dann machst du alles richtig.»

«Besuchst du mich mal in München?»

«Natürlich besuche ich dich!» Ein Lächeln erhellte Karolines Gesicht, das gerade noch so mutlos ausgesehen hatte.
Augenblicklich ging es Maya ein bisschen besser.

«Komm mit!», sagte sie. «Bevor ich fahre, möchte ich dir noch etwas geben.»

In ihrer Hütte angekommen, nahm sie den Rucksack vom Stuhl und zog ihren Beutel daraus hervor. «Hier, das schenke ich dir.»

Karoline öffnete ihn. «Das sind Muscheln.»

«Ja, eine Zeitlang habe ich von jedem Land, in das ich gereist bin, eine mitgenommen, damit sie mich an das allerschönste Erlebnis auf dieser Reise erinnert. Sogar an der Antarktis habe ich eine gefunden.» Maya durchwühlte ihren Beutel nach der Muschel, in die sie einen kleinen Pinguin gezeichnet hatte. «Und diese hier ist aus Südfrankreich. Ich bin ein Stück den Jakobsweg entlanggewandert.»

«Das ist eine wunderschöne Idee. Aber wieso schenkst du mir die Muscheln? Möchtest du sie nicht behalten?»

Maya schüttelte den Kopf. «Wie heißt es doch noch gleich in der Bibel? Alles im Leben hat seine Zeit. Es gibt eine Zeit, in der man Steine sammelt, und eine, in der man sie wegwirft. Mit Muscheln ist es das Gleiche. Die Zeit, in der ich sie gesammelt habe, ist vorbei.»

Und die Zeit zu reisen war es auch. Nun war es Zeit anzukommen. Maya verschloss den Beutel und gab ihn Karoline.

Sei offen für das Neue und nimm es an, hatte auf Fabiennes Tarotkarte gestanden. Das würde sie tun und ihrem Baby all das bieten, was sie selbst nicht hatte: eine Mutter *und* einen Vater.

Als Tobi und Maya die Finca verließen, begleitete sie ein richtiges Abschiedskomitee. Fabienne, Leon, Bine, Karoline und selbst Fred hatten es sich nicht nehmen lassen, mit zum Hafen zu kommen.

Während alle darauf warteten, dass die Fähre die ankommenden Fahrgäste ausspuckte, damit sie selbst einsteigen konnten, gesellte sich Bine zu ihr. Heute trug sie ein grasgrünes Kleid, auf das goldgelbe Ähren gestickt waren.

«Bist du traurig, dass du uns verlassen musst, Liebes?», fragte sie.

«Ja, ein bisschen», gab Maya zu.

«Das musst du nicht. Du kannst jederzeit wiederkommen. Außerdem sagt ein chinesisches Sprichwort: Wenn deine Wurzeln tief genug sind, kann dir der Wind nichts anhaben.»

Maya seufzte. Wieder so eine Glückskeksweisheit! Kathi wäre begeistert. In diesem Fall musste sie den Chinesen allerdings recht geben. Ihr Blick wanderte zu Karoline, die eingekuschelt in eine dicke Strickjacke neben Fred stand und zur Fähre hinüberschaute. Maya war froh, dass sie sich ausgesprochen hatten. Und dass sie endlich die ganze Wahrheit wusste. So weh sie auch tat. Sie vermisste Karoline schon jetzt.

Am Strand spazierte eine nackte Gestalt mit Dreadlocks entlang. Ramon. Von ihm hatte Maya sich nicht verabschiedet. Und auch nicht von Lasse. Er hatte sich den ganzen Morgen nicht blickenlassen.

Maya spürte einen dicken Kloß im Hals. In den Taschen ihrer Shorts suchte sie nach einem Papiertaschentuch, um sich die Nase zu putzen. Dabei fiel etwas heraus – es war die Feder, die sie nach dem Gespräch mit Bine eingesteckt hatte. Maya schaute zu, wie der Wind sie mitnahm, mit ihr spielte und sie dabei immer höher trug. So wie er es Wochen zuvor mit ihrer Himmelslaterne getan hatte.

Wäre dies ein Kinofilm, dann würde der Wind die Feder über die Hafenanlage zurück zur Straße treiben und von dort aus weiter auf die Schotterpiste. Maya würde ihr folgen, und die Feder würde sie bis zur Finca führen, um genau vor Lasses Hütte liegen zu bleiben. Aber was würde dann geschehen? Denn daran, dass er ihr die ganze Zeit nur etwas vorgemacht hatte, änderte sich ja nichts.

Doch im Grunde stellte sich diese Frage gar nicht, denn dies war kein Kinofilm. Schon nach wenigen Metern wurde die Feder von einer Mauer gebremst, trudelte wieder zu Boden und blieb dort liegen. Gleich neben der Scherbe einer zerbrochenen Bierflasche.

«Kommst du?», fragte Tobi. «Wir können jetzt an Bord gehen.»

Maya warf der Feder noch einen allerletzten Blick zu. «Ja, ich bin so weit», sagte sie dann und griff nach ihrem Rucksack.

Auf der Fähre tat sie vor Tobi so, als würde sie schlafen, doch in Wahrheit weinte sie während der ganzen Fahrt still in den Kragen ihrer Jacke.

Sechs Wochen später

Maya

München war nett. Im Gegensatz zu Hamburg hatte es eher den Charakter eines übergroßen Dorfs als den einer Stadt, und vor allem am Tierpark, wo Tobis Wohnung lag, ging es recht gemächlich zu. Die Häuser waren kaum mehr als vier Stockwerke hoch, an jeder Straßenecke gab es Grünanlagen, und in den vielen Cafés saßen die Menschen fast immer draußen. Schon bald kannte Maya jede Straße in- und auswendig. Sie streifte durch den Englischen Garten und den gesamten Innenstadtbereich, und mit Tobis Fahrrad fuhr sie die Isar entlang bis zur Domstadt Freising. Selbst ein paar Museen besuchte sie, obwohl sie bisher nie ein großer Fan von Kunstausstellungen gewesen war.

Nachdem sie so viele Jahre durch die Welt gereist war, fiel es ihr schwer, sich längere Zeit an ein und demselben Ort aufzuhalten. Und sie vermisste das Meer. Ihren Blog hatte sie erst einmal stillgelegt. Zwar hatte sie kurz darüber nachgedacht, ihre Reiseberichte mit Hilfe von Fotos aus Bildarchiven zu faken, aber abgesehen davon, dass das schnell herausgekommen wäre, widersprach es auch ihrem Ehrenkodex als Reisebloggerin. Um Geld zu verdienen, jobbte sie nun vormittags an der Theke des Fitnessstudios, in dem Tobi trainierte.

Sein Job in Lissabon war beendet, und zurzeit arbeitete er von der Hauptgeschäftsstelle in München aus. Ihre Wohngemeinschaft funktionierte gut. Tobi ließ weder den Klodeckel offen stehen, noch hörte er nachts um drei Rammstein, und er verbrachte sogar freiwillig einen Großteil seiner spärlichen Freizeit mit ihr. Nach der Arbeit gingen sie gemeinsam ins Kino und zum Essen, oder sie schauten miteinander Filme und Serien an. An den Wochenenden zeigte er ihr Ecken, in die sie ihre Streifzüge bisher noch nicht geführt hatten – das Nymphenburger Schloss, den noblen Vorort Grünwald mit seinen hübschen Villen und das Trainingsgelände des FC Bayern, wobei Letzteres Maya nicht unbedingt interessierte.

Im Grunde war also alles in bester Ordnung, aber sie konnte das Gefühl nicht abschütteln, dass Tobi nur aus Pflichtbewusstsein so viel Zeit mit ihr verbrachte. Und dass es aktuell keine Arbeit im Ausland für ihn gab, nahm sie ihm auch nicht ab. Wenn er sich unbeobachtet glaubte, blieb er häufig vor der Pinnwand mit den Postkarten stehen, die er – was Maya ziemlich spleenig fand – von überall auf der Welt an sich selbst geschickt hatte. Außerdem hasste sie die Aussicht, dass sie finanziell schon bald von ihm abhängig sein würde. Noch steuerte sie von ihrem Ersparten etwas zur Miete bei. Doch wenn das aufgebraucht war, würde ihr kümmerlicher Lohn im Fitnessstudio kaum für einen Raum von der Größe seines Gästeklos reichen.

Nicht selten lag sie nachts wach, starrte an die dunkle Decke und fragte sich, wie um Himmels willen das alles weitergehen sollte. Wenn sie ein Paar wären, wäre alles einfacher. Doch jegliches erotische Knistern, das sie in Taipeh Tobi gegenüber gespürt hatte, war fort. Auch ihr Anblick schien sein Blut nicht mehr nennenswert in Wallung zu bringen. Ihre Zimmertür musste sie jedenfalls nicht abschließen, um ihn sich nachts vom Leib zu halten. Er verhielt sich ihr gegenüber wie der große Bruder, den sie nie gehabt hatte, und auch wenn er sie zu allen Frauenarztbesuchen begleitete, berührte ihn der Anblick des winzigen Babys auf den Ultraschallbildern wohl nicht besonders. Ganz im Gegensatz zu ihr. Als sie das kleine, boxende Wesen das erste Mal auf dem Bildschirm gesehen hatte, waren ihr doch tatsächlich Tränen in die Augen gestiegen.

Maya verließ das Fitnessstudio. Aus dem leichten Wind vom Morgen war ein richtiger Sturm geworden. Er peitschte den Regen durch die Straßen, und als sie auf dem Weg zur U-Bahn ihren Schirm aufspannte, riss er so heftig daran, dass er umklappte. Fluchend sah sie sich nach einer Möglichkeit um, sich unterzustellen, bis der schlimmste Guss vorbei war.

Nur ein paar Meter weiter, auf der anderen Straßenseite, lag ein Café. Es war zwar ziemlich voll, aber vielleicht würde sie irgendwo im hinteren Bereich noch einen letzten Platz ergattern. Maya stellte den Kragen ihrer Jacke hoch, zog den Kopf ein und lief los.

«Ach, du Arme! Komm rein und wärm dich auf! Es ist aber auch ein scheußliches Wetter heute.» Eine junge Frau mit kurzen dunklen Haaren hielt ihr die Tür auf und nahm ihr die nasse Jacke und den kaputten Schirm ab. Das Schild, das oberhalb der Brust an ihrer Bluse befestigt war, stellte sie als *Lilo* vor.

Sie führte Maya zu einem Tisch, an dem ein pausbäckiger Knirps saß und malte.

«Mach mal der Frau Platz, Schätzchen!» Lilo schob Malblock und Stifte zur Seite. «Ich musste Ludwig heute mit zur Arbeit nehmen, weil die Krippe wegen einer Fortbildungsveranstaltung geschlossen ist», sagte sie zu Maya und verdrehte die Augen. «Aber zum Glück kommt gleich sein Vater und holt ihn ab. – Was möchtest du trinken?»

«Eine heiße Schokolade.»

«Kommt sofort!» Lilo lief zur Theke und gab die Bestellung an ihre Kollegin weiter. Sie war klein, zierlich und hatte ein breites, sympathisches Lächeln.

«Schau mal, was ich gemalt habe!», krähte Klein-Ludwig.

«Hübsch!» Maya setzte sich neben ihn. «Was ist das?» Sie zeigte auf einen gelben Fleck, der entfernt Ähnlichkeit mit einem Kreis hatte.

«Eine Sonne.»

«Und das?»

«Ein Häschen.»

Es waren nur zwei Punkte. Maya konnte sich ein Grinsen nicht verkneifen. Trotzdem sagte sie ernsthaft: «Da hätte ich aber auch selbst draufkommen können.»

Ludwig nickte. «Und das ist ein Pilz.» Er tippte auf ein undefinierbares Gebilde am unteren Rand des Blattes.

Maya lächelte. Natürlich. «Wie alt bist du?»

Er hob zwei Finger hoch. Sie waren ganz braun von dem Stück Schokokuchen, das halb aufgegessen neben ihm stand. «Aber bald bin ich so.» Ludwig versuchte, einen dritten Finger zu strecken. Das schien gar nicht so einfach zu sein, denn er musste seine andere Hand zu Hilfe nehmen.

Als er es geschafft hatte, grinste er Maya triumphierend an. Was für ein süßes Kerlchen!

Maya legte eine Hand auf ihren Bauch. Was du wohl bist?, fragte sie das Baby darin stumm. Ein Junge oder ein Mädchen? Wenn es günstig lag, würde sie es bei ihrem nächsten Termin erfahren. Maya konnte es kaum erwarten. Sie hatte sich sogar schon Namen überlegt. Ein Mädchen wollte sie Cara nennen, weil sie es so schön fand, dass dieser Name im Italienischen *Liebste* bedeutete. Ein Junge sollte Theo heißen. Zugegebenermaßen aus dem Grund, dass ihre frühere Nachbarin in Hamburg einen Mops gehabt hatte, der diesen Namen trug. Maya hatte den dicken Kerl abgöttisch geliebt. Tobi hatte bisher überhaupt keine Vorschläge geäußert. Solange sie das Kind nicht Xanthippe oder Nautilus nannte, sei er mit allem einverstanden, hatte er gesagt.

«Männer sind nun mal so», war Karolines Meinung dazu, als Maya sich am Telefon darüber beklagt hatte.

«Woher willst du das wissen? Du hast mich allein großgezogen.»

«Als Paartherapeutin weiß ich das. Glaub mir, es ist absolut nicht ungewöhnlich, wie Tobi sich verhält. Wenn das Baby erst einmal da ist, wird sich das alles ändern.»

Ja, wahrscheinlich. Aber Maya konnte trotzdem den Verdacht nicht abschütteln, dass Lasse sich an Tobis Stelle ganz anders verhalten hätte. Sie dachte oft an ihn, und mit den Wochen war ihr Groll ihm gegenüber weniger geworden. Ja, er hatte sie angelogen, doch wie Karoline gesagt hatte: Er hatte das nicht aus selbstsüchtigen Motiven getan. Und ohne ihn hätte sie sich vielleicht nie mit Karoline ausgesprochen und die Wahrheit über ihre Herkunft erfahren. Trotzdem nahm sie keinen Kontakt zu ihm auf. Es hätte nichts geändert.

«So, du Racker, jetzt nehme ich dich mit!» Eine dunkle Männerstimme riss Maya aus ihren Gedanken. Sie gehörte einem großen Mann mit Brille und leichtem Bauchansatz.

«Hallo!», sagte er und nickte Maya zu. Er erinnerte sie an einen überdimensionalen Teddybär.

Die Frau, die gerade noch hinter der Theke gestanden hatte, kam mit Mayas Schokolade herangeeilt. Auf ihrem Namensschild stand *Juliane.*

«Gott sei Dank, dass du da bist», sagte sie zu dem Teddybär-Mann. «Bis um die Mittagszeit war Ludwig ganz brav, aber jetzt wird ihm langsam fad. Lilo und ich haben ihn schon die halbe Kuchenauslage essen lassen, um ihn abzulenken. Was macht ihr beiden denn jetzt Schönes?»

«Bei dem Sauwetter fallen Park und Spielplatz wohl flach.» Der Mann nahm seine Brille von der Nase und wischte mit dem Zipfel seines Sweatshirts die Regentropfen fort. «Hast du Lust, Dinosaurier anzuschauen?», fragte er den Kleinen.

«Ja!» Der Junge strahlte.

«Das wird ihm nie langweilig», sagte Juliane zu Maya, während sich die beiden in Richtung Garderobe verzogen. «Dabei war er bestimmt schon zwanzigmal in dem Museum. Gernot hat sich deswegen eine Jahreskarte gekauft.»

«Ist Ludwig eigentlich dein Sohn oder der von deiner Kollegin?», fragte Maya. Es verwirrte sie ein wenig, dass beide Frauen so vertraut mit dem Kind umgingen.

«Er ist unser gemeinsamer Sohn», erklärte Juliane. Als

sie sah, dass Mayas Blick dem Mann folgte, fügte sie hinzu: «Und Gernot ist sein Vater. Wir ziehen ihn alle zusammen groß.»

«Ludwig ist ein Glückspilz», sagte Maya, nachdem sie sich von ihrer Überraschung erholt hatte. «Er hat gleich drei Menschen, die ihn lieben und die sich um ihn kümmern.»

Die Frau lächelte ihr gewinnendes Lächeln. «Ja, genauso sehen wir das auch.»

Sie räumte die Malsachen ihres Sohnes vom Tisch, sodass Maya ihn betrachten konnte. Der Tisch war aus altem dunklem Holz mit unregelmäßiger Oberfläche und sah aus, als ob er schon einige Jahre auf dem Buckel hätte. Aber gerade das machte seinen Charme aus.

«Was für ein hübscher Tisch!», sagte sie zu Juliane.

«Nicht wahr? Im Internet sind Lilo und ich zufällig über die Homepage eines Tischlers gestolpert, der seine Möbel nur aus Restholz herstellt. Es sind alles Unikate. Soll ich dir seine Adresse geben? Er kommt aus La Gomera, das ist eine der Kanarischen Inseln.»

Maya sog scharf die Luft ein. «Nein, danke», sagte sie. «Ich denke, ich weiß, von welcher Schreinerei du sprichst.» Sie ließ ihre zitternde Hand über die Kerben und Furchen in der Tischplatte gleiten. Damals bei ihrer Abreise von der Insel hatte der Wind sie zwar nicht zu Lasses Hütte geführt, dafür aber heute in dieses Café. Sollte sie das schon wieder als Zufall abtun oder endlich akzeptieren, dass Kathi recht hatte und es wirklich so etwas wie Schicksal gab?

Tobi war heute früher nach Hause gekommen. Als Maya die Wohnung betrat, sah sie durch die geöffnete Küchen-

tür, dass er sich einen Eiweißdrink mixte. Er trug Sport-
sachen, und seine Tasche fürs Fitnessstudio stand fertig
gepackt im Flur. Auf der Arbeitsplatte neben ihm lag sein
Handy. Er telefonierte und hatte den Lautsprecher an.

«Der Chef sagt, dass du nächste Woche nach St. Peters-
burg fliegst?», sagte gerade eine Männerstimme.

«Ja, stimmt.» Tobi gab zwei Löffel von einem weißen
Pulver in einen Becher. «Das hat sich ganz kurzfristig er-
geben, und ich bin froh, dass ich mal rauskomme. Mir fällt
langsam die Decke auf den Kopf, und wenn das Baby erst
einmal da ist, dann bin ich noch oft genug in München.»

Die Stimme lachte. «Du tust mir echt leid, Alter», sagte
der Mann. «Gehst ein einziges Mal mit der Frau ins Bett,
und schon hast du ihr einen Braten in die Röhre geschoben.»

Tobi schraubte den Deckel auf den Becher. «Tja, mit-
gefangen, mitgehangen! Hätte ich mal besser mein eigenes
Kondom verwendet. Nun muss ich eben die Konsequen-
zen tragen.»

Während er den Becher mit dem Eiweißdrink schüttelte, schlich Maya sich in ihr Zimmer. Sie war so dumm gewesen! Zu glauben, dass diese ganze Sache funktionieren
könnte.

Ohne sich von Tobi zu verabschieden, verließ Maya mit
ihrem Rucksack auf dem Rücken wenig später die Wohnung in Richtung U-Bahn. An der nächsten Straßenecke
stand ein kleiner älterer Mann mit Baskenmütze auf dem
Kopf und einer randlosen Brille auf der Nase. Passanten aller Altersgruppen hatten sich um ihn geschart und hörten

seiner Version von *You raise me up* zu. Maya versuchte gerade, sich durch die Menschenmenge zu drängen, als Tobi sie einholte.

«Was ist denn los?», fragte er. «Wieso packst du deine Sachen und schleichst dich ohne ein Wort davon?»

«Ich ziehe zu Kathi.»

«Warum das denn?»

Erst zögerte Maya, doch dann gab sie zu: «Ich habe gehört, was du eben am Telefon gesagt hast.» Es fiel ihr schwer, nicht in Tränen auszubrechen.

«Aber das kannst du doch nicht ernst nehmen!» Tobi rieb sich den Nacken. «Das war doch nur so ein blödes Gerede unter Männern. Bitte bleib und lass uns noch mal in Ruhe über alles reden. – Hey!» Er legte sanft den Zeigefinger unter ihr Kinn und hob es an, damit Maya ihn ansah. «Es stimmt, was ich auf La Gomera gesagt habe: Ich will für das Kind da sein. Für das Kind und für dich. Es tut mir leid, wie die letzten Wochen gelaufen sind, dass wir einfach nur so nebeneinanderher gelebt haben. Aber ich war überfordert mit der Situation, und ich wusste nicht, wie ich mich dir gegenüber verhalten soll. Wir haben uns schließlich kaum gekannt, bevor ich nach La Gomera gekommen bin.» Er wirkte so aufrichtig bei diesen Worten, dass Mayas Entschluss zu gehen ins Wanken geriet.

Der Straßensänger setzte zum Finale an. «You raise me up, so that I can stand on mountains. You raise me up, to walk on stormy seas», sang er mit einer volltönenden Opernstimme, die Maya aufgrund seiner schmalen Statur nie erwartet hätte. Und: «I am strong when I am on your shoulders. You raise me up to more than I can be.»

Eine Frau, die nur wenige Meter von Maya entfernt stand, wischte sich mit dem Taschentuch verstohlen eine Träne aus dem Augenwinkel.

Nachdenklich wandte sich Maya wieder Tobi zu. Als er so vor ihr stand und mit seinen kornblumenblauen Augen auf sie hinunterschaute, konnte sie auf einmal wieder verstehen, was sie in Taipeh so anziehend an ihm gefunden hatte. Er sah so gut aus und war dazu noch ein netter, anständiger Kerl. Aber die Gefühle, von denen der Mann mit der Opernstimme sang, würde er in ihr nie auslösen ...

Maya griff nach Tobis Hand. «Mir tut es auch leid. Und ich verspreche dir, dass ich dir unser Kind nie vorenthalten werde. Du kannst es sehen, wann immer du willst. Aber mit dir zusammenleben, das kann ich einfach nicht.»

Nachdem sie Tobi versprochen hatte, sich zu melden, wenn sie angekommen war, und sie sich voneinander verabschiedet hatten, setzte Maya ihren Weg zur U-Bahn fort. Doch sie hatte einen neuen Entschluss gefasst: Sie würde nicht Richtung Norden zu Kathi fahren, sondern nach La Gomera fliegen. Zu Karoline ... und zu Lasse.

Karoline

Karoline legte ihr Telefon zurück auf den Tisch. Maya ging es nicht gut in München, das spürte sie. Es war die Wahrheit gewesen, als sie Maya erklärt hatte, dass Tobis mangelndes Interesse an dem Baby ganz normal war. Viele Frauen waren der Ansicht, dass die werdenden Väter nicht genügend Enthusiasmus zeigten. Natürlich gab es auch Gegenbeispiele: Männer, die die Schwangerschaft ihrer Partnerin so sehr miterlebten, dass nicht einmal Morgenübelkeit und Gewichtszunahme vor ihnen haltmachten. Aber das war nicht die Norm. Die meisten machten auf Karoline den Eindruck, leicht bis mittelschwer überfordert zu sein mit der neuen Situation. Tobi war wirklich keine Ausnahme.

Trotzdem war Karoline der Ansicht, dass Maya die falsche Entscheidung getroffen hatte, als sie mit ihm nach München gegangen war. Denn Tobi war nicht der Mann, der ihre Augen zum Strahlen brachte. Das war ein anderer. Karoline hatte es selbst gesehen.

Sie nahm den Hörer wieder in die Hand und wählte eine Nummer.

«Lasse! Hallo! Kannst du im Laufe des Tages mal bei mir vorbeischauen? Ich bin in meiner Praxis ... Warum?»

Karoline schaute sich im Zimmer um. Plötzlich kam es ihr unpassend vor, ihm zu sagen, dass sie mit ihm über Maya sprechen wollte. «Der Elefant, der in der Praxis steht. Ich ... habe ihn aus Versehen umgestoßen, und jetzt ist er kaputt. Ich wäre dir sehr dankbar, wenn du ihn reparieren könntest ... Wunderbar! Ich warte auf dich.»

Karoline legte auf und ging nach draußen. Fred pflückte gerade Avocados und legte sie in eine große Plastikkiste. Dabei hatte er einen Kopfhörer auf und sang furchtbar falsch. Sie stieß ihn an.

Fred zuckte zusammen und wandte sich zu ihr um. Er zog den Kopfhörer von den Ohren. «Was ist?», fragte er.

«Ich brauche dich, und eventuell auch deinen Werkzeugkoffer», sagte sie.

«Der Rüssel ist einfach abgebrochen, als der Elefant umgefallen ist?»

«Ja», sagte Karoline unschuldig.

«Das ist ja merkwürdig.» Lasse runzelte die Stirn. «Er ist sehr stabil gebaut. Da wäre eigentlich größere Krafteinwirkung nötig. Der Rüssel sieht aus, als ob ihn jemand abgeschlagen hätte.»

«Ich habe ihn auf einem Antiquitätenmarkt gekauft», erklärte Karoline. «Vielleicht war er vorher schon geklebt, und ich habe nie darauf geachtet.»

«Nein.» Lasse schüttelte den Kopf. «Dann müssten Kleberückstände auf dem Holz sein. – Das ist wirklich sehr merkwürdig!»

Karoline spürte, dass sie rot wurde. Wieso hatte sie nicht einfach behauptet, dass sie neue Regale brauchte?

«Gut», sagte Lasse. «Ich nehme ihn mit in die Werkstatt und sehe, was ich tun kann.»

«Das wäre schön. Ich hänge sehr an ihm.» Karoline klopfte dem Elefanten auf den hölzernen Rücken. Dann fügte sie beiläufig hinzu: «Maya geht es übrigens gut. Und dem Baby auch. Sie ist jetzt schon im fünften Monat.» Als Lasse nicht antwortete, fuhr sie fort: «Ich glaube allerdings, dass sie ein bisschen einsam in München ist. Sie kennt dort schließlich niemanden.»

«Sie kennt Tobi», entgegnete Lasse knapp.

Karoline hoffte, dass sie sich den scharfen Ton nicht nur einbildete, der sich in seine Stimme geschlichen hatte. Davon ermutigt, sagte sie: «Er arbeitet wohl sehr viel, hat wenig Zeit. – Wieso rufst du Maya nicht mal an? Das würde sie bestimmt freuen.» Nervös spielte sie mit den Muscheln in der Glasschale auf ihrem Schreibtisch.

«Sind die von Maya?», fragte Lasse.

«Ja, sie hat sie mir geschenkt. Sie wollte sie nicht behalten, ich weiß auch nicht, warum.»

«Darf ich sie mal sehen?»

Karoline nickte.

Nun griff auch Lasse in die Schale. Er schien nach einer bestimmten Muschel zu suchen, denn er hörte erst auf, darin herumzukramen, als er ein besonders schönes Exemplar mit unregelmäßigen dunkelroten Flecken gefunden hatte. Karoline reckte sich, um einen Blick in das Innere der Muschel zu werfen. Maya hatte einen kleinen Anker hineingezeichnet.

Karoline sah zu, wie Lasse mit dem Daumen über das kleine aufgemalte Symbol strich.

«Wusstest du, dass jedes dieser Symbole für eine schöne Erinnerung steht?», fragte sie.

«Für die schönste.» Lasses Stimme klang rau. Er schaute aus dem Fenster und aufs Meer hinaus. Eine Fähre tauchte gerade am Horizont auf. Noch war sie nicht mehr als ein kleiner Punkt, aber bald würde sie den Hafen der Insel erreichen und Fahrgäste würden heraus- und hineinströmen.

Er wandte den Kopf ruckartig ab. «Ich muss los.»

Ohne Karoline um Erlaubnis zu fragen, steckte er die Muschel ein und ging zur Tür.

«Willst du den Elefanten denn nicht mitnehmen?» Karoline war überrumpelt von seinem jähen Aufbruch.

«Doch, klar. Den hätte ich fast vergessen.»

Als Lasse schon draußen war, blieb er noch einmal stehen. «Hast du dich eigentlich nie gefragt, wieso ich Maya nach La Gomera gelockt habe?»

«Nein», sagte Karoline verwundert. Was war denn nur mit ihm los? Er wirkte angespannt und hektisch, dabei war er doch normalerweise die Ruhe und Gelassenheit in Person. Und wieso hatte er, ohne sie zu fragen, die Muschel eingesteckt? «Ich bin davon ausgegangen, dass du mir einen Gefallen tun wolltest. Ich dachte, Bine hätte dir erzählt, wie sehr ich Maya vermisse, oder Fa...»

«Ich wusste nicht einmal, dass du eine Tochter hast», unterbrach sie Lasse.

«Du wusstest es nicht?» Nun verstand Karoline überhaupt nichts mehr.

«Nein», bestätigte er. «Ich hatte keine Ahnung davon. Aber Alejandro wusste es. Er hat alles geplant.»

Lasse

Fabienne stand auf ihrer Veranda und hängte Wäsche auf, als Lasse zu ihr kam.

«Kannst du Sam für einige Zeit zu dir nehmen?», fragte er.

«Klar.» Fabienne sah ihn forschend an. «Wieso?»

«Ich muss ein paar Tage weg.»

Sie hob die Augenbrauen. «Du verlässt die Insel nie.»

«Jetzt schon.»

«Wann musst du denn los?»

«Sofort.»

«Sofort? Und wohin?»

«Nach Deutschland.»

«Ach!» Ein Lächeln stahl sich auf Fabiennes Gesicht.

«Danke. Du hast was gut bei mir.» Lasse küsste sie auf die Wange. Dann beugte er sich zu Sam hinunter und streichelte seinen Kopf. «Ich bin bald wieder da, Kumpel! Ärger Fabienne und Leon nicht.»

Der Pick-up machte ein röhrendes Geräusch, sprang aber zum Glück an. Hätte er Zicken gemacht, hätte Lasse es nicht mehr rechtzeitig geschafft, denn die Fähre lief gerade ein. Wenn er zurückkam, musste er unbedingt einen Termin in der Werkstatt ausmachen.

So schnell es der schmale, holprige Weg erlaubte, heizte Lasse zum Hafen. Hinter einer scharfen Kurve kam ihm plötzlich ein Wagen entgegen. Lasse riss in letzter Minute das Lenkrad herum, und nur ganz knapp kamen die beiden Autos aneinander vorbei.

Schwer atmend bog er in eine Einbuchtung und hielt an. Sein Herz raste. Er musste langsamer fahren und sich konzentrieren, wenn er nicht auf den letzten Metern noch einen Unfall bauen wollte. Was war nur mit ihm los? Er bekam langsam Angst vor seiner eigenen Courage – das war los. War es wirklich eine gute Idee, hier alles stehen- und liegenzulassen und zu Maya nach München zu fliegen? Normalerweise war er nicht so spontan.

Lasse atmete tief durch. Wieso hatte er Maya nicht einfach die Wahrheit gesagt? Warum hatte er sie nur so lange belogen und ihr wichtige Dinge verschwiegen? Genau dasselbe hatte Karoline getan. Da war es doch kein Wunder, dass sie so sauer auf ihn war.

In seiner Zeit als Wakeboard-Profi war Lasse sich manchmal wie der Rattenfänger von Hameln vorgekommen, so sehr waren ihm die Frauen nachgelaufen. Das hatte sich schlagartig geändert, als er das Wakeboard unter dem Arm gegen eine Schiene und Krücken hatte austauschen müssen. Kurz bevor er mit seinen Kumpels nach Barcelona gefahren war und Alejandro kennengelernt hatte, hatte seine Freundin Diana sich von ihm getrennt. Sie waren gerade ein paar Monate zusammen gewesen. Diana hatte seine Stimmungsschwankungen nicht verkraftet, und auch nicht, dass er nicht mehr der umjubelte und immer gutgelaunte Sunnyboy war, dessen Leben ein einziges Sommermärchen zu sein schien. Danach hatte er niemanden mehr an sich herangelassen. Bis er Maya kennengelernt hatte.

Erschöpft ließ Lasse den Kopf auf das Lenkrad sinken. Alles hatte damit angefangen, dass Alejandro ihn angerufen und gefragt hatte, ob er sich mit ihm in der Bar Cacatua auf ein Bier treffen wollte. Dort hatte er ihm seinen Plan unterbreitet.

Lasse war nicht gerade begeistert gewesen, als er gehört hatte, was er tun sollte. Aber er schuldete Alejandro mehr als einen Gefallen, und er redete sich ein, dass er ein gutes Werk tun würde, wenn er dabei half, Mutter und Tochter nach all den Jahren wieder zu versöhnen. Außerdem musste er zugeben, dass Maya ihm auf den Fotos in ihrem Blog gefallen hatte. Sie war hübsch. Er mochte ihre langen dunklen Haare, die in einem so auffälligen Kontrast zu den hellen grauen Augen standen, und die Sommersprossen auf ihrer Nase. Vor allem aber faszinierte ihn die Unabhängigkeit und Furchtlosigkeit, die sie ausstrahlte. Sie wirkte, als ob ihr nichts und niemand etwas anhaben konnte.

Anders als Bine, Fabienne und Fred, die ebenfalls eingeweiht waren, hatte er aber bereits kurz nach Mayas Ankunft auf La Gomera Skrupel bekommen. Vor allem, als er merkte, wie viel ihr daran lag, diesen Tobi zu finden. Und noch mehr, als er den Grund dafür erfuhr und erkannte, dass sich hinter ihrer großen Klappe und den lockeren Sprüchen ein viel nachdenklicherer und empfindsamerer Mensch verbarg, als es den Anschein hatte.

Entschlossen drehte Lasse den Zündschlüssel herum. Worauf wartete er überhaupt noch? Er war verrückt nach dieser Frau. Selbst wenn sie ihn wieder wegschickte: Um manche Dinge musste man einfach kämpfen. Er ließ den Motor an und fuhr weiter.

Nachdem Lasse sich ein Ticket gekauft hatte, schloss er sich den anderen Passagieren an und ging auf die Fähre. Auf dem Weg zum Deck sah er auf dem Handy nach, wann das nächste Flugzeug von Teneriffa nach München flog. Auf der Maschine, die am frühen Abend abhob, waren noch Plätze frei. Froh darüber, die Nacht nicht in einem Hotel am Flughafen verbringen zu müssen, lehnte er sich gegen die Reling und ließ den Blick über den Hafen schweifen. Eine junge Frau hatte gerade die Fähre verlassen. Mit ihren wilden dunklen Locken und dem Trekkingrucksack auf dem Rücken sah sie von hinten genauso aus wie Maya. Hätte er nicht gewusst, dass sie in Deutschland war, wäre er davon überzeugt gewesen, dass sie es war. Auch ihre schnellen Bewegungen erinnerten ihn an sie. Lasse lachte auf. Anscheinend vermisste er Maya so sehr, dass er schon halluzinierte. Doch dann stutzte er, denn die junge Frau hatte sich gedreht, und auch im Profil sah sie aus wie Maya. Das konnte doch nicht sein!

«Maya!», schrie er auf gut Glück.

Nun wandte sich die Frau ganz um. Maya! Lasse fing an zu rennen. Aber er kam nur langsam voran, denn überall waren Menschen, und vor allem auf der engen Treppe erntete er böse Blicke, weil er sich so rücksichtslos gegen den Strom bewegte. Als er endlich auf dem unteren Deck angekommen war, eilten gerade die letzten Passagiere über die Brücke an Bord. Schwer atmend blieb Lasse stehen und sah sich nach Maya um, konnte sie aber am Hafen nirgendwo mehr ausmachen. Er musste wirklich halluziniert haben.

Da tippte ihm jemand von hinten auf die Schulter.

«Lasse? Du bist es ja wirklich.»

Lasse fuhr herum, und als Maya mit ungläubigem Gesicht vor ihm stand, war er so glücklich, dass er sie am liebsten sofort an sich gezogen hätte.

«Du bist wieder hier», sagte er mit tonloser Stimme.

«Ja. Und du? Wo willst du hin?»

«Ich bin auf dem Weg nach Deutschland.» Es fiel ihm schwer, den unbändigen Lachreiz zu unterdrücken, der gerade in ihm aufstieg.

«Nach Deutschland? Aber was willst du denn da?» Plötzlich klang Mayas Stimme ganz dünn.

Lasse nahm die Muschel aus der Tasche seiner Jeans und zeigte sie ihr. «Du hast einen Anker hineingemalt.»

Maya nickte.

«Warum hast du das getan?»

Sie biss sich auf die Unterlippe, und Lasse befürchtete schon, keine Antwort zu bekommen, aber dann sagte sie mit belegter Stimme: «Weil ich am Tag nach dem Feuer das erste Mal seit langer Zeit dachte, dass ich meinen Heimathafen vielleicht gefunden habe.»

«Auf La Gomera?»

«Nein, bei dir.» Er sah, wie sie schluckte. «Aber dann kam Tobi, und ich dachte, dass es vernünftiger wäre, den Kurs noch einmal zu ändern und einen anderen Hafen anzusteuern.»

«Wieso bist du dann hier?», fragte Lasse leise.

Sie hob den Kopf und schaute zu ihm auf. «Weil ich an

etwas denken musste, das du zu mir gesagt hast: Dass es nicht die Blutsverwandtschaft ist, die Menschen zu einer Familie macht, sondern die Liebe. Es wäre nicht fair gewesen, nur mit Tobi zusammenzubleiben, weil wir ein Kind bekommen. Tobi gegenüber nicht, mir selbst gegenüber nicht, und dem Baby gegenüber schon gar nicht.» Ihre Hand tastete nach seiner. «Wenn ich mit ihm zusammen war, habe ich mich niemals so gefühlt wie mit dir», setzte sie nach. «Ich ...»

Lasse ließ sie nicht weitersprechen, sondern zog sie in seine Arme und presste seine Lippen auf ihre.

Erst das Hupen der Fähre beendete ihren Kuss und ließ sie auseinanderfahren.

Lasse stieß einen Fluch aus. Die Brücke war eingezogen und das Schiff hatte abgelegt. «Oh nein!», stöhnte er. «Jetzt fahren wir nach Teneriffa.»

«Sieht so aus», sagte Maya. Ihre Mundwinkel zuckten, und gleich darauf breitete sich ihr Lächeln über das ganze Gesicht aus. «Aber weißt du was?» Sie lehnte ihren Kopf an seine Brust. «Solange ich bei dir bin, ist es mir total egal, wohin die Reise geht.»

Karoline

Als Karoline noch einmal das Haus verließ, hatte der Himmel schon das leuchtende Rot des Abends angenommen. Vor dem Zubettgehen machte sie gerne noch einen Spaziergang. Das entspannte sie und half ihr, schneller einzuschlafen.

Wie so oft führte ihr Weg Karoline an dem Grundstück vorbei, auf dem früher das Haus gestanden hatte, in dem Alejandro mit seiner Großmutter gelebt hatte. Bei dem Brand war es völlig zerstört worden. Ein Bauer hatte das Grundstück gekauft und hielt nun zwei Ziegen darauf. Heute hatte Karoline ihnen trockenes Brot mitgebracht, das die Tiere gierig verschlangen.

Der Schuppen, in dem Alejandro lange Zeit seine Keramiken hergestellt hatte, war auch den Flammen zum Opfer gefallen. Nur eine Agave hatte das Feuer überlebt. Wie ein mahnend erhobener Zeigefinger stach sie in den blauen Himmel, und sie stand in voller Blüte. Das taten Agaven nur ein Mal in ihrem Leben, danach starben sie ab. In gewisser Weise erinnerte Karoline diese Pflanze an sich selbst. Nie wieder hatte sie sich so jung, schön, unbeschwert und glücklich gefühlt wie in den Monaten, die sie mit Alejandro verbracht hatte.

Sie warf das letzte Stück Brot in einem hohen Bogen auf die Ziegenweide, damit die Tiere sich darum balgen konnten, und schlug den Weg ein, der sie zu seiner Villa bringen würde, zu der Villa, in der vor vielen Jahren Hannah und Xabi zusammengelebt hatten. Erst vor ein paar Tagen hatte Alejandro wieder darin einziehen können.

Das Haus war nach dem Brand komplett renoviert und frisch gestrichen worden. Aber das verkohlte Skelett des Baumes und das versengte Gras im Garten erinnerten noch deutlich daran, dass die ganze Sache auch leicht hätte anders ausgehen können.

Die Eingangstür zur Villa stand einen Spaltbreit offen. Nachdem Karoline ein paarmal tief ein- und ausgeatmet hatte, drückte sie auf den Klingelknopf.

«Wieso klingelst du?», rief Alejandro. «Komm hoch! Ich bin oben im Dachgeschoss.»

Obwohl Karoline klar war, dass er nicht sie gemeint hatte, gehorchte sie. Mit jeder Treppenstufe, die sie nahm, beschleunigte sich ihr Herzschlag, und als sie oben angekommen war, fühlte sie sich, als hätte sie gerade einen Sprint von mehreren hundert Metern hingelegt.

Alejandro kniete in einer Ecke und hantierte mit einem Schraubendreher an einer Steckdose.

«Es war eine gute Idee von dir, größere Fenster einbauen zu lassen», sagte er, als er ihre Schritte hinter sich auf den Bohlen hörte. «Nun ist es hier oben viel heller.» Jetzt erst schaute er auf, und seine Augen wurden groß vor Erstaunen. «Karoline! Ich hatte mit meiner Assistentin gerechnet.»

«Störe ich?»

«Nein. Nein, nein, im Gegenteil! Es ist schön, dich zu

sehen!» Alejandro stand auf. Er klopfte sich den Staub von der Hose, und seine offensichtliche Freude über ihren Besuch ließ Karolines Herz wilde Kapriolen schlagen.

Vielleicht … Nein! Alejandro und sie waren keine jungen Verliebten von Anfang zwanzig mehr, denen alle Möglichkeiten noch offenstanden. Sie waren beide Ende fünfzig, mit Narben auf der Seele und einem Rucksack voller Erfahrungen auf dem Buckel. Sie würden nicht da anknüpfen können, wo sie damals aufgehört hatten. Dazu war zu viel passiert.

«Wie komme ich zu der Ehre?», fragte Alejandro.

Karoline hielt ihre Handtasche mit beiden Händen umklammert. «Lasse hat mir erzählt, dass du es warst, der Maya auf die Insel gelockt hat. Woher hast du überhaupt gewusst, dass ich eine Tochter habe?»

Alejandros Blick flackerte unruhig, und er ließ ihn umherwandern, als wäre er auf der Suche nach etwas, das ihm Halt gab. Auf einem unbestimmten Punkt hinter Karoline ließ er ihn ruhen. «Ich hatte mal eine Ausstellung in Hamburg. Es ist schon eine ganze Weile her. Über das Telefonbuch hatte ich herausgefunden, wo du wohnst, und ich wollte dich sehen.»

Karoline schnappte nach Luft. «Du bist zu mir nach Hause gefahren?» In ihrem Kopf fing es an zu brausen. «Aber wieso hast du dann nicht geklingelt?»

Alejandros Brustkorb hob und senkte sich schwer, und als er antwortete, tat er es nur zögernd. «Ich habe Maya und dich im Garten gesehen. Ihr habt zusammen in einem Strandkorb gesessen, und du hast ihr etwas vorgelesen. – Sie sieht genauso aus wie Hannah.»

Karoline wurde das Herz schwer. «Ja, Hannah hat mich damals gebeten, Maya zu mir zu nehmen, falls ihr etwas passiert. Ich weiß, dass es nicht richtig war, aber ...»

Alejandro schüttelte den Kopf. «Du musst mir nichts erklären. Lucia hat mir vor ihrem Tod alles erzählt. Ich bin froh, dass du Hannahs letzten Wunsch erfüllt hast. Ein schöneres Leben als bei dir hätte Maya nicht haben können.» Seine Züge waren weich geworden.

Verlegen senkte Karoline die Lider. «Und woher hast du gewusst, dass Maya nichts mehr mit mir zu tun haben wollte?»

«El Guro ist klein, und die Leute reden. Sie haben sich gefragt, wieso deine Tochter dich in all den Jahren niemals besucht hat. Ich konnte es mir zusammenreimen.» Auf einmal fingen Alejandros Augen spitzbübisch an zu funkeln. «Außerdem hast nicht nur du ein Fernglas. Mir ist aufgefallen, wie traurig du oft ausgesehen hast, wenn du auf der Terrasse gesessen und geglaubt hast, dass dich niemand sieht.»

Ach du liebe Güte! Er hatte bemerkt, dass sie ihn beobachtet hatte. Und er selbst hatte sie auch beobachtet. Karoline spürte, dass sie rot wurde.

Weil sie nicht wusste, was sie sagen sollte, schaute sie sich um. Die Wände des Dachgeschosses waren mit Regalen bedeckt. Sie waren alle noch leer. Aber auf einem Tisch stand eine Büste, und mehrere Werkzeuge lagen daneben. «Du richtest dir hier oben ein Atelier ein?»

«Das habe ich vor.»

«Dann hast du dein Burnout also überwunden?» Sie wies mit einem Kopfnicken in Richtung der Plastik.

– 358 –

Alejandro lächelte. «Sagen wir es mal so: Es gab etwas, das mich inspiriert hat.»

«Darf ich mir dein Werk einmal ansehen?»

Er sah aus, als ob er darüber erst einen Augenblick nachdenken müsste. «Natürlich», sagte er dann.

Karoline stellte ihre Handtasche auf einen Stuhl und ging zum Tisch. Sie beugte sich hinunter – und blickte in ihr eigenes Gesicht. Da ist sie ja wieder, war der erste Gedanke, der ihr durch den Kopf schoss. Sie dachte, sie hätte die Büste vor sich, für die sie Alejandro damals Modell gesessen hatte. Aber dann wurde ihr bewusst, dass sie nicht in das junge, glatte Gesicht von damals blickte, sondern in ihr jetziges, mit all seinen Kanten und Linien, die die letzten dreißig Jahre hineingemeißelt hatten. Sie schnappte nach Luft.

«Du hast mich abgebildet!» Ihre Stimme klang schrill.

«Ja», entgegnete Alejandro ruhig, «die letzte Büste, die ich von dir gemacht habe, ist leider abhandengekommen.»

«Ich weiß.» Über einen Kunsthändler hatte sie später noch versucht, sie zurückzubekommen, aber da hatte Xabi sie längst weiterverkauft. Der Verlust schmerzte sie noch immer. «Wann hast du damit angefangen?»

«Vor ein paar Wochen schon. Nachdem ich bei dir auf der Finca war.»

Karoline erstarrte. Das war vor dem Brand gewesen! «Bist du ihretwegen bei dem Feuer noch einmal zurück in dein Haus gegangen?» Sie wagte es nicht, ihn bei dieser Frage anzusehen.

«Ja», antwortete er schlicht.

«Aber wie konntest du sie machen? Ich habe dir nie

Modell gesessen. Oder hast du mich nicht nur durchs Fernglas beobachtet, sondern auch heimlich fotografiert?»

Alejandro trat einen Schritt auf sie zu. Liebevoll schaute er auf sie hinunter, und als er so nah vor ihr stand, war es Karoline, als wären seit damals nicht dreißig Jahre vergangen, sondern nur wenige Wochen. «Das war nicht nötig», sagte er und legte seine Hand zart auf ihre Wange. «Denn jeder einzelne deiner Züge hat sich für immer fest in mein Herz eingebrannt.»

Danksagung

«Reisen ist Sehnsucht nach dem Leben.»
Kurt Tucholsky

Wieder ist eine Reise für mich zu Ende gegangen. Zwar liegt der Besuch von meiner Mutter und mir auf der Kanareninsel schon ein paar Monate zurück, aber während des Schreibens von *Der Wind nimmt uns mit* konnte ich zumindest gedanklich immer wieder zu diesem wunderschönen Ort reisen, und ich habe es sehr genossen. Obwohl ich mich nicht als besonders esoterisch bezeichnen würde – und meine Mutter schon gar nicht –, waren wir beide uns einig: La Gomera hat etwas in uns berührt.

Der Kontrast zwischen den düsteren, feuchten Nebelwäldern in der Inselmitte und der kargen, trockenen Küstenregion ist faszinierend. Und die Region dazwischen wirkt so wild und exotisch, dass es mich nicht gewundert hätte, wenn ein Elefant zwischen den Palmen gestanden oder ein Tiger aus einem Bambuswäldchen gesprungen wäre. Hippies und Aussteiger leben immer noch auf La Gomera, genau wie viele Künstler. Nachhaltigkeit wird auf der Insel großgeschrieben. Jeden Abend trifft man sich im Valle Gran Rey zum Sonnenuntergang am Strand, und es wird getrommelt. Es gibt auf La Gomera den leckersten und günstigsten Fisch, den ich je gegessen habe, und Bananen, Avocados, Mangos und allerlei andere tropische Früchte konnte ich direkt vom Baum oder Strauch pflücken. Das Meer ist stellenweise wild und zornig, und immer geht Wind. Ein Wind, der die unterschiedlichsten Personen auf die Insel führt. Wie im Roman Maya, Karoline, Lasse und Alejandro.

Auch wenn sie im Laufe des Schreibens einen Platz in meinem Herzen eingenommen haben, ist ihre Geschichte vollständig erfunden. Doch ein nackter Hippie, der Beeren von einem Baum genascht hat, ist meiner Mutter und mir wirklich begegnet, genau wie die Frau mit den Tigerohren. Ihre superleckeren Energiebällchen kann ich jedem wärmstens empfehlen. Es gibt den Vater, der sich eine Jahreskarte fürs Naturkundemuseum besorgt hat, weil sich der Sohn so gerne Dinosaurier anschaut, und den, der seiner Tochter erzählt, dass sich Bauchschmerzen lindern lassen, wenn man die Hand auf den Bauch legt und sich vorstellt, dass sie ganz warm wird. Auch die Patchworkfamilie existiert, die Maya in der Geschichte begegnet und in der das Kind viel mehr Liebe erfährt als in so manch gängiger Familienkonstellation.

Natürlich habe ich einige der Geschehnisse ein wenig überspitzt dargestellt, aber das meiste haben meine Mutter und ich tatsächlich so erlebt. Auch die Finca de la Luz steht am Ende einer furchteinflößend engen Schotterpiste im Valle Gran Rey. Allerdings heißt sie Finca Argayall.

Würde ich ebenso wie Maya den schönsten Moment der La-Gomera-Reise im perlmuttfarbenen Innern einer Muschel festhalten, so wären es die Abende, die meine Mutter und ich an dem kleinen Teich inmitten des tropischen Gartens der Finca verbracht haben. Jeden Tag haben wir dort auf einer Bank mit einem Glas Wein in der Hand auf den Eintritt der Dämmerung gewartet. Und auf die *Eiaeias*. Wer sich die Vögel im Original einmal anhören möchte, dem lege ich ans Herz, bei YouTube nach «Gelbschnabel-Sturmtaucher» und «La Gomera» zu suchen. Ich garantiere euch, dass ihr solche Geräusche noch niemals zuvor gehört habt. Mich haben ihre Schreie wirklich an freundliche Hexen erinnert, die mit ihren Besen fröhlich keckernd durch die Luft sausen.

Niemals hätte ich diesen Moment erleben dürfen, wenn an einem feuchtfröhlichen Abend in Nürnberg meine liebe Kollegin Michelle Schrenck mir nicht von ihrer Jugendliebe erzählt hätte, die sie auf La Gomera kennengelernt hat. Sie hat so sehr von ihrer Zeit auf der Insel geschwärmt, dass ich sofort wusste: Da muss ich hin. Ich danke dir von ganzem Herzen dafür, liebe Michelle, dass du deine Erinnerungen mit mir geteilt hast.

Danken möchte ich auch meinen Kolleginnen Marah Woolf, Nikola Hotel, Hannah Siebern und Claudia Winter, dir mir einmal mehr hilfreich mit ihrem Rat zur Seite standen. Ihr alle habt die Geschichte so viel besser gemacht.

Vielen Dank, liebe Mama, für deine Reisebegleitung, dafür, dass du fast bis zum Wasserfall durchgehalten hast (Anmerkung für alle, die dort ebenfalls einmal hinwollen: Der Weg ist nicht nur *ein bisschen*, sondern *sehr, sehr steil*), dass du seit La Gomera nun auch mit Jutetüten und Edelstahldosen zum Einkaufen gehst, um unnötigen Müll zu vermeiden, und für deinen Satz «Ich habe noch nie jemand gesehen, der so nahtlos braun ist» (angesichts des nackten Hippies).

Ich danke Deborah Rodriguez für ihre Übersetzung ins Spanische, Cornelia Nolte und ihrem (Feuerwehr-)Mann, der Hebamme Saskia Matuszewski und der Keramikkünstlerin Nicole Kigele, ebenso wie der Lektorin Anne Fröhlich, Sünje Redies und dem ganzen Rowohlt-Team sowie Katharina Wollbring.

Und ich danke euch, liebe Leser, dass ihr Maya auf ihrer Reise begleitet habt, für eure Treue und das Feedback, das ich so oft auf Facebook, Instagram und via E-Mail von euch bekomme. Dass sich so viele mit meinen Romanfiguren identifizieren können und bei meinen Geschichten emotional so sehr mitgehen, macht mich sehr glücklich. Denn für mich ist es das Allerschönste an der Kunst, dass sie uns sagt: Du bist nicht allein, weder mit deinen Schmerzen noch mit deinen Wünschen, Träumen und Sehnsüchten.

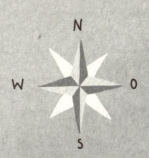

AGULO

SAN SEBASTIAN

YA DE SANTIAGO

GOMERA